FANTASTIC ORIENTAL HEROES

무림의 여신

무림의 여신 2
아랑 新무협 판타지 소설

초판 1쇄 찍은 날 § 2003년 12월 29일
초판 1쇄 펴낸 날 § 2004년 1월 10일

지은이 § 아랑
펴낸이 § 서경석

편집장 § 문혜영
편집책임 § 권민정
편집 § 장상수 · 김희정 · 김민정
마케팅 § 정필 · 강양원 · 이선구 · 김규진 · 홍현경

펴낸곳 § 도서출판 청어람
등록번호 § 제1081-1-89호
등록일자 § 1999. 5. 31
어람번호 § 제2-0307호

주소 § 경기도 부천시 원미구 심곡1동 350-1 남성B/D 3F (우) 420-011
전화 § 032-656-4452 팩스 § 032-656-4453
E-mail § eoram99@chollian.net

값 8,000원

ISBN 89-5505-936-1 04810
ISBN 89-5505-934-5 (SET)

2

청룡현신 靑龍現身

FANTASTIC ORIENTAL HEROES

아랑 신무협 판타지 소설

무림의 여신

도서출판
청어람

목차

10

마교, 봉문을 깨고 나오다

山中(산중)
산속에서

—王維(왕유)

荊溪白石出(형계백석출)
계곡의 흰 돌들은 드러나 있고,

天寒紅葉稀(천한홍엽희)
날이 추우니 붉은 잎도 드무네.

山路元無雨(산로원무우)
산길에는 비 내린 적도 없는데,

空翠濕人衣(공취습인의)
푸른빛 스며들어 옷을 적시네.

마교, 봉문을 깨고 나오다

　팔려는 사람과 사려는 사람, 그리고 흥정하는 사람들, 거기에 말의 울음소리까지 매우 부산스럽다. 이 근방에서는 제일 규모가 큰 마시장답게 종마(種馬)를 비롯하여 망아지, 순한 암말 등등 대륙의 말이란 말은 전부 모아둔 듯한 느낌이었다. 한쪽에서는 혈통 좋은 준마(駿馬)를 놓고 치열한 경매를 벌이고 있고 또 다른 한쪽에서는 마구(馬具) 등을 팔며 손님을 끌고 있었다.

　"…이상한 냄새야."

　"말들이 모여 있으니 당연하지."

　기묘한 일행이 마시장을 둘러보고 있었다. 무척이나 고풍스런 궁장 차림의 소녀와 그 품에 안겨 있는 새끼 백호 한 마리, 그리고 떠돌이 무사인 양 행색이 초라한 청년이 하나인 일행이었다.

청년은 머리를 산발해 생김새가 잘 보이지 않지만 언뜻언뜻 얼굴이 드러날 때마다 뺨을 가로지르는 연한 색의 흉터가 드러났다. 게다가 눈빛 역시 선해서 보는 사람마다 알게 모르게 호감이 들도록 하는 인상이었다. 이들은 은평 일행이었다.

　"말 처음 봐? 뭘 그리 두리번거려?"

　"응, 처음 봐. 이렇게 가까이서 본 건 처음이야."

　"주인, 그만 두리번거리고 마음에 드는 놈으로 하나 골라봐."

　인의 말에 은평이 눈살을 찌푸렸지만 이내 포기했다는 듯한 기색으로 한숨을 내쉬었다. 은평의 품에 안겨 있던 백호 역시 지쳤다는 듯 고개를 설레설레 내저었다.

　"아저씨! 주인이라고 부르지 말라고 몇 번이나 말해야 돼?"

　"네가 아저씨라고 안 부르면 나도 주인이라고 안 부르지."

　백호는 이곳 호북성(湖北省)에 당도할 때까지 무산에서부터 두 사람의 말싸움을 계속 지켜본 터라 이제는 귀에 딱지가 앉을 지경이었다. 지치지도 않고 아웅다웅, 티격태격하는 것이 처음엔 재미있었지만 며칠이 지나고 나니 고문이 따로 없었다.

　"아이고, 손님, 이리로 오십쇼. 쓸 만한 놈들이 오늘 막 들어왔습니다요."

　머리에 붉은 끈을 질끈 감아 맨 남자가 인의 소맷자락을 잡아끌었다. 하지만 인은 그가 팔려는 말들을 한번 쓱 훑어보더니 고개를 내젓고 다시 갈 길을 재촉했다.

　"저 말들, 내가 보기엔 괜찮아 보이는데 왜 안 사?"

　"저것들은 다리가 상당히 굵지? 저건 짐을 나르는 데는 적합하지만 사람이 타고 다니기에는 별로야."

　인은 곧 눈에 뜨이는 말을 발견한 듯 발걸음을 빨리했다.

"꽤 괜찮은 놈이군."

인 말고도 눈독을 들이는 사람들이 많은 듯 주위에는 여러 명이 모여 있었다. 말 장수는 가격을 좀 더 올리려는 속셈인 듯 사람들과 흥정 중이었다. 갖가지 사람들이 말을 탐내는지 가격이 점점 더 올라가고 있었다. 보통 은자 오십 냥가량 하는 말 값이 은자 육십 냥 정도까지 뛰어 말 장수의 입가는 점점 더 치켜 올라갔다.

인은 흥정하는 인파를 벗어나 말에게 다가갔다. 잘 잡힌 근육에 갈기의 모양새나 귀의 형태가 매우 완벽했다. 거기다가 아직 주인이 한 번도 없던 말인 듯 아직 어리고 기본적인 훈련 외엔 받아본 적이 없어 보였다. 훈련시키는 건 앞으로 생길 주인에게 달린 것이니 어찌 될진 모르겠지만 모르긴 몰라도 주인만 잘 만나면 명마 소린 충분히 들을 만한 말인 듯했다.

[이럴 줄 알았으면 몽중유곡에서 내려올 때 백혈마(白血馬)를 데려오는 편이 좋았을 뻔했습니다.]

뚱한 목소리로 백호가 중얼거렸다.

"백혈마? 그게 뭐야?"

흰 피의 말이란 뜻으로 해석한 은평은 웃긴 이름이라고 생각하며 물었다. 그런 은평의 내심을 읽었는지 백호가 찬찬히 설명을 시작했다.

[이름 그대로 흰 피를 지닌 말입니다. 신선들의 천마(天馬)들 중에서도 아주 드물게 태어나는 일종의 돌연변이인데 일반적인 천마보다 배는 뛰어납니다. 주인을 한 번 모시면 배반하는 일이 없고 영물에 속하는 놈인지라 평범한 산짐승 중에서는 당해낼 동물이 없지요.]

은평은 인이 말을 구경하는 동안 기다리기 지루했던 듯 좀 더 말들을 둘러보기 위해 걷기 시작했다. 고풍스런 옷차림새와 품에 안겨 있는 백호도 백호지만 사람들이 넋을 잃고 바라보는 것은 거의 십전완미(十全完

美)에 가까운 그 얼굴이었다. 하지만 자신이 얼마나 시선을 주목받고 있는지 절대로 알지 못하는—실은 별로 신경 쓰지 않는—은평은 점점 더 인에게서 먼 곳으로 걸어나갔다.

신기한 것은 말들이 은평의 품 안에 있는 백호를 알아보고 그 나름대로의 예를 취한다는 것이었다. 갑자기 고개를 높이 쳐들고 히히히힝 하고 울어 젖히는 놈도 있고 자신이 숙일 수 있는 최대한으로 기다란 목을 숙이는 녀석이 있는가 하면 앞발을 꿇고 절을 올리는 듯한 놈도 있었다. 사람들은 '이놈의 말이 갑자기 왜 이래?' 란 반응들이었지만 백호는 그 붉은 적안으로 말들을 하나하나 차례차례 응시하며 뜯어보고 있었다.

[도대체 쓸 만한 녀석이 없군.]

천마에 비할 바는 아니겠지만 그 반에 반도 못 미치는 것들이 태반이었다. 그렇다고 자신이 본래의 모습으로 돌아가 은평을 태우고 다닐 수도 없는 노릇이고.

히이이이이잉!

마치 저 멀리서 말 여러 마리가 달려오는 듯 지축을 울리는 말발굽 소리와 함께 말 울음 소리가 들렸다. 뽀얗게 흙먼지가 이는 가운데 고삐 풀린 말이 달려오고 있었다. 은평과 백호의 눈에는 선명하고 똑똑히 보였지만 보통 사람들 눈에는 뭔가 흙먼지가 다가오는 것처럼 보였으리라.

[다 자란 말임에도 불구하고 아직 고삐조차 제대로 묶지 않았고 말발굽도 박지 않은 걸 보면 틀림없이 야생마일 겁니다.]

"야생마?"

은평과 백호가 말을 주고받는 사이 흙먼지는 아주 가까워져 있었다. 여기저기서 비명 소리가 울리고 사람들의 목소리도 울렸다.

"피하시오!! 마, 말이 날뛰고 있소!! 어서 피하시오!!"

사람들이 양 갈래로 쭉 갈라지는 가운데 적갈색의 말 한 마리가 무서운 속력으로 달려오고 있었다. 잔뜩 흥분한 듯 콧김이 뿜어져 나오고 눈에는 적의가 가득했다. 편자도 박지 않았고 고삐 역시 없었으며 갈기가 헝클어진 것으로 보아 야생마가 분명했다. 야생에서 태어나 야생에서 자라왔고 사람이 길들인 흔적이 전혀 보이지 않는.

적갈색 야생마가 우는 소리에 얌전히 매어져 있던 말들이 갑자기 앞발을 치켜들면서 흥분의 기미를 보이기 시작했다. 적갈색 야생마가 어디로 뛰어갈까 안절부절못하며 흥분하는 말들을 진정시키느라 사람들은 정신이 없어 보였다.

"피하시오! 죽고 싶은 게요?!"

사람들은 말이 달려오는 데도 가만히 서 있는 소녀를 보고 놀라 비명을 삼켰다. 어서 도망가도 시원찮을 판인데 가만히 서서 말이 달려오는 쪽을 가만히 응시하는 소녀가 금방이라도 말 발굽에 채여 피투성이가 되는 끔찍한 환영이 사람들의 머리 속을 스쳤다.

"백호, 안 피해도 돼?'

[영물이든 아니든 이 세상 모든 짐승들은 본능적으로 자신이 섬길 자 정도는 알아봅니다. 그다지 심려치 않으셔도 무방합니다.]

말이 달려오는 것을 뻔히 지켜보면서 가만히 서 있니, 예전의 자신이었다면 기겁하며 피했겠지만 왠일인지 느는 건 주체할 수 없이 커지는 간과 담력뿐인 것 같았다.

"안 피하고 뭐 하고 있는 거야!!"

한편, 인은 한참 말 가격을 흥정하다가 소란스러움에 안력을 돋워 바라보았는데 어이없게도 흥분해 달려오는 말 앞에 멀뚱히 서 있는 은평이 보였다. 하지만 은평을 구하기 위해서 달려가거나 하진 않았다. 표정을 침중하게 굳히며 바라볼 뿐이었다.

'내 짐작이 틀림없다면 은평이 안고 있는 그 하얀 새끼 호랑이는 영물이다. 인세(人世)에 보기 드문……. 굳이 내가 달려가지 않아도 제 주인이 죽을 위기를 가만히 두고 보진 않겠지.'

인은 백호가 심상찮은 범 새끼가 아니란 것을 대충이나마 눈치 채고 있었다. 그는 눈동자를 굴리며 지금 이 사태를 즐거운 듯한 표정으로 관망하고 있었다.

말이 바로 이 장 앞에까지 달려와 앞발을 치켜올리는 데도 전혀 동요하는 기색없이 서 있는 소녀를 보면서 사람들은 두 눈을 질끈 감았다. 차마 말발굽에 치여 나가는 끔찍한 광경을 목도할 수 없었기 때문이지만 그러나 사람들이 기대(?)한 광경은 연출되지 않았다.

말은 멍하니 서 있었다. 어느새 치켜 올렸던 앞발은 가만히 땅 위에 내려와 있고 흥분해서 숨을 몰아쉬고는 있지만 아까와 같은 잔뜩 흥분한 기색은 없었다. 마치 고개를 숙이고 있는 듯한 공손한 자세로 소녀의 어깨에 긴 얼굴을 가져다 대고 뭔가 안도했다는 듯한 눈빛을 하고 있었다.

말들의 간간이 들리는 울음소리를 제외하고는 조용했다. 아마 이곳에 마시장이 생긴 이후로 이렇게 조용하기는 처음일 듯했다. 도대체 이게 무슨 일인지 아직 이해를 못한 사람들은 벌어진 입을 다물지 못했다.

'…신기한 일이군. 저 영물이 나설 줄 알았는데 말 스스로가 은평에게 복종하다니…….'

처음부터 끝까지 눈을 떼지 않고 지켜본 인은 턱 주위를 긁적였다. 백호가 나서서 어떻게든 할 것일 거라는 예상과는 다르게 말이 스스로 은평에게 고개를 숙인 것이다. 인은 입가에 의미 모를 미소를 지었다.

'꽤 재밌는 걸 주은 것 같군.'

*　　　　　*　　　　　*

해가 아직 저물지 않았음에도 장내는 어둑어둑했다. 무거운 침묵이 감돌고 밝은 햇살이 들어와야 할 창에는 감색 휘장이 드리워져 있었다. 장내 곳곳에 세워진 기둥에 은은한 빛을 발하는 등이 걸려 휘장에 가려 들어오지 못하는 빛을 대신했다.

가장 상석으로 보이는 자리는 텅 비어져 있고 양 옆으로 백발문사 유희신과 밀랍아가 보좌하듯 시립해 있고 그 바로 아랫자리에는 마교의 장로라 불리는 자들이 각각 자리를 차지하고 있다. 태상장로와 폐관 수련에 들어가 있는 장로 하나를 제외하고는 모두 모인 듯했다.

단주라는 것을 나타내는 듯 각 단의 표식을 가슴에 수놓고 있는 다섯 명의 인물이 장로들의 다음 가는 자리에 앉아 있고 단주들 아래에는 각 전의 전주들이 앉아 있어 넓은 장내를 채웠다.

"너무 늦게 온 것입니까?"

침묵을 깨고 낭랑하게 울린 소년의 목소리에 모두들 입구로 눈을 돌렸다. 언제 왔는지 입구에는 의귀 단운향과 혈수비연 냉옥화가 서 있었다. 단운향의 흰 학창의에는 무엇을 하다 온 것인지 이리저리 튀어 있는 핏자국이 선명했다. 거리가 멀다고는 하지만 이 장내에 모인 자들은 마교에서도 날고 긴다는 고수들이었다. 학창의에 묻은 핏자국을 보지 못했을 리 만무했다. 그랬기에 다른 자들은 못 볼 걸 봤다는 듯한 표정으로 이내 고개를 돌렸다.

"많이 늦으셨습니다. 어서 착석하시지요."

백발문사 유희신이 그 둘을 자리에 앉도록 손짓했다.

사실 마교가 봉문하게 된 뒤로 이렇듯 각 단주들과 전주, 그리고 장로들이 한꺼번에 모인 일은 드물었다. 오늘의 일도 교주가 급히 호출하여 모이게 된 것이지만 현재 장내의 인물들은 몇몇 수뇌부 요인들을 제외하고는 교주의 그림자조차 볼 수 없었는데 이렇듯 갑작스런 호출에 의아해하고 있었다. 하지만 이번에야말로 소문만 무성한 교주와 면식할 수 있으리란 생각에 장내의 인물들은 촉각을 곤두세웠다.

"교주님, 모두에게 이곳에 모인 이유를 말씀해 주시지요."

유희신은 아무도 없는 자리에 대고 고개를 조아렸다. 이상한 그의 행동에 장내의 인물들은 머리 쪽에 손가락을 빙빙 돌리며 서로 눈빛들을 교환했다.

"모두 모였는가?"

갑작스럽게 장내를 쩌렁쩌렁하게 울리는 육합전성(六合傳聲)에 모두가 사방을 두리번거렸다. 장로들과 앞쪽에 선 유희신은 미리 예상이라도 했다는 듯 무덤덤했다.

교주는 성별과 나이조차도 구분할 수 없는 모호한 목소리로 어느 쪽에서 말을 하고 있는 것인지 알 수 없게 사방에서 울려댔다. 천하는 아니더라도 적어도 마교에서만큼은 날고 긴다는 고수들이 어디서 목소리가 나는 것인지도, 그리고 어디에 목소리의 주인공이 숨어 있는 것인지도 구분하지 못하고 있었다.

어수선했던 장내의 소란이 잠시 가라앉을 무렵 다시금 목소리가 울려 퍼졌다. 좀 더 장내를 진동시킬 만한 내용을 담고서.

"내가 그대들을 부른 이유는 교의 봉문(封門)을 풀기 위함이다!"

말의 내용이 몰고 온 파장은 컸다. 장로 이하의 자들은 어안이 벙벙한 듯하면서도 얼굴에 나타난 화색을 감추지 못했다. 이십 년 전 싸움의 폐해로 인해 교가 지금까지 봉문한 채 숨죽여 세를 확장시키는 것만 열중한 나머지 무림에 뻗친 세력의 판도가 지금의 정도에 미치지 못하는 것을 항상 분하게 여겨왔던 자들이었다. 현재 마교의 무사들 대부분은 항상 봉문이 풀리기만을 기다리고 있던, 비유를 하자면 우리에서 나가고 싶어 몸이 근질근질하던 굶주린 맹수들과 마찬가지인 상황이었다.

장로들은 담담한 기색을 하고 있었지만 눈빛들이 심상치 않은 것으로 보아선 사전에 그들 역시 듣지 못했던 모양이었다. 실망감, 뒤통수를 맞았다는 충격, 이런 것들이 복잡하게 혼합된 장로들의 그런 기분을 대변이라도 하듯 천음요희(賤淫妖姫)가 조심스레 물었다.

"교주, 그 무슨 말씀이시온지?"

"봉문을 풀고 교의 세력을 무림으로 끌어내겠다 했습니다."

딱 부러지는 교주의 대답에 천음요희는 조용히 시립해 있던 유희신에게로 시선을 돌렸다.

―유 군사, 그대는 이것을 알고 있었는가?

천음요희는 유희신에게 전음을 보냈다. 분명 그라면 알고 있었을 공산이 컸다. 마교의 여러 군사들 가운데서도 교주인 단화우와 가장 가까이 접촉하는 자이며 단화우의 심복이 아닌가?

―송구스럽습니다. 교주님과 저만이 알고 있던 사항인지라 함구(緘口)하고 있을 수밖에 없었습니다.

유희신은 속으로 혀를 차며 천음요희를 제외한 그저 기뻐하고만 있는 어리석은 자들을 바라보았다. 봉문을 푼다는 것은 단순히 교의 세력을 양지로 끌어내어 확장시키기 위한 것만은 아니었다. 걱정 많은 장로들은 배교가 그 숨은 세력을 드러냈을 때 비로소 마교 역시 봉문을 풀어야 한다고 생각하는 모양이었지만 적어도 자신이 생각하기에는 마교가 봉문을 풀기 전까지는 배교 역시 암중으로만 날뛸 뿐 완전한 세력을 드러내지는 않을 것이다.

자신이 봉문을 풀어달라 말했을 때 흔쾌히 교주가 승낙한 뜻의 이면에는 한 소녀를 찾아내야겠다는 마음도 있는 듯싶지만 말이다. 어찌 됐든 단 한 소녀를 찾기 위해 마교의 모든 마인들이 풀릴 날도 그리 먼 훗날만은 아닌 듯싶었다.

＊　　　　＊　　　　＊

　'보통 놈이 아니렷다?'

　기도는 완벽하게 감추고 있었지만 용은 용을 알아본다고 잔월비선이 보기에 맹주는 보통은 훨씬 넘어 보였다. 자신 역시 이미 만박귀진의 경지에 이르러 있지만 적어도 자신의 하수는 아닐 듯싶었다. 비등하게 견줄 만한 상대를 만난다는 것은 무인으로서는 매우 기꺼워할 일인지라 잔월비선 역시 슬그머니 기어나오는 승부욕을 억누르면서도 입가에 번진 흡족한 미소를 지우지는 못했다.

　게다가 맹주의 주위에는 알 수 없는 인영이 있다. 자객이라든가 그런 것은 아니었고 단순히 그를 지킨다는 느낌으로 아마도 그의 그림자쯤 될 것이다. 그림자 역시 상당한 실력이었다. 거느린 수하가 그러할진대 능히 그 주인의 실력쯤은 예상할 수 있지 않을까?

　"오십 년 전과 이십 년 전에 있었던 두 차례의 배교가 중원에 남긴 상처는 두 분께서도 익히 알고 계시리라 생각합니다."

　"그것은 저희 역시 여러 번 들어온 것입니다만……."

　잔혹미영이 말꼬리를 길게 늘이며 맹주를 노려보았다. 눈앞의 맹주는 굳이 여자가 아닌, 같은 성별의 남자라 할지라도 자신도 모르게 관대해질 법한 미남이었지만 관대는 커녕 눈에는 서늘한 한광마저 흐르고 있다.

　"거두절미하고 단도직입적으로 말씀드리자면 두 분께서 저희 맹을 도와주십사 하는 것입니다만……."

　"저희는 이제 막 세상에 발을 내딛는 강호 초출에 불과할 따름입니다. 별로 알려진 명성조차 없는 저희들에게 도움이라뇨? 정도를 아우르시는 백의맹의 맹주께 어울리지 않는 말씀이십니다."

정중하고 겸손한 말 같지만 약간은 퉁명스럽고 비꼬는 듯한 말투였다. 잔월비선은 잠자코 입을 다물고 있건만 잔혹미영은 뭐가 그리 마음에 안 드는지 가시 돋친 말만 내뱉었다.

"도움은 못 되겠지만 무슨 일인지 말씀해 주십시오. 이십 년 전 배교의 일에 대해서 거론하시는 것을 보니 그 잔당 세력과 관련된 일인가 봅니다."

이윽고 잔월비선이 입을 열자 잔혹미영은 입을 다물어 버렸다. 그도 그럴 것이, 잔월비선이 흘깃 입을 잠자코 다물라는 시선을 주었기 때문이지만 그것이 그리도 못마땅한지 얼굴을 딱딱하게 굳힌 채 자신의 앞에 놓인 찻잔을 고운 섬섬옥수로 꽉 쥐고 있었다.

"이십 년 전… 세외 세력과 배교의 잔당들이 서역 만리로 쫓겨간 일은 아실 테지요? 그 잔당들이 암중에 숨어 세력을 키워 세외의 세력과 연합한 모양입니다. 그쪽의 낌새가 심상치 않습니다."

"행동이 수상하다는 거지 그들이 다시금 중원으로 침공해 오리라는 보장은 없지 않습니까? 낌새만 심상치 않다는 것이지 그들이 암중으로 숨어서 중원에 직접적으로 끼친 해라도 있습니까?"

"그런 것은 아닙니다만… 포달랍궁의 소궁주가 중원에 숨어들어 온 듯하다는 보고가 있었고 그외에도 여러 분야에 걸쳐 그쪽과 줄이 닿아 있는 자들이 중원의 요직을 차지하고 있을 공산이 큽니다."

"어째서 그리 짐작하시는지요?"

"포달랍궁의 소궁주가 무슨 심산인지는 모르겠으나 단순한 중원 정찰인 듯싶지는 않습니다. 아무런 세력도 없이 홀홀 단신으로 중원에 들어오다니 무언가 수상합니다. 분명히 연결된 줄이 있겠지요."

"소생으로서는 납득할 수 없는 사항입니다. 어찌 됐든 조금은 성급하신 생각이신 듯싶습니다."

"유비무환입니다. 미리 준비해서 나쁠 것은 없지요. 더구나 조금 있으면 무림대전이 열리게 됩니다. 언제나 마도 쪽과 연계하여 치러왔고 이십 년 전 마교가 봉문한 뒤로는 저희 백도에서만 개회하는 허울뿐인 것이었습니다만 이번에는 마교에서도 봉문을 깨고 참가할 듯하고 이번 기회에 은거하고 있는 수많은 기인이사들을 이끌어낼 참입니다. 그렇기에 두 분의 도움이 절실히 필요합니다. 젊은 신진 기예 고수들만을 모을 참인데 그 세력을 이끌어줄 분은 두 분밖에는 없다고 생각합니다."

그가 말을 마치자 맹주 헌원가진의 옥면에 부드러운 웃음이 번졌다. 하지만 잔혹미영은 입술을 앙다문 채 그를 노려보았다. 뭔가가 수상하다. 자신들은 별다른 활동을 한 게 없었다. 알려진 바도 그저 갑작스레 나타난 젊은 남매 고수 정도라고 생각해 왔기에 맹주라는 사람이 굳이 자신들에게 도움을 청한다는 것이 뭔가 꺼림칙하고 못마땅했다. 혹시 자신들의 정체를 알아낸 것이 아닌가 하는 불안감도 엄습해 왔다. 하지만 잔월비선은 그런 잔혹미영의 뜻과는 전혀 상반되는 말을 내뱉었다.

"후회는 하지 않으시겠지요? 저희들은 아직 그 실력이 일천한지라 많은 실수가 있을지도 모릅니다."

"물론입니다."

*   *   *

숨죽이고 있던 마교가 봉문을 깼다!

발 없는 말이 천 리를 간다 했던가? 소문만큼이나 빠른 것도 드문 것 같다. 배교의 일 이후 항상 숨죽이고 있던 마교가 삼십 여 년간의 봉문을 깨고 드디어 강호로 나왔다는 소문이 세인들 사이에 떠들썩했다. 정도 쪽에서는 저자들이 무슨 일일까 하는, 이를테면 낌새를 살피고 있었지만 그동안 정도의 위세에 기도 못 피고 살았던 수많은 마도인들은 기뻐하고 있었다. 마의 종주라 할 수 있는 마교가 드디어 봉문을 깼으니 자연스레 마도 역시 그 세력이 확장되리라고 생각한 것이었지만…….

"이십 년 가까이 잠자코 있더니 왜 갑자기 강호로 나왔을까?"

"그거야 내 알 바 아니지만 어찌 되었든 이번 무림대전은 꽤 재밌겠어. 항상 백도 쪽 인물들만 나와서 니가 잘났네 내가 잘났네 하며 예의만 차리는 게 영 흥이 안 나더라고. 그런 대전이야 이리저리 치고 박고 하는 재미에 보는 게지. 아니 그런가?"

"그거야 그렇지!"

명문정파의 자제도, 그렇다고 어느 대문파에 소속되지도 않은, 이를테면 고생에 찌들 대로 찌든 강호의 수많은 삼류 인생들은 정파니 사파니 하는 것들을 따지려 들지 않았다. 선행을 한다고 협객으로 인정받는 것도 아니고—협객으로 인정받으려면 필히 그에 따르는 필연적인 무공의 뛰어남이 없는 까닭도 있었지만—그렇다고 몸이 굳어서 배워도 더 이상 진전조차 없는 삼류 무공을 믿고 깝죽대자니 잘난 정도로부터 사파의 무리로 몰려 척살당하는 것이 대부분이었으니까 말이다.

이들의 주된 관심사는 정파니 사파니 하는 것이 아니라 어떻게 하면 하루를 연명할까 라든가 싸움에서 자기 한목숨 어떻게 해야 부지할 수 있을까 하는 것들이었다.

"마교가 드디어 고개를 쳐들었군."

객잔의 구석에 앉아 귀동냥을 하며 중얼거리는 승려. 얼굴은 죽립(竹笠)으로 깊숙이 가리고는 있었지만 하고 있는 차림새는 척 보기에도 중원의 것과는 거리가 멀었다. 노르스름한 승복의 기장이라든가 천의 모양새가 서장의 것이었다.

그 승려는 주위에서 하는 이야기를 귀담아듣는 듯 한동안 말이 없었다. 하지만 말 소리가 일순 갑작스레 숨넘어가는(?) 소리와 함께 끊겨 버리자 무슨 일인가 하고 깊게 눌러 쓰고 있던 죽립을 쳐들었다. 그리고 앞을 보는 순간 그는 그대로 굳어져 버리고 말았다. 등 뒤로 보이는 눈부신 역광—이런 것을 두고 조명발이라 부른다—으로 인해 더욱더 신비로워 보이는 소녀의 얼굴이 눈에 박혀들었기 때문이다.

단아한 곡선을 자랑하는 아미(蛾眉)와 새까만 흑묘안석 같은 눈동자, 새하얀 백옥 같은 피부, 불그스름한 입술과 완벽한 조화를 이룬 콧날은 가히 천하제일미라는 소리가 절로 나오게끔 하는 소녀였다(그 소녀의 주위에 있던 남자 하나와 소녀의 품에 안겨 있던 새끼 백호 한 마리는 이미 눈에 들어오지 않는 상태였다).

"바로 골로 갈 뻔했으면서 이렇게나 태평하다니……."

"인이야말로 태평하네. 적어도 어디 다치지 않았냐는 걱정의 말 한마디 정돈 해줘야 되는 거 아닌가?"

객잔을 들어서면서부터 투닥투닥거리는 두 남녀—와 새끼 백호 한 마리—는 빈 자리에 자리를 잡고 앉았다. 이쯤 되면 대충 알겠지만 이들은 은평과 인 일행이었다.

"이봐, 주문 안 받을 건가?"

잠시 넋을 놓고 있던 점소이는 흐르는(?) 침을 닦고 후닥닥 달려왔다. 두 남녀는 마시장에 다녀왔는지 가까이 가자 말 특유의 냄새가 풍기고 있었다.

"여아홍과 철판우육(鐵板牛肉) 두 접시만 내오게."

"난 향고유채(香姑油菜)로 줘요."

"…죽엽청과 철판우육, 향고유채 각각 한 접시씩 내오게."

점소이가 아쉽다는 기색으로 주방 쪽으로 달려가자 인은 탁자에 턱을 괴고 은평을 빤히 바라보았다. 뽀얗게 흙먼지가 내려앉은 옷이며 약간은 헝클어진 머리며 그는 잠시 전에 있었던 소동을 상기하고 백호를 보며 말했다.

"그놈은 아무것도 안 먹여도 돼?"

"괜찮아, 안 먹여도."

인은 고개를 돌려 바깥쪽으로 보이는 대로를 바라보았다. 객잔은 전체적으로 정자처럼 반쯤 트여 있고 주춧돌을 세워 지면보다 약간 높게 지어져 있어 대로의 풍경이 그대로 내다보였다. 그는 객점 바로 앞에 있는 작은 고목에 묶어둔 말들을 자세히 관찰했다. 자신의 말은 이미 훈련이 끝난 말인지라 차분히 묶여 있었지만 은평의 야생마는 급하게 산 마구로 대충 고삐를 묶어놓았는데 야생마여서 그런지 귀찮아하는 기색이 역력했다.

"괜찮아?!"

말이 달려오느라 일으킨 흙먼지를 고스란히 맞아서인지 군데군데 먼지가 휘날리는 은평을 향해 인이 걱정스런 투로 물음을 던졌다.

"괜찮아요."

마구 날뛰다가 신기하게도 은평의 앞에서 잘 조련된 말처럼 순해지는 모습에 주위 사람들이 탄성을 자아냈다. 말을 잡기 위해 뒤늦게 달려온 말 장수도 상당히 놀라는 눈치였다.

"허어! 것참, 신기한 일이로세."

"말도 미녀는 알아보나 보이."

다른 사람이 몸에 손을 댈라 치면 히히힝 하고 부르짖으며 난리를 피우다가도 은평이 다가가 갈기를 쓰다듬으면 금방 순한 양처럼 변했다.

은평도 적갈색의 이 야생마가 마음에 들었는지 인에게 이것으로 하자는 듯한 눈빛을 보내왔다.

"이 말은 저희가 아니면 사 갈 수 없겠는데요?"

인은 쓴웃음을 지으며 울상이 된 말 장수에게 말을 걸었다. 크게 선심을 쓴다는 듯한 태도로 보통 말 가격보다 훨씬 더 싼 가격을 불렀다. 좋은 임자만 만나면 높은 값을 받을 수 있을 터인데 야생마인지라 워낙 난폭해 딴사람에게는 팔 수도 없고 그렇다고 이렇게 헐값에 넘기자니 배가 아파 말 장수의 얼굴이 점점 더 구겨져 갔다. 하지만 어쩌겠는가? 말 장수에게는 이미 선택권이 없는 것을……

"뭘 그리 골똘히 생각해요?"

문득 정신을 차려보니 은평이 자신의 얼굴을 빤히 보면서 얼굴을 갸웃거리고 있었다. 게다가 언제 날라왔는지 탁자에는 죽엽청과 주문했던 음식들이 가지런히 놓여져 있었다.

인은 술병의 입구를 막고 있던 천을 풀고 술병의 주둥아리에 코를 가져다 대고 죽엽청 특유의 독한 냄새를 한껏 들이마셨다. 톡 쏘는 듯한 향이 일품인 듯한 표정이었다. 은평은 인이 하는 양을 가만히 지켜보더니 한마디 던졌다.

"그거, 맛있어요?"

"소저께 죽엽청은 매우 독할 듯싶으니 술을 드시고 싶다면 차라리 여아홍(女兒紅)을 드시는 것이 어떠하실런지요?"

인이 미처 대답할 새도 없이 죽립을 눌러쓴 승려가 은평의 말을 받았다.

"말을 끊은 결례를 용서해 주십시오. 소저의 아름다운 자태에 반해 저도 모르게 크나큰 실례를 범한 듯싶습니다."

조용히 합장을 하고 고개를 숙이는 모습은 예의가 바르다고는 해줄 만한 것이었지만 은평의 눈에는 스님의 복장을 한 느끼한 제비(?)로밖에는 보이지 않는 모양인지 시큰둥했다.

"결례라고 하실 것까지야 있겠습니까? 괜찮으시다면 합석하시겠습니까? 저희 둘만 있다 보니 상당히 무료한지라……."

인은 살짝 말꼬리를 흐리며 길게 여운을 남겼다. 승려는 다시 한 번 합장한 뒤 인의 옆에 자리를 잡고 앉았다.

"그런 거 쓰고 있으면 불편하지 않나요?"

은평은 승려의 죽립이 자꾸 신경에 거슬렸던지라 퉁명스럽게 말했다. 승려는 주춤주춤거리다가 무언가 결심을 했는지 죽립을 벗었다.

승려가 죽립을 벗자 객잔의 시선이 확 쏠렸다. 가뜩이나 은평을 바라보는 시선에다가 승려를 바라보는 시선까지 객잔 안의 모든 사람들이 바라보고 있다고 해도 과언이 아닐 정도였다. 그도 그럴 것이, 승려의 눈이 벽안(碧眼)이었던 것이다.

"중원인이 아니시군요?"

인이 중얼거렸다. 그 중얼거림을 들은 은평이 고개를 갸웃대었다.

"인, 중원인이 아니면 어디 사람인데?"

"아마도 서장… 쪽의……."

말꼬리를 길게 늘이며 승려에게 대답을 미루자 승려는 살며시 고개를 끄덕였다.

"아직 통성명도 못했군요. 전 막리가(漠璃迦)라고 합니다. 서역에서 중원을 견문코자 건너왔지요."

"인이라고 합니다. 이쪽은 은평이라고 하죠."

인이 은평과 자신의 이름을 한꺼번에 밝혔다. 막리가는 안면에 사람 좋은 웃음을 띤 채, 여러 가지를 물어왔다.

"두 분께서는 어디가 목적지이신지요?"

"저희는 목적지가 없어요. 그냥 사람 하나를 찾고 있습니다."

"중원 땅은 매우 넓다고 들었는데 꼭 그 사람을 찾으시길 빕니다."

막리가는 무언가 염원하듯 눈을 감고 공손히 합장했다. 한동안 음식을 우물우물거리던 인이 갑자기 생각난 듯 막리가를 향해 물었다.

"이번이 중원 초행이신지요?"

"예, 초행입니다만 상당히 곤혹스럽습니다. 제 눈이 벽안인지라 사람들의 이목이 많이 끌리는군요. 해서 이렇듯 죽립을 쓰고 다닙니다."

막리가는 쓴웃음을 지으며 한쪽 옆에 벗어두었던 죽립을 쓰다듬었다.

"특별한 목적지는 없는 건가요?"

막리가에게 별다른 관심을 두지 않았던 은평이 질문하자 막리가는 잠시 의외라는 듯 멈칫했다가 다시 사람 좋은 얼굴로 대답했다.

"목적지 같은 것은 없습니다만 곧 무림에서 열리게 될 무림대전은 한번 꼭 가보고 싶군요. 그것 외엔 별다른 목적지는 없습니다."

은평은 무림대전이 도대체 뭘까 하다가 고민하기보다는 그냥 인에게 물어보는 것이 빠를 것 같아 탁자 아래로 인의 발을 툭툭 건드렸다. 인이 무슨 일이냐는 듯 은평을 바라보자 은평이 빠르게 속삭였다.

"무림대전이 뭐야?"

"전 무림의 내로라하는 무공 고수들이 모여서 치고 박고 싸움질하는 거야."

"아, 그렇구나?"

속삭인다고 속삭인 모양이지만 막리가가 못 들을 정도는 아니었기에 내용을 전부 들은 막리가는 알겠다는 듯 납득하는 은평을 보면서 잠시 어이없어 하는 표정이었다. 무림대전을 쌈질이라고 아무렇지도 않게 표현하는 인도 인이지만 저런 설명을 듣고 손뼉을 치면서까지 '아, 그렇구나' 하는 은평은 대체 뭐란 말인가? 막리가를 제외하고도 역시 비슷한 표정을 짓고 있는 일수(一獸)가 있었으니 바로 은평의 품에 안겨 있는 백호였다.

[인간하고 마음이 이렇듯 같아 보기는 또 처음이네.]

황당한 기분은 백호 역시 마찬가지였다.

"싸움 잘하시나 봐요?"

"……."

막리가는 급기야 할 말을 잃어버렸다. 절세의 미소녀가 초롱초롱한 눈을 뜬 채 탁자에 턱을 괴고 '싸움 잘하시나 봐요?' 라고 물어올 땐 도대체 뭐라고 대답해야 하나 고민되는 순간이었다.

            *   *   *

"막리가는 어찌 되었나?"

"어차피 별달리 기대하시지 않았던 전력이지 않습니까?"

지독히도 깜깜했다. 자그마한 석실인 듯 보이는 공간에는 무감정한 두 개의 음성만이 고요히 울리며 주위의 대기를 일깨우고 있었다. 일순 암흑 일색이던 공간에 돌과 돌이 부딪치는 소리와 함께 불꽃이 일었다. 그리고 이내 붉게 불타오르는 기다란 무언가가 모습을 드러내었다. 일렁이는 화기를 속으로 감춘 채 고요히 타 들어가며 희끄무레한 연기를 피워올리는 그것은 향이었다. 불단(佛壇)이나 위패를 모신 제단(祭壇)에서나 볼 법한 그런 향이었다. 점점 연기가 피워올려지고 암흑 속 공간에는 향 특유의 독특하고도 매캐한 냄새가 짙게 퍼져 나갔다.

"우리와 손잡는 것을 마다 하는 포달랍궁 궁주의 입을 막아버린 것도 그리고 마교와 비교해 볼 때 무공이 한 수 뒤지는 우리에게 있어서 방패

막이 역할을 해줄 귀중한 존재이니 어쨌든 무시할 순 없지 않은가?"

어둠 속에서 붉은빛을 발하는 향의 수는 갈수록 늘어갔다. 향의 개수는 벌써 세 개를 넘어서고 있었다. 한 개 한 개 부싯돌로 불을 붙이고 정성을 다해 향로에 향을 꽂아 넣는 하얀 손놀림이 예사롭지 않았다.

"주군의 말씀을 좇아 그를 마중했고 주군의 말씀을 전했습니다만 그가 우리의 뜻대로 따라줄지는 의문입니다."

노르스름한 불꽃 하나가 타오르면서 조금이나마 어둠이 가시기 시작했다. 붉은 양초에 불을 붙인 듯싶었다. 빛에 따라서 제단과 한 인영이 상체에 걸치고 있던 푸른 청의가 조금씩 드러났다.

"애초 마교에는 그놈이 아닌 너를 보낼 것을… 일처리가 자꾸만 늘어지니 울화만 치미는구나."

"그자는 담이 작은 자입니다. 주군께서 이루시려는 대업에는 부합되지 않는 자이지요."

또 한 개의 양초에 불이 타오르고 이번에는 붉디붉은 혈의가 눈에 들어왔다. 청의사내와 같은 방향을 바라보고 있었지만 그의 몸짓에는 주체할 수 없는 존경의 빛이 감돌고 있었다. 그 존경의 대상은 틀림없이 청의사내이리라.

"사조께서는 안식에 드셨습니까?"

"…그런 것 같다."

두 사내에게 가려져 눈에 띄지는 않았지만 검은 옻 칠을 한 조그마한 관이 제단 위에 놓여져 있었다. 보통 크기의 삼 분지 일도 되지 않는 작은 크기라고는 하지만 보는 사람으로 하여금 소름을 돋게 할 정도로 섬뜩했다.

"중원에 심어놓은 자들을 은밀히 풀어라. 더 이상 손을 놓고 보고 있을 수만은 없다."

"시기상조입니다. 마교가 이제 막 봉문을 깨고 나왔습니다. 분명히 우리의 일거수일투족에 신경을 곤두세우고 있을진대……."

"본 교의 전력을 풀라는 말은 아니다. 그저 다만 은둔 중인 잠입 세력들을 풀란 소리다. 그들을 마교에서 알아차린다 해도 본 교는 아무런 해가 없지 않느냐? 어차피 점 조직으로 이루어져 있으니 말이다."

"존명!"

"척결 대상 일 호다. 어머님께서 신신당부하신 자이니 너 역시도 각별히 신경 쓰거라."

청의사내가 바스락거리는 종이를 공중으로 던졌다. 공중에서 천천히 부유하듯 떨어져 내린 종이는 이내 혈의사내의 손아귀로 착지했다.

"…이건……?"

무척이나 의외였다. 척결 대상 일 호라 하여 어떤 자인가 내심 궁금했건만 이제 막 앳된 티를 벗은 듯한 아리따운 미소녀라니……?

"이름은 모른다. 어쨌든 없애라."

청의사내의 음성이 다시금 울려 퍼졌다.

*　　　　*　　　　*

체온이란 참 기분 좋은 것 같다. 알 수 없는 따스함, 사람을 기분 좋게 하는 효과와 더불어 때로는 안락한 숙면을 제공하기도 한다.

"기분 좋다아!"

동물들의 체온은 인간의 체온보다 월등히 높다. 특히 털이 있는 동물을 껴안고 자면 체온의 효과와 더불어 안정된 수면을 보장한다. 이걸 톡톡히 체험하고 있는 은평은 벗어나려고 버둥버둥거리는 백호를 꽉 내리눌렀다. 자신이 신녀라는 자각이 전혀 없는 은평이 예전과는 달리 힘—

거의 신력의 수준이다―이 얼마나 늘었는지 역시 신경 쓸 리 만무. 자신 딴에는 그저 품 안에 쏙 들어가는 크기와 따뜻한 체온에 오늘 밤은 편안하게 잠을 청할 수 있을 것 같아 그랬겠지만 눌려 있는 백호로서는 숨이 턱턱 막혀와 죽느냐 사느냐 하며 천당과 지옥 사이를 오가고 있었다.

"가만히 좀 있어봐!"

불편하게시리 자꾸만 품속에서 발버둥치는 백호에게 꿀밤을 한 대 먹이고는 은평은 폭신한 금침(衾枕)에 얼굴을 파묻었다.

[은평님! 은평니이이임!!]

자신을 애타게 부르는 백호의 목소리를 간단히 물살하고는 은평은 머리끝까지 이불을 뒤집어썼다. 따끈한 난로(?)도 있겠다 잠자리도 편하겠다 그야말로 신선―신선은 너잖아―이 따로 없었던 것이다.

[제, 제발 손 좀 풀어주세요. 이러다간 질식사하겠습니다!]

"싫어! 따뜻하단 말야!"

0.1초도 생각해 보지 않고 '싫어' 라고 은평이 단호히 말하자 백호의 목소리도 고울 리만은 없었다.

[정 이러시면 저도 손을 쓸 수밖에 없습니다! 불경한 말씀이지만 은평님의 능력은 미약하기 그지없습니다. 이제 막 신선이 되신 데다가 수업도 제대로 듣지 않으셨잖습니까? 불경한 일이기에 잠자코 있었습니다만 자꾸 이러신다면 저도 손을 쓸 수밖에 없습니다.]

은평은 어디서 뉘 집 개가 짖느냐는 듯한 태도로 눈을 감고 조용히 잠을 청하려 했다. 그렇다. 은평은 분명히 따뜻한 체온에 의지해 잠을 청하려 했. 었. 다. 하지만 갑자기 따끈했던 체온이 사라짐으로써 무산되어 버리고 말았다.

"…얼레?"

안고 있던 것이 사라지자 허전한 느낌에 은평은 감았던 눈을 떴다. 자신의 품에 얌전히 안겨 있어야 할 백호가 언제 빠져나갔는지 침상에서 내려와 저만치 떨어져 있었던 것이다. 체온이 사라지자 갑자기 기분이 상한 은평은 백호를 향해 눈을 부라렸다.

[제가 말하지 않습니까? 손을 쓰겠다고. 신선으로서의 능력을 십 분지 일도 활용하지 못하시는 은평님께 이 정도야 식은 죽 먹기보다 더 쉽지요.]

그동안 당한 것을 복수라도 하려는 듯 말투에는 가시가 돋쳐 있었다.

[분하시면 제가 가르쳐 드린 것들을 십분 활용해 보시든지요.]

왠지 살살 약을 올리는 듯한 백호의 말에 은평은 발끈했는지 빽 소리를 질렀다.

"너, 자꾸 이럴래?! 이리 못 와?!"

[직접 잡아보시라니까요!]

은평은 침상에서 뛰어내려 와 백호를 향해 손을 뻗었지만 날쌘 몸을 가진 백호가 호락호락하게 잡혀줄 리 만무했다. 힘이 아무리 세어졌다고는 해도 속도가 느리면 허사. 마치 바람과도 같은 속도로 백호는 은평의 손아귀를 피해 이리저리 도망 다녔다.

"이리 못 와?!"

백호에게 손을 뻗으면 어느새 자신의 뒤로 와 있고 또다시 손을 뻗으면 이미 저만치 가 있었다. 한밤중 은평과 백호의 소란에 피해를 입고 있는 것은 양 옆방에 있던 인과 막리가였다. 같은 객잔에 각각 방을 잡은 세 사람은 은평을 사이에 두고 양 옆의 방을 쓰고 있었다. 한데 갑자기 쿵쾅거리는 소음과 함께 은평의 고함 소리가 들려오자 두 사람은 의아해했다.

"어이, 뭔 일 있어?"

야심한 밤. 차마 여자가 머무는 방에 들어가 볼 순 없고 해서 인은 벽을 콩콩 두드렸다. 막리가 역시 예외는 아닌지라 자다 말고 부스스한 모습으로 일어나 벽을 두드리고 있었다.

"인! 참견하지 말고 잠이나 자!"

무공을 익히지 않은 범인들에 비해 청각이 예민한 두 사람이었다. 그러니 이런 소란 속에서 어찌 잠을 청할 수 있겠는가? 하지만 그렇다고 여자가 머무는 방에 뛰어들어 갈 수도 없어서 둘은 자신들의 예민한 청각을 원망하며 다시 잠을 청했다.

[벌써 지치셨습니까?]

사실 은평에게 있어서 지치고 말고의 느낌이 존재할 리 없었다. 굳이 음식을 섭취하지 않아도 주위의 대기를 통해 살아갈 영양소를 보충할 수 있고 또한 주위에 기가 있는 한 지치지도 않는다. 굳이 지친다고 한다면 정신적으로 지쳐 버린다는 정도랄까?

방 안을 한참 동안 뛰어다녔으나 백호의 꼬리조차 잡아보질 못한 은평은 짜증이 치밀었다. 숨이 차오른다거나 땀이 난다거니 하는 것은 아니었지만 약이 오를 대로 오른 것이다.

[저를 상대하시려면 은평님 머리 속에 있는 모든 지식을 습득하십시오. 은평님은 전대 신녀님으로부터 모든 지식과 능력을 모두 전수받은 상태이십니다. 그것만 전부 이해하고 습득하신다면 저 따위야 눈 감고도 잡으실 수 있는 경지이시지요.]

백호는 은평의 얼굴에 변화의 기운이 감지되는 것을 느꼈다. 사실 자신이 붙들고 가르치지 않아도 됐었다. 전대로부터 모든 지식을 전수받은 상태이기 때문에 이해만 한다면 인간들이 흔히 말하는 무공이라든가 신선들의 조화의 기 등등 모든 걸 쓸 수 있었다. 다만 은평이 도통 그럴 생각이 없어 보여 자신이 붙들고 그것을 가르쳤던 것이지만.

"…마지막 기회야. 너, 정말 이리 안 와?!"

[……]

"좋아! 좋다구! 까짓거 그게 뭔지 익혀주면 될 거 아냐!"

백호는 생각보다 효과가 좋아 진작에 이런 방법으로 살살 약을 올릴 것을 그랬다고 생각했다. 물론 지식을 전부 습득하고 난다면 무척이나 험난한 생활이 자신을 기다리고 있겠지만 말이다.

은평은 단단히 결심했는지 침상(寢牀) 한가운데에 자리를 잡고 앉았다. 부글부글 끓어오르는 화를 가라앉히고 조용히 정신을 집중했다. 한데 은평은 갑자기 백호 쪽으로 고개를 휙 돌리더니 뚱한 표정으로 물어왔다.

"근데… 어떻게 하는 거야?"

자신만의 생각에 빠져 있던 백호는 은평의 물음에 허무해져서 발을 삐끗하고 뒤로 넘어가려는 몸을 간신히 다잡았다. 몽중유곡에서 죽을 둥 살 둥 가르친 보람이 하나도 없으니 한숨이 절로 나오고 실로 한심해지는 순간이었다.

[일단 가부좌(跏趺坐)를 틀고 편히 앉으십시오. 정신을 집중하시고 한 가지만 떠올리려고 노력해 보십시오.]

기운 빠진 힘없는 목소리로 설명을 마친 백호는 은평이 눈을 감자 그 뒤로 살며시 다가가 몸을 일으켜 세웠다. 앞발을 세우고 등으로 가져가자 빛이 퍼져 나갔다. 빛은 신기하게도 따뜻한 기운을 품고 있었다.

전승되는 지식은 그 양이 방대해서 하루아침에 깨우칠 것이라고 생각하고 있진 않았지만 어쨌든 최대한 자신이 할 수 있는 도움을 주기 위해 혈맥을 통해 자신의 기를 불어넣어 유도해 주었다. 어차피 머리의 지식이야 시간이 지나면서 차차 깨우치게 될 것이고 자신이 도와줄 일이라고는 몸속에 잠들어 있는 선대의 기운들을 일깨우는 것이었다. 한 번도 시도해 본 적은 없지만—그도 그럴 것이, 이렇게나 속썩이는 신선은 처음이었다—그다지 위험하거나 하는 일은 아니었기에 가벼운 마음으로 혈맥에 기운을 불어넣었다.

명색이 신선인 이상 보통 인간들의 혈맥과는 그 위치가 약간 달랐다. 신선들의 혈맥이란 것은 자연, 즉 우주(宇宙)로부터 기를 무한정 단시간 내에 최대한의 양을 받아들이기 위해 텅 빈 공동의 형태를 띠고 있고 그 구조는 그물의 형태로 기의 순환 형태로 곧게 뻗어 있다. 하지만 범인의 혈맥보다 훨씬 더 미세하고 세분화되어 머리부터 발끝까지 기를 받아들이기 좋은 신체로 발달되어 있었다. 다만 내공이란 개념은 신선에게 있어서 있을 수 없었다. 범인들과는 달리 내공을 쌓지 않아도 몸이 거의 무한정으로 기를 받아들이거나 내보낼 수 있고 주위에 퍼져 있는 기들을 마음대로 이용할 수 있으니 말이다.

[바로 그겁니다. 마음을 비우시고 머리로 온 정신을 집중해 보십시오.]

백호는 처음 창조된 후부터 지금껏 모셔왔던 신선들의 느낌을 되살려 자신의 기가 공명하여 그들이 신선으로서 존재했을 때의 모든 지식과 경험을 깨우기 위해 최대한 기를 불어넣었다. 은평의 몸 안에 주입된 백호의 기는 온몸 구석구석을 순회하며 돌았다. 백호의 앞발에서 빠져나가 한 바퀴를 돈 후 다시 백호에게로 돌아오는 방식으로 이것이 여러 번 반복되면 반복될수록 깊숙이 잠들어 있던 것들이 하나씩 일깨워질 것이다.

은평은 자신의 등을 통해 몸으로 스며드는 백호의 기를 생생하게 느끼고 있었다. 환하면서도 왠지 모르게 바람과도 같은 백호의 기는 일주천하면서 점점 은평의 몸과 동화되고 있었다.

[자, 잠깐! 이, 이거 뭔가 이상한데?]

갑작스런 기의 흐름에 백호는 당황해했다. 한 번도 해본 적은 없지만 이론적으로라면 절.대.로 이리 되어서는 안 되는 일이었다. 자신이 주입한 기는 은평의 몸을 일주천한 뒤 다시 자신의 몸으로 되돌아와야 하건만 빠져나가기만 하고 기의 재주입이 딱 끊겨 버린 것이다. 서둘러 앞발을 떼려고 해보았지만 찰거머리같이 달러붙어 꼼짝도 하지 않았다. 이대로 가다간 자신의 몸속의 기를 모두 빼앗겨 버릴 듯싶었다.

단순히 기의 고갈만을 의미하는 것은 아니었다. 자신이 지키는 서쪽의 성좌(星座)들의 균형이 무너져 내릴지도 모르는 일이었다. 우선 급한 대로 온몸의 기공(氣孔)을 모두 열고 외부로부터 기를 최대한 유입하여 성좌의 균형부터 지켜내는 일이 시급했다. 물론 갑작스럽게 몸 안으로 유입한 기가 호락호락 자신의 뜻대로 움직여 줄지는 미지수였지만 말이다.

[기가 뒤틀리고 있다!]

일정한 법칙성에 의해 조화되어 있던 기가 뒤틀리고 있었다. 아마도 어딘가에서 급속하게 주위의 기들을 흡입하기 때문에 생긴 일인 듯싶었다. 자신과 은평이 갑작스럽게 기를 흡수하고 있으므로 어느 정도 주위의 기들이 흩뜨러질 것이라고 예상은 했지만 직접 체감하니 혼란스러웠다.

[으윽! 은평님! 은평님!!]

하지만 백호의 외침은 은평에게까지 미처 전달되지 못했다.

은평이 너무나 급속도로 주위의 기를 흡수하는 통에 백호가 채 받아들일 수 있는 것이 없었던 것이다. 더구나 은평과 벽 하나를 사이에 두고 있던 막리가와 인은 자다가 갑자기 기가 뒤틀림을 느끼고 급히 자리에서 일어났다.

"이게 도대체 뭔 일이래?!"

막리가는 급히 옷을 껴입고 문을 박차고 뛰어나왔다. 내공마저 뒤흔들릴 정도로 강한 기의 흡수를 보이고 있는 근원지는 예상대로 은평의 방이었지만 차마 뛰어들어 가볼 용기(?)가 생기지 않아 간신히 은평의 방 앞을 지나 인이 묵고 있는 방으로 갔다.

"주무십니까?"

주무시냐고 물었지만 사실 인이 자리라고는 생각하지 않았다. 적어도 무공을 배운 자라면 저런 기의 뒤틀림 속에서 잘 수 있는 자가 몇 명이나 되겠는가? 하지만 방 안에서는 묵묵부답이었다.

조심스럽게 문을 열고 고개를 들이밀자 침상 위에 앉아 눈살을 찌푸리고 있는 인이 눈에 들어왔다.

"노 형께선 주무시는 줄 알았는데……."

막리가가 들여다보고 있는 것을 알았는지 그제야 인이 고개를 들었다.

"이런 상황에서 잠이 오겠습니까? 적어도 무공을 익힌 자라면 절대 그냥 잠을 청하지는 못할 것입니다."

막리가는 한숨을 내쉬면서 침상에 걸터앉았다. 인은 막리가가 앉을 수 있을 만큼의 자리를 내어주고는 저만치 옆으로 물러났다.

"아무렇지도 않으십니까?"

"무엇이 말이오?"

막리가는 턱짓으로 벽을 가리켰다. 분명 지금의 이 현상과 은평에 대해서 묻는 것이리라. 하지만 인 역시 모르니 뭐라 말을 해줄 수가 없었다.

"본인도 그걸 좀 알았으면 좋겠수다."

백호와 막리가, 그리고 인 등은 이래저래 잠 못 드는 밤이었다.

─비로소 우리가 나설 때인가?

귓전을 때리는 웅웅거리는 울림. 마치 여러 사람이 한꺼번에 말하고 있는 듯한 몽환적인 울림이었다. 성별, 나이 등 모든 게 각각 다른 사람들의 말소리가 하나로 합해지는 이 울림은 신비롭기도 했고 뭔가 따스한 느낌이 들기도 했다. 마치 뭐랄까, 오랫동안 잊고 있었던 것 같으면서도 태초로부터 비롯되는 근원적인 그런…….

　─한참이나 기다렸다네. 가만 있다가는 전승을 못하는 것이 아닌가 걱정되기도 해서… 그래서 의식 깊숙한 곳에서 이렇게 친히 나와본 것이라네.

　검기만 하던 시야가 갑자기 온통 새하얀 빛들로 둘러싸였다.

　─아무리 준비없이 전승받은 후계자라지만 이렇게 자신과 우리들의 정신을 동화시키지 못하는 건 처음이로군.

　자신은 아무런 말도 할 수 없건만 정체를 알 수 없는 울림은 계속되고 있었다.

　─돌연변이라서 그럴지도…….

　─그나저나 저항이 만만치 않은데 무슨 수로 동화시킨단 말인가?

　울림은 혼자서 두 명 이상의 사람이 대화를 하듯, 자문자답하고 있었다. 자문자답은 계속해서 이어졌다.

　─빨리 끝내지 않으면 안 되겠는데? 우리 때문에 이 육체가 끌어들이는 기의 양이 너무 비대해졌어.

　─그런가? 그렇다면 빨리 끝내야지.

　갑작스럽게 시야가 어두워지더니 이내 다시 밝아졌다. 장면이 바뀌어 버리는 듯한 느낌이었다.

　고속 열차를 타고 휙휙 지나가는 듯한 광경이 눈앞을 스쳤다. 굉장히 빠른 속도로 지나치는 것 같음에도 광경은 생생하게 머리 속으로 스며들었다.

　태고로부터 존재해 왔던 자들이 빠르게 창조되고 또한 소멸해 가는 과정은 그리 낯설지 않았다. 지각의 변동, 우주에 존재했던, 또한 존재하는, 그리고 앞으로 존재하게 될 모든 존재들의 한평생의 삶을 아주 빠른 속도로 체험하고 있는 듯한 느낌이다. 그들이 살아오면서 느낀, 그리고 깨달은 진화의 과정까지도 아주 생생하게 전해져 왔다. 존재하는 모든 것들이 느낀 죽음, 허무, 분노, 기쁨, 슬픔 등등이 마치 자신의 일인 양 전달되어 왔다.

구역질이 치밀어 오른다. 흡사 청룡열차를 끝없이 타고 있는 듯한 아찔한 감각이었다. 붕 뜬 몸은 의지와는 상관없이 이리저리 흔들리면서 은평은 점점 해탈과 열반에 이른 고승과도 같은 마음이 되는 것도 같았다.

―겨우 동화된 것 같군.

―그렇네. 다행이야.

점점 목소리가 사그라드는 것을 느끼며 은평은 어두워지는 시야 사이로 자신을 내맡겼다.

똑똑똑!

정신없이 널브러져 자고 있던 은평은 문을 두드리는 소리에 화들짝 놀라 몸을 일으켰다. 이미 해가 중천에 떴는지 창을 통해 침상으로 햇살이 내리쬐고 있고 자신은 침상에서 떨어질 듯 말 듯한 어중간한 위치에 앉아 있었다.

"아직도 안 일어났나?"

문밖에서 누군가 두런두런거리는 말소리가 들려왔다. 아마도 막리가와 인일 것이라고 짐작한 은평은 침상에서 내려와 문을 벌컥 열었다.

"문밖에서 뭐 해, 안 들어오고?"

은평이 문을 열자 두 사람은 기겁을 하며 저만치 멀리 떨어졌다. 고개를 폭 수그리고 제대로 눈도 마주치려 하지 않자 기분이 나빠지는 은평이었다.

"뭐야? 왜 기분 나쁘게시리 그러고 들 있어?"

"…저… 저… 소저. 의, 의관을 정제하고 나오시지요."

"의관?"

막리가가 등을 돌린 채 간신히 말을 내뱉자 은평은 그제야 '아하' 하는 눈빛으로 문을 닫았다. 지금 입고 있는 이 옷이 저 사람들에게는 속옷으로 비춰질 수도 있다는 것을 그제야 깨달은 것이다.

입는 옷들이 특히 저 궁장인지 뭔지 하는 것들은 하도 치렁치렁하고 여러 벌을 한데 껴입는 식이다 보니 속옷과 겉옷의 개념이 모호해졌던 것이다. 자신은 지금 입고 있는 이 속의가 그냥 옷같이 느껴지고 있었지만 아마 저 사람들의 입장에서는 속옷이니 기겁할 만도 하겠다 싶어 우스워지는 은평이었다.

"얼레? 백호, 넌 또 왜 거기 축 늘어져 있니?"

[정말 기억 안 나십니까?]

"응, 안 나. 뭔 일 있었어?"

새벽녘이 돼서야 겨우 기의 흡수를 자제하고 무아지경에 빠져들던 은평은 백호가 왜 저렇게 힘없이 널브러져 있는지 이해가 되질 않았다. 누가 봐도 처량하고 핼쑥한 몰골로 침상 한쪽에 늘어져 힘없이 자신을 올려다보는 모습이 가엾긴 했지만 말이다.

은평은 그냥 그런가 보다 하고 탁자 위에 벗어둔 옷을 껴입었다. 슬슬 배가 꼬르륵거리기 시작해 식사 좀 하고 인에게 부탁해서 옷을 사러 나가리라고 마음먹었다. 항상 백호의 격렬한 반대에 부딪쳤지만 오늘은 힘없이 저렇게 늘어져 있으니 가능할지도 모르겠다는 생각이 들었다.

"백호야, 밥 먹으러 가자."

은평은 즐거운 마음으로 축 늘어진 백호를 품에 안고 문을 나섰다.

"어떤 게 좋을까?"

은평은 객점에서 식사를 마치자마자 옷을 사러 나왔다. 어차피 이곳에서 간편한 옷을 바라는 것은 아니었지만 적어도 궁장보단 편할 거라고 생각했다. 뭐, 정 안 되면 남자 옷이라도 사서 입어야겠다는 생각으로 백호의 말은 가볍게 흘려버리고 즐거운 마음으로 옷을 골랐다.

"소저, 옷을 고르시게요?"

유들유들한 인상의 주인이 손바닥을 마주 비비며 은평의 뒤를 졸졸 따랐다. 포목점을 겸하는지 가게 내부에는 비단들이 쌓여 있었다. 그리고 한쪽에는 모조리 한 땀 한 땀 수를 놓아 만들어진 듯한 옷 여러 벌이 곱게 개어져 그 자태를 뽐내고 있었다.

"소저, 골라만 보십쇼. 치수를 재고 며칠 뒤에는 찾아갈 수 있습니다. 기다리는 게 싫으시면 이미 완성된 옷들 중에서 골라보시지요."

은평은 자신이 지금 입고 있는 것과 비슷비슷한 궁장들밖엔 없는 것 같아 뜨악하다가 문득 눈에 뜨이는 옷을 발견했다. 흰 백의였지만 궁장들과는 달리 긴 치마도 아니었고 마치 남자들이 입는 장포와도 엇비슷한 생김새여서 아주 마음에 들었다. 처음에는 남성용이 아닐까 했지만 아랫단에 곱게 수놓아진 여러 문양을 보자 분명히 여성용일 거라고 짐작했다.

"저걸로 주세요."

주인은 은평의 손가락이 가리키는 방향을 보고는 고개를 갸우뚱거렸다.

"소저, 소저께는 이런 궁장이 더 잘 어울리는 듯싶은데 어찌 경장을 고르십니까? 저건 경장이라고 해서 주로 무공을 익히는 소저들이 입는 옷입니다."

"괜찮아요. 경장이라고 했던가요? 저 옷으로 주세요."

은평은 가게의 입구 쪽에 서 있던 인에게 돈을 지불하라고 눈짓을 보냈다. 인은 투덜거리면서도 허리춤의 주머니에서 은자를 꺼내었다.

간편한 경장으로 갈아입고 난 은평은 뭐가 그리 즐거운지 콧노래를 불렀다. 치렁치렁한 것은 여전했지만 궁장에 비하면 새 발의 피였다. 옷을 마련한 김에 머리를 묶을 끈도 몇 개 살까 해서 은평은 인을 바라보며 배시시 웃어 보였다.

"왜 또 그렇게 웃는 거야? 아직도 살 게 남았어?"

"언제까지 머리를 풀고 다닐 수는 없으니까 머리 끈이라도 하나 살까 해서."

인은 투덜거리면서도 은평의 부탁대로 여성의 장신구를 파는 가게로 발걸음을 돌렸다.

[무슨 일이지? 신선께서 직접 인간들 사이를 돌아다니시다니…….]

[그러게. 어제 말들한테 듣고선 믿지 않았는데 정말이구나.]

쫑알쫑알거리는 소리에 은평은 고개를 돌렸지만 말을 한 것처럼 추정되는 사람은 주위에 없었다. 각자 자신들의 볼일이 있는 듯 바삐 지나가는 사람들과 자신을 뚫어져라 쳐다보고 있는 사람들뿐이었다. 분명 자신의 주위에는 그런 사람들이 없건만 귓가에서 쫑알대는 소리는 여전했다.

[보통은 영의 상태로 나타나시곤 하던데 저분은 좀 특이하시지?]

[게다가 머리 색도 검어. 보통은 하얀 머리가 아니었던가?]

문득 나뭇가지에 사이좋게 앉아 있는 새 두 마리가 보였다. 마치 서로 이야기를 하는 듯 마주 본 채로 즐겁게 지저귀고 있었지만 그 지저귀는 소리가 은평의 귀에는 사람의 이야깃소리로 들렸다.

[아앗! 이쪽을 보신다. 우리가 너무 시끄럽게 떠들었나 봐.]

"…새, 새, 새가 말하고 있어?"

몽중유곡에 있던 영물들이 사람의 말을 하는 것은 보아왔지만 저런 일반 동물들의 말소리를 들어본 것은 오늘이 처음이었다. 원래라면 아무런 의미 없는 짹짹대는 소리로 들려야 하건만 자신의 귀에 들리는 것은 분명한 의사 전달의 표시인 '말' 이었다.

"거기서 넋 놓고 뭐 해?"

인이 자신을 부르는 소리에 그제야 정신을 차린 은평은 머리 속으로 백호를 불렀다. 백호라면 이 사태를 설명해 줄 수 있을 것이다.

"이거 도대체 뭐야?!"

[인간이 아닌 모든 생물체와 의사 소통이 가능한 것도… 신선의 능력 중 하나입니다.]

백호는 아마 어젯밤의 일 때문에 깨닫게 된 능력이라고 생각하고 있었다. 그 난리를 피워놓고 저런 간단한 능력조차 발휘하지 못한다면 그것도 말이 안 되는 것이었고 또한 혹시라도 발휘하지 못했을 시에는 생사를 결판낼 각오를 하고 이를 뿌득뿌득 갈고 있던 백호였다.

11

무당파로 가는 길은 멀고도 험했다

무당파로 가는 길은 멀고도 험했다

인은 앞으로의 행로를 정하는 과정에서 난감해하고 있었다. 은평에게
는 특별한 목적지가 없는 눈치였고 자신 역시 꼭 가봐야 할 곳이 있는 것
도 아니었다. 그런 까닭으로 행로를 정하기 위해서 은평이 찾는다는 사
람으로 이야기의 초점이 맞춰져 갔다.

은평이 기억하고 있는 것은 이름과 수하를 여러 명 거느리고 있다는
것뿐이었으니 고작 그것을 가지고 이 넓디넓은 땅덩어리에서 찾아낼 수
있을지 의문이 들었다.

"소저, 소저께서 찾는다는 사람이 무공을 알고 있었습니까?"

"…음, 알고 있는 것 같았어요. 잘 날아다니던데요? 음… 그리고 그
사람이 수하로 거느리고 있는 사람들도 잘 날아다녔어요."

"…흠흠……."

막리가는 날아다닌다는 의미가 무얼까 한참을 생각하고 나서야 겨우
깨달았다. 은평이 말한 '날아다닌다' 라는 의미는 경신법을 의미하는 것
이었다. 경신법을 단순히 '날아다닌다' 라고 표현하는 은평이 새삼 존경
스러워질 따름이었다.

"수하를 거느리고 있다면 큰 문파에서 요직을 맡고 있을 확률이 높겠
군요. 무공 역시 안다니 차라리 저와 같이 무림대전에 한번 가보시는 것
이 어떻는지요?"

"아, 그렇군. 그 수도 있었어. 무공을 아는 자라면 무림대전에 쌈질(?)
하러 나올 테고 또 본인이 아니라 네가 찾는 사람을 알고 있는 사람이라
도 있을 거 아냐. 어떤 단서라도 찾을 수 있을 거야."

인 역시 동감한다는 듯 고개를 끄덕거렸다. 확실히 수하까지 거느리고
있을 정도의 위치라면 문파 내에서도 그 위치가 상당할 터였다. 설사 본
인이 나오지 않는다 해도 요직에 있다면 그 인맥도 있을 것이고 어느 정
도 면식 정도는 있어 그를 아는 사람이 나올 수 있지 않을까 싶었다.

"인, 무림대전은 언제쯤 열려?"

"올해는 중추절(仲秋節)을 기점으로 한다고 들었으니… 세 달 정도 남
았군."

"아직은 넉넉하군요. 시일이 여유가 있으니 소저께오서도 그외에 다
른 볼일이 없으시면 유람이나 하는 것이 어떻겠습니까?

막리가의 제안에 은평이 인을 가만히 바라보자 인 역시 별다른 의견이
없다는 듯 어깨를 으쓱해 보였다.

"뭐, 유람이라… 좋지. 어차피 응천부(應天府)가 있는 강소성(江蘇省)
으로 가려면 하남성(河南省)과 안휘성(安徽省)을 거쳐 가야 할 테니까.
시간이야 넉넉하니 호남성(湖南省)을 경유해서 가도 괜찮겠지."

"하남성이나 안휘성에는 뭐 유명한 거라도 있어?"

은평의 물음에 막리가와 인은 잠시 황당하다는 표정을 지었다. 호남성에는 중원인이라면—설혹 중원인이 아니라고 할지라도—모두들 이름을 한 번쯤은 들어봤을 동정호(洞庭湖)를 비롯해 오악(五岳)의 하나인 형산(衡山)이 자리 잡고 있고 하남성에는 낙양(洛陽)과 개봉(開封) 역시 오악의 하나이며 소림사(少林寺)가 있는 숭산(嵩山) 등 갖가지 명승지가 즐비하건만 은평은 지금 유명한 거라도 있느냐며 묻고 있었다.

"왜 그런 표정을 짓고 그래?"

"하.하.하! 아, 아니야, 아무것도."

둘 다 도저히 허탈함을 감추지 못하고 얼굴에 허무한 빛이 떠올라 있자, 은평이 그런 둘의 기분을 알아챈 듯 퉁명스럽게 쏘아붙였다.

"모를 수도 있는 거지. 사람 무안하게 그런 반응을 보여야겠어?"

"모르는 것도 모르는 것 나름이지."

"그래, 나 인적도 드문 산골에서 혼자 살았다! 뭐, 보태준 거라도 있어?!"

은평의 반응에 막리가가 조금 당황했던지 뒤통수를 긁적거리며 미안하다는 듯 머쓱한 표정을 지었다.

"소저, 제가 무례했던 것 같습니다. 소저께 무안을 주고자 한 것은 아니니 결례를 용서하시지요."

정중한 사과에 더 이상 뭐라고 따지고 드는 것도 예의는 아닌 듯해 은평은 고개를 끄덕이며 간단하게 괜찮다라는 뜻을 전했다. 하지만 인은 가소로운 눈으로 내려다보며 고개를 돌려 버려서 은평은 속으로 이를 갈았다. 지금은 더 이상 따지고 들 수도 없으니 기회를 봐서 가만두지 않을 작정을 하고 있었다.

인은 능숙한 솜씨로 말의 안장을 채우고 있었다. 말의 머리에 두락(頭

絡)을 씌우고 인(靷)을 건 다음 말의 등에 언치를 얹고 그 위에 안장과 등자(鐙子)를 덧씌웠다. 그런 후 말의 고삐를 대충 적당한 길이로 조절한 다음 그것을 은평에게 건네주었다.

"고삐를 잘 잡아. 말은 탈 줄 알아?"

"한번 타보면 알겠지."

"뭐?!"

머리털 나고 생전 처음 타보는 말인지라 걱정과 불안감이 앞섰지만 백호의 말에 따르자면 자신이 신선인지 머시기인지 하니 동물들이 알아서 다 따를 거라는 자신감에 한번 타보기로 마음먹었다.

"잘 부탁한다."

은평은 자신을 태우고 다니게 될 말의 갈기를 쓰다듬어 주며 똑바로 눈을 마주하고 싱긋 웃어 보였다.

[살면서 신선을 직접 뵙기는 처음이옵니다.]

예의 바르면서도 듣기 좋은 굵기의 저음에 은평은 이 목소리가 자신의 눈앞에 있는 말이라는 것을 깨달았다. 난폭한 줄로만 알았는데 눈을 마주하고 보니 눈빛이 무척이나 순수해 보인다. 게다가 자신에게는 그다지 악의도 없는 것 같았다.

"나 한 번도 말을 타보지 않아서 말이지. 잘 부탁해."

"이봐, 말머리 붙잡고 뭐 하는 짓이야? 얼른 올라타."

은평이 하는 양을 잠자코 보고 있던 인의 핀잔에 은평은 입을 삐죽거리면서도 엉성한 태도로 등자에 발을 걸었다. 인은 영 못 미덥다는 듯 혀를 차며 은평이 안전하게 탈 때까지 옆에서 지켜보고 있었다.

"슬슬 출발하시지요."

막리가 역시도 약간 걱정이 앞섰던지 은평이 탄 말의 고삐를 잡아 앞으로 이끌어주었다. 은평은 처음 타는 사람답지 않게 자세에 제법 균형이 잡혀 있었다. 물론 은평이 잘 타는 게 아니고 말 쪽에서 세심하게 보조를 맞춰준 결과였다.

"말을 처음 타는 줄 알고 걱정했는데 의외로 괜찮잖아?"

"비아냥거리지 마."

"순수한 칭찬이야."

두 사람의 투닥거리는 모습이 우스웠는지 막리가는 소리 죽여 웃다가 은평의 시선을 받고는 헛기침을 해대며 허겁지겁 화제를 바꾸었다.

"음… 전 이제 그만 슬슬 헤어져야 할 듯싶습니다. 더 이상 길을 지체할 수가 없어서 말입니다."

막리가는 작별을 고했다. 확실히 요 며칠간 너무 길을 지체했다.

"그렇소? 안녕히 가시구려."

인은 짐짓 섭섭하다는 얼굴로 막리가에게 인사했다. 은평도 막리가의 손을 붙잡고 악수를 했다.

"그래요. 안녕히 가세요."

*　　　*　　　*

"형니이이이이임!! 형니이이이이임!!"

호들갑스러운 막내의 외침에 진천혈마(振天血魔)의 얼굴이 걸레처럼 구겨졌다. 이제 막 분위기를 잡고 대사(?)에 임하려는 순간 저 눈치 없는 놈이 훼방을 놓고 있는 것이다.

앵춘이 년의 얼굴을 살짝 살피니 화장 짙은 그 얼굴에 짜증이 잔뜩 서려 있다. 만약 별일 아닌 것으로 대사(?)를 그르치게 한 것이라면 저놈을 반쯤 죽여놓아야겠다고 마음먹고 기본적이지만 중요한 것만 대충 가린 채로 문을 열어젖혔다.

"무슨 일이냐?"

"형니이임! 역시 여기 계셨구려. 한참을 찾았습니다. 지금 앵춘이 년과 노닥거릴 시간이 없으시니 어서 옷을 갖춰 입고 나오십쇼."

"부탁하겠는데 이 몸이 알아듣도록 설명할 수 없겠냐?"

진천혈마의 이마에 힘줄이 서리는 것을 그제야 발견한 막내는 흥분을 가라앉히고 특유의 호들갑스런 말투로 설명을 시작했다.

"본 교 총단에서 보내온 서신을 기억하십니까?"

"기억하다마다."

진천혈마는 총단에서 보내온 서신에 대해 기억을 더듬었다. 그림으로 보기에도 대단한 미소녀의 초상화 한 장이 첨부되어 있었고 그 내용은 이러했다.

그림 속의 소녀를 상처 하나 없이 생포해 오는 자에게는 단주급의 직책을 내림과 동시에 상금을 원하는 자에게는 상금을, 무공을 원하는 자에게는 마교의 교주들만이 들어갈 수 있다는 비고에 비치된 절세무공의 비급을 상금으로 주겠다는 파격적인 내용이었다. 한마디로 요약, 정리해 보자면 그 소녀만 총단에 데려다 놓으면 그야말로 팔자 고친다는 소리였다.

"그런데?"

"그… 초상화 속의 소녀가 나타났습니다!!"

"그게 정말이냐?!"

"그렇다니까요! 무당산 쪽으로 향하고 있는 걸로 봐서는 무당파에 들를 듯한 모양샙니다. 무당파 가까이 가면 도사랍시고 으스대는 것들 때문에 골치가 아파질 것이니 아직 우리의 세력권 안에 있을 때 잡으셔야 하지 않겠습니까?"

"이런 멍청한 것을 보았나? 그 중요한 걸 이제야 고하다니! 형제들에게 전부 알려라! 우리보다 무공이 훨씬 더 고강한 놈들도 눈독을 들이고 있을 터인데 딴 놈들이 채 가기 전에 우리가 먼저 접수해야 한다!"

말을 마친 진천혈마는 당장 방으로 뛰어들어 가서 옷을 껴입었다. 그리고 의아해하는 앵춘이를 내버려 두고 부리나케 막내의 뒤를 따라나섰다.

진천혈마의 머리 속에는 자신이 단주가 되고 고강한 무공을 익혀 으스대는 모습이 그려지고 있었다. 다만 현실이 그의 망상대로 되어줄지는 의문이지만 말이다.

*　　　*　　　*

"시일도 넉넉하니 가는 김에 무당산 쪽이나 잠깐 들러볼까 하는데 괜찮겠어?"

인은 대뜸 무당산을 들르고 싶다며 은평에게 양해를 구해왔다. 어디까지나 이 여행의 목적은 은평의 사람 찾기였으니 말이다.

"무당파? 괜찮아. 상관없어."

"무당산이 어딘지는 알고 그런 소릴 하는 건지 모르겠네."

"그래, 이 아저씨야. 계속 비아냥거려 대봐."

"누가 아저씨야?!"

백호는 둘의 말다툼을 보며 한숨을 내쉬었다. 그리고 고개를 절레절레 흔들었다. 하루 이틀 겪는 일도 아니지만 왠지 오늘은 길어질 듯한 불길한 예감이 들었다.

"말이 용하군. 저런 걸 태우고 다니면서도 진절머리 하나 내지 않다니."

"…그거 지금 나보고 하는 소리야?"

"설마… 그냥 혼잣말이었을 뿐이야."

은평은 분했지만 마땅히 대꾸할 말이 없었다. 자신이 말을 타본 경험이라고는 어렸을 적에 놀이공원에 가서 회전목마를 타본 게 전부였기 때문이었다. 지금 은평은 누가 봐도 엉성하고 불안정한 모양새였고 낙마(落馬)하지 않은 게 용했다. 말 쪽에서 은평에게 거의 보조를 맞추어주고 있어서 그나마 이 정도로 탈 수 있는 것이었기 때문에 인의 놀림에도 맞받아치지 못하는 은평은 약이 올라서 삐죽하니 입이 나와 있었다.

[몇몇의 사람들이 이쪽으로 접근하고 있습니다. 조심하시는 것이 좋을 듯합니다.]

"알아, 나도 대충 기의 흐름을 느꼈어."

은평은 백호의 말에 퉁명스럽게 답했다. 신기하게도 은평은 그 밤 이후 대략 기의 흐름을 느끼고 있었다. 아직 기를 자유자재로 몸으로 받아들이고 그것을 운용하는 것은 익숙하지 않지만 기의 흐름을 느끼게 됨에 따라 예전에 백호가 알려주었던 술법도 익숙하게 쓸 수 있었다.

"조심해. 우리 쪽으로 무공을 익힌 여럿이 접근하고 있어."

인은 처음에는 그냥 흔한 도적의 무리거나 녹림도쯤으로 가벼이 여겼지만 점점 포위망을 형성해 오는 느낌이 어느 정도 무공을 익힌 자들이었다. 개중에는 기척을 완벽히 숨긴 자도 있고 여봐란 듯이 기척을 전부 드러낸 자들도 있었다. 수는 대략 열 명 남짓으로 내공은 일 갑자도 안 되는 자와 일 갑자를 웃도는 자 등등 여러 부류였다.

그리고 얼마 지나지 않아 주변에 은둔해 있던 몇몇의 인영이 슬며시 그 모습을 드러냈다.

"어디를 그렇게 바쁘게 가시나?"

맨 처음 모습을 드러낸 자는 진천혈마를 비롯한 그의 오 형제들이었다. 폼이라도 잡는 듯 갈대 숲 사이에서 커다란 도를 움켜쥐고 능글맞은 웃음을 흘리고 있다. 이름만 거창하지 거의 머릿수로 밀어붙이는 그들은 떠돌이 무사 같은 행색의 사내만을 바라보고 매우 우습게 여긴 듯 저갓놈이 뭘 할 수 있을까 하는 표정이었다.

그리고 그 생각을 바탕으로 매우 자신만만하게 모습을 드러낸 것이었다.

진천혈마는 고개를 빳빳이 쳐들고 은평 일행을 노려보았지만 둘은 그에게 전혀 관심을 내보이지 않았다. 심지어는 은평의 품에 안겨 있는 백호조차 무관심해 자신이 무시당했다고 여긴 진천혈마가 소리를 지르려는 순간,

"어느 고인이신지는 알 수 없지만 슬슬 그 모습을 드러내심이 어떠하신지요?"

인이 아무도 없는 들판을 둘러보며 정중하기 이를 데 없는 말투로 외쳤다. 그리고 잠시 뒤 아무런 인기척도 없던 들판의 나무 위에서 인영 하나가 튀어나왔다. 너덜너덜 다 찢어진 누더기를 걸친 꼽추로 그에게서는 무언가 썩는 듯한 냄새가 진동해 눈살을 찌푸리게 만들었다. 게다가 사람의 뼈로 추정되는 흰 조각들을 이어 그것을 자랑스럽게 목에 걸고 있었다.

"다른 분들께서도 모습을 드러내시지요! 언제까지 숨어서 눈치만을 보고 계실 작정이십니까?"

미리 알고 있었다는 듯한 태도로 인은 또다시 목청을 높였다. 그의 말이 끝나기가 무섭게 여기저기서 기척을 감추고 있던 자들이 그 모습을 드러냈다. 그 행색이나 생김새도 가지각색이었고 풍기는 기도 또한 범상치 않았다.

단아하고 검소한 인상에 철필(鐵筆)을 들고 있는 문사 차림의 서생 같은 중년 사내가 있는가 하면 눈에는 흉흉한 살기를 띤 건장한 체구의 노인, 그리고 커다란 방울이 달린 지팡이에 양손을 의지하고 있는 백발이

성성한 노인도 있었다. 꼽추까지 합하면 모두 넷이었다.

　─내가 처리할 테니 걱정 마.

　인은 은평의 귓가로 전음을 보내놓고 짐짓 거만한 목소리로 외쳤다.

　"시령각시(尸令鬼角), 마서생(魔書生), 흉신거사(凶神鋸司), 마영노(魔鈴老)라… 벌써 관 속에 들어가고도 남았을 자들이 아직도 살아서 날뛰고 있었다니……."

　새파랗게 젊은것이 언뜻 보기에도 그보다는 훨씬 나이가 들어 보이는 연장자에게 할 말투라고는 생각되지 않았다.

　네 인영 중 지팡이를 쥔 마영노라 생각되는 노인이 회색의 눈썹을 들어 올리며 인의 얼굴을 찬찬히 살피었다. 이윽고 관찰을 다 끝냈는지 다 쉬어 빠져 쌕쌕 숨소리가 새어 나가는 듣기 싫은 괴상한 음으로 박장대소(拍掌大笑)를 터뜨렸다.

　"크하하하핫! 아직 새파랗게 젊은 놈이 눈썰미는 있구나! 본노를 비롯해 여기 있는 모두를 알아보는 것은 가상하다만 노선배들에 대한 존경심은 없는 것 같으니 노부가 한 수 버릇을 가르쳐 줘야겠다!"

　무슨 일인지 저만치 뒤로 물러나서─지금 여기서 이들에게 신경을 쓰고 있는 자는 아무도 없었다─상황을 살피고 있던 진천혈마와 그 형제들로서는 입을 쩌억 벌리고 소리없는 비명을 지르고 있었다. 이름이 거론된 시령각시, 마서생, 흉신거사, 마영노 등은 모두 마교가 봉문하기 이전부터 마두로 악명 높았던 자들인 것이다. 쓸 만한 무공도 없고 별호만 거창하게 지어놓은 자신과는 모두 비교조차 안 되는 거물들이었다.

　"무슨 이유로 우리의 앞길을 가로막은 것이오? 본인은 그대들과 아무런 연관도 없소만."

　진천혈마는 인의 말투에 속으로 혀를 차며 동정했다. 분명 저놈은 간이 부어도 한참 부은 놈일 것이다. 아니면 죽고 싶어 환장을 한 미친놈이

거나.

태양혈의 돌출도 없고 그다지 내력도 깊지 않아 보이는 젊은 놈이 뭘 믿을 게 있다고 저런 대마두들에게 뻗대고 있단 말인가? 옆에서 지켜보는 진천혈마는 간이 오그라드는 듯해 마른침을 꿀꺽 삼켰다.

"선배께서 나서서야 되겠습니까? 제 선에서 처리하지요."

청수하면서도 단아한 인상 덕택에 손에 들고 있는 철필만 아니라면 그저 글 읽는 백면서생 정도로 보이는 마서생이 정중한 태도로 마영노를 향해 고개를 숙였다.

"마서생, 건방지구나! 제일 연배가 어린 네놈이 나설 자리가 아니다!"

홍신거사로 짐작되는 건장한 체구의—도저히 노인 같지 않은—노인이 마서생을 향해 일갈을 날렸다.

"보아하니 떠돌이 무사 같은데… 자네에게는 볼일이 없다네. 자네가 데리고 있는 저 소녀만 넘겨주면 곱게 보내주겠네만 어떠한가?"

자신으로서는 최대한의 배려를 한다는 식의 태도로 가슴에 품고 있는 검을 쓰다듬으며 홍신거사가 협박 아닌 협박을 해왔다.

"얘를?"

인은 고개를 돌려 어이없다는 눈으로 은평을 아래위로 쫙 훑어보더니 한마디 내뱉었다.

"저것들 하고 뭐 원한진 거라도 있냐?"

듣고 있던 저것들(?)의 인상이 확 찌푸려졌다.

"난 오늘 처음 보는 사람들인걸? 그럴 리가 없잖아."

"그런데 왜 널 찾냐?"

"내가 그걸 어떻게 알아."

"저것들한테 갈래?"

그 물음에 은평은 네 명을 찬찬히 뜯어보더니 한숨을 내쉬었다.

"아휴~ 미쳤어? 내가 저런 사람들한테 왜 가."

긴장감이라고는 눈곱만치도 느껴지지 않는 대화를 마친 인은 그들에게 간단하게 거절의 의사를 표했다.

"본인은 가기 싫다는데 어쩌실 게요?"

"클클… 그렇다면 강제로라도 끌고 갈 수밖에 없겠는데?"

시령각시가 하얀 무언가를 꺼내 들고 있었다. 인골을 날카롭게 갈아 만든 검이었다. 내력이 주입되어 예기가 흐르는 것이 웬만한 병기에 못지 않을 듯했다. 그 모습을 본 인은 혀를 차며 일이 귀찮게 되어간다고 투덜거렸다.

인은 등에 메어져 있던 검집을 뽑아 손에 쥐고 말에서 내렸다.

"당신들 넷은 서로 타협하지 않기로 유명한데 오늘은 어찌 된 일인지 아주 똘똘 뭉쳤군. 그렇게 할 만큼 은평이 중요한 존재였던가?"

"무인이라면 강해지기 위해 더욱더 강한 무공을 바라는 것이 당연지사가 아니겠는가?"

"…무슨 소리인지는 알 수 없지만 피차 간에 시끄럽게 굴지 말고 이렇게 합시다. 나와 싸워서 이기시오. 그대들 네 명이 한꺼번에 덤벼도 좋고 한 명씩 차례대로 덤벼도 좋소. 이긴다면 은평을 내어줄 것이고 진다면 조용히 물러가시오. 어떻소?"

"저, 저런 육시랄 놈을 보았나? 뭐가 어째?! 내 오늘 네놈을 오체분시하지 못하면 내 성을 갈리라."

흉신거사가 흥분해 눈을 부릅뜨고 금방이라도 달려나갈 듯한 자세를 취했다.

"크하하하하핫! 재미있는 놈이로고! 광오하기 짝이 없구나! 네놈이 무엇을 믿고 그리 설쳐 대는지는 모르겠다만 오늘은 나에게 걸렸으니 그 건방진 주둥아리를 놀리는 것도 오늘이 마지막일 게다!"

짐짓 대소를 터뜨리며 웃고 있는 마영노의 눈은 핏발이 서 있었다. 그것은 시령각시와 마서생 역시 다를 바가 없었다. 그들의 자부심이 짓밟혔을 뿐만 아니라 일신의 무공도 비웃음을 당한 것이다. 이렇게 모욕을 당하고도 화를 내지 않는다면 그건 이미 무인이 아니다. 더구나 이 일이 강호에 알려진다면 세인들의 웃음거리가 될 것은 너무나 뻔했다.

"결과야 뚜껑을 열어보기 전에는 알 수 없는 것 아니겠소? 덤비시오."

인은 검을 꺼내 들었다. 그가 검을 꺼내 들자 마영노의 눈에 미미하게 놀라움이 스쳤다. 그리고 어느새 그의 눈은 그리움과 회한으로 가득 차 있었다. 어째서 그가 인의 검을 보고 저런 눈을 하는 것일까?

"네놈 하나쯤은 나 혼자로도 충분하다."

먼저 나선 것은 마서생이었다. 그는 안색이 딱딱히 굳어져 있었고 오른손에 쥐어진 철필은 그의 기분을 대변이라도 하듯 내공이 주입되어 빳빳이 서 있었다. 인이 자신의 앞으로 다가오기가 무섭게 아무런 예고도 없이 철필을 휘둘렀다.

"파혈강(破穴疆)!"

쇠로 만든 침인 양 독 오른 묘(猫)의 털처럼 바짝 세워진 철필의 끝 자락이 인의 사혈(死穴)만을 노리며 찔러 들어왔다. 모두 생명을 지닌 듯 각기 심 하나하나마다 빠르게 변화할뿐더러 어느 방향으로 찔러 들어올 것인지 예측을 불허케 하는 초식이었다.

"마서생이란 명호가 아깝군 그래. 철필 따위야 써본 적이 없지만 내가 대신 쥐고 휘둘러도 이것보단 나을 텐데……."

"날 흥분시켜 허점을 보이게 하려는 얕은 심계(心計) 따위에 걸려들 이 마서생이 아니다!"

"사실을 말한 것뿐이오."

보통의 검치고는 그 길이가 긴 편인 장검을 도리질쳐 날아오는 철필을 가닥가닥으로 끊어버린 인이 입가에 자신만만한 미소를 머금었다.

"내 삼성 공력이 실린 철필을 피하면서 전부 끊어놓다니 보법이 제법 뛰어나구나! 재간은 쓸 만하다만 겨우 이 정도 재간을 갖고 나에게 덤빌 작정이었더냐?"

파파팟!

마서생의 철필 끝이 다시금 쭉 늘어나더니 이번에는 각기 다른 방향에서 인을 향해 뻗어왔다.

"타핫!"

인의 검이 철필의 끝을 이리저리 막아내며 보법을 운용해 발을 놀렸다. 그리고 철필 끝을 피해 마서생에게 근접해 갔다.

"검이 제법 훌륭하구나! 그렇다면 이것도 어디 한번 받아내 보거라!"

인이 가까이 접근해 오는 것을 호락호락 넘길 마서생이 아니었다. 이런 철필을 무기로 쓰는 자들은 원거리 공격이 가능한 대신 근접전이 불리했다.

"유모제지천(柔毛諸至天)!"

아까보다 좀 더 많은 내력이 주입된 듯 날카로운 예기를 발했지만 부드러운 곡선을 그리며 철필이 다시 한 번 인의 사혈을 노렸다.

"그런 형편없는 초식으로는 내 그림자조차 칠 수 없을 것이오이다."

인의 손에 들린 검이 다시 한 번 부드러운 곡선을 그리며 휘둘러졌다. 날카로운 타격음이 연달아 터지고 마서생이 당황한 표정으로 철필에서 황급히 공력을 거두었다. 공력이 거두어진 철필은 그 심이 이리저리 빠져 볼품없는 몰골을 하고 있었다.

"내 오성 공력을 받아내다니, 보기보다는 네 재간이 쓸 만하구나."

말만은 당당했지만 그의 눈가에는 낭패한 기색이 역력했다. 자신의 공력은 이미 일 갑자를 넘어서고 있었건만 새파란 애송이에게 이목이 집중

된 곳에서 창피를 당하고 있는 것이다. 게다가 보기보다 재간이 있는 놈이었던지 자신의 공력이 실려 창칼처럼 날카로워진 철필의 심을 저렇게 동강내 버렸다.

"아까는 검이 좋아 그런 것이라 하지 않으셨소?"

인은 여봐란 듯이 장검을 들어 올리더니 지면을 향해 힘차게 내리꽂았다.

"본인은 그런 허술하기 짝이 없는 초식을 견식(見識)해 주고 있을 만큼 시간이 많지 않소. 그러니 빨리빨리 끝냅시다. 파(破)!"

지면을 타고 검을 통해 빠져나간 인의 공력이 마서생의 발 밑을 빠른 속도로 향했다.

"피하면 그만인 것을."

"과연 그럴까? 후훗! 지천멸강(地穿滅剛)!"

황급히 뒤로 물러나던 마서생은 자신의 뒤쪽에서도 무언가가 접근해 오는 것을 느끼고 경공을 이용해 위로 날아올랐다. 경공을 시전해 아래를 내려다보자 자신을 향해 오고 있는 것은 한두 개가 아니었다. 자신이 접근을 알아챌 수 있었던 것은 앞과 뒤쪽에서 다가오던 단 두 개뿐, 사방에서 기척을 숨기고 발 밑으로 폭사되어 오던 것들은 그 수를 헤아릴 수 없을 만큼 많았다. 한참 위로 뛰어올랐기에 망정이었다. 서로 기들이 맞부딪치던 순간 일어난 폭발은 자칫하면 위험할 뻔했다. 그걸 인지한 순간 마서생은 등골에 식은땀을 흘리며 안도의 한숨을 내쉬었다.

"…네놈이 지금 무슨 사술(邪術)을 부린 것이더냐?!"

"자신의 실력이 일천하기 그지없어 납득하지 못하는 것은 다 사술로 치부하시는 것이오?"

명백한 모욕의 발언이었다. 마서생은 화가 머리끝까지 치밀어 올랐지만 별달리 반론할 것이 없었다. 자신은 들은 적도, 본 적도 없었지만 확실히 응용하면 못할 것도 없는 것이었으니 말이다.

한편 잠자코 있던 백호가 무언가를 알아본 듯 빨간 눈을 동그랗게 떴다.

[저, 저건……?]

"에? 뭐가?"

[방금 보여준 그것 말입니다. 세인들이 무공이라 부르며 사용하는 기술로는 저렇게 하는 것이 불가능합니다.]

"확실히 대단하긴 했어. 땅으로 흘려보낸 기를 다시 여러 개로 나누어서 서로 폭사시키다니……."

[기를 나누고 또 기를 서로 다르게 조종이 가능하다니… 일천한 인간이 저런 것을 쓴다면 내력이란 것도 풍부해야겠고 기를 다루는 것도 범인들보다 훨씬 더 능숙해야겠지요. 은평님이 조금만 더 깨우치신다면 저리 하는 것이 가능하겠지만…….]

백호는 석연치 않은 느낌에 인의 얼굴을 찬찬히 뜯어 살폈다. 또 다른 신선이라면 자신이 알아볼 수 있을 터였다. 하지만 그에게서 느껴지는 기운은 분명 인간이었고 세인들이 흔히 무공이라 말하는 것을 익힌 사내였다.

"계속하시겠소?"

기의 폭사와 더불어 여기저기로 튀어나간 흙더미들 덕분에 주위는 아주 참담했다. 마치 땅을 판 것마냥 제법 큰 구덩이가 파여져 있었고 주위의 풀들은 그 형체조차 찾기 힘들 지경이었다.

마서생은 아직 오성의 공력밖에는 일으키지 않았지만 승패는 명확했다. 사혈을 노리는 것은 용이하지만 큰 물리적인 공격을 하기 힘든 철필로는 당해내기가 힘들 것이다. 그리고 분하긴 하지만 마지막 순간에 인이 내력을 살며시 거두지 않았다면 분명 자신 역시 무사하지 못했을 것이란 건 자명했다. 하지만 오기와 자존심이 솟아오른 마서생은 끝끝내 허세를 부렸다.

"오냐, 그럼 내 구 성 공력을 끌어올려 상대해 주⋯⋯!"

"승패는 갈렸네, 마서생. 분명한 실력의 차이를 모르겠단 말인가? 저 자가 손속에 여유를 두지 않았다면 벌써 골로 갔거나 다리나 팔 한쪽이 날아갔어도 벌써 날아가 병신이 되었을 것이네."

마서생의 말에 일침을 가한 것은 마영노였다. 순간 그의 움직임과 동시에 그의 손에 들려진 지팡이에서 딸랑거리는 방울 소리가 들려왔다. 그가 나서자 마서생 역시 꼼짝 못하고 조개처럼 입을 꽉 다문 채 쓰러진 자존심을 부여잡고 뒤로 물러났다.

"방금 그건 어찌한 것인가? 내 이때까지 살아오면서 그런 무공이 존재한다는 소리는 듣도 보도 못했건만⋯⋯."

마영노는 인이 만든 흙구덩이를 가리키고 있었다.

"자신이 알지 못한다고 존재하지 않는 것은 아니지 않소이까?"

"지천멸강이라고 했던가? 어쨌든 손속에 사정을 두어주어 고맙네. 입만 살았던 건 아니었군. 그런 광오한 말을 내뱉을 만한 실력이었어. 큭큭 큭⋯⋯!"

마영노의 약간 굽은 듯한 등이 부르르 떨리고 있었다. 웃고 있는 것인지 아니면 흐느끼고 있는 것인지 구분할 수 없는 소리가 적막한 들판으로 울려 퍼졌다. 한참을 그러고 있던 마영노가 고개를 번쩍 쳐들더니 인의 얼굴을 가만히 응시했다.

"노부는⋯ 돌아가겠다!"

"서, 선배님!"

그가 아무런 미련 없이 등을 돌려 버리자 다른 세 명—특히 마서생—역시 당황한 듯한 기색이었다. 새파란 애송이 놈과 한 판 붙을 마영노를 기대했건만 상황이 전혀 다른 방향으로 흘러가고 있는 것이다.

"…자네, 하늘을 아는가?"

인에게서 등을 돌린 채 일세를 풍미한 마두답지 않은, 무언가를 회상하는 듯한 눈으로 잠시 하늘을 올려다본 마영노가 중얼거렸다. 속삭이는 듯한 목소리여서 가까이 있던 인과 은평, 백호를 제외하고는 아무도 듣지 못했지만 말이다.

"인하부지천(人何不知天), 준엄제천명(峻嚴諸天命), 비천인역부(卑賤人逆不)……."

마영노의 의미 모를 질문에 화답하듯이 인의 입에서 한줄기 시구가 흘러나왔다. 마영노가 천천히 고개를 돌려 바라본 인의 입가로 아주 한순간이었지만 격동이 스치고 지나갔다. 그것은 마치 오랫동안 묵혀두었던 그리움과 비슷한 것이었다.

"지레 겁을 먹은 모양이구먼. 크하하핫!"

마영노의 모습이 완전히 사라져 버리자 흉신거사가 통쾌한지 꾸민 것 같은 웃음을 흘리며 앞으로 나섰다. 마영노가 사라진 이상 가장 강한 것은 자신이었으니 말이다. 마서생과 시령각시 둘을 제치고 나면 마교로 돌아가 포상을 받는 것은 자신이 될 확률이 제일 높았다.

"쯧, 꼭 관을 봐야 눈물을 흘릴 위인들이로군."

인은 지면에 박혀 있던 장검을 힘 주어 뽑아 들었다. 검을 손에 쥐고 길게 늘어뜨린 채 앞으로 걸어나오는 인의 모습은 기묘했다. 무심한 표정이었고 목소리 역시 그다지 화가 난 것 같지는 않건만 그의 눈에서 뿜어지는 기운은 오금을 저리게 하는 것이었다.

"나로서는 최대한의 예우를 해주었건만 그것을 받아들이지 않는다면 어쩔 수 없지."

인이 한 발자국씩 걸음을 옮기면 옮길수록 세 명은 움찔움찔거리며 자신들도 인지하지 못하는 사이에 뒤로 물러나고 있었다.

　"자신의 분수를 아는 것도 무인의 기본일진대… 악황멸천류(岳皇滅闡流) 제일식 지리멸렬(支離滅裂)!"

　고양이 앞의 쥐처럼 완전히 전의를 상실한 세 사람 사이로 검강(劍罡)이 뻗어 나갔다.

　"도화귀결(刀譁歸結)!"

　뒤늦게 정신을 차린 흉신거사가 자신의 애병에 서린 검기(劍氣)로 인의 장검을 막아보려 애썼지만 힘의 차이는 너무나도 역력했다. 세 명의 마두가 새파란 애송이를 당해내지 못하고 있는 것이었다. 애초에 팔의 깃이 다 빠져 그 역할을 제대로 수행할 수 없는 철필과 사람의 인골을 갈아 만든 칼로는 상대가 불가능했다.

　"이제 겨우 일식을 펼쳤을 뿐인데 고작 이 정도로 허둥대는 것인가?"

　하나뿐인 장검이 마치 수십 개의 검들이 검무를 추는 것마냥 빠르게 움직이고 있었다. 각기 살아 있는 것인 양 흉신거사의 검과 마서생의 철필 사이를 오갔다. 검강이 서려 있어 한번 검을 받아낼 때마다 마서생과 흉신거사는 팔이 저릿저릿해져 옴을 느꼈다. 시령각시가 궁지에 몰렸던지 금이 가기 시작한 인골을 던져 버리고 목에 걸려 있던 인골을 엮은 목걸이를 빼 들었다.

　"시독(屍毒)의 냄새로군."

　시령각시가 목걸이에 힘을 주어 바스러뜨리자 시체 썩는 듯한 고약한 냄새가 퍼졌다. 그는 경신법으로 뒤로 훌쩍 물러나면서 손에 쥐고 있던 검은 뭉치를 마치 탄(彈)처럼 내공을 실어 인에게로 던졌다.

　인의 발치께로 떨어진 검은 뭉치는 이내 뿌연 연기를 뿜어내기 시작했다. 인의 주위에 있던 마서생과 흉신거사는 숨을 멈추고 움직임을 최소화했다. 하지만 조금 들이마신 것만으로도 머리가 멍해지는 느낌이었다.

"궁지에 몰리자 겨우 시독인가?"

인은 시독의 독무(毒霧) 속에서도 아주 태연자약했다. 숨을 멈추고 있는 것 같지도 않은데 또랑또랑한 목소리로 말까지 하지 않는가?

"겨우 시독 따위로 날 쓰러뜨릴 수 있다고 여긴 거라면 엄청난 착각이라고 말해 주고 싶군. 그리고 독을 쓸 때는 그 상대가 만독불침지체(萬毒不侵之體)인가 아닌가 정도는 알아봐야 하는 것 아닌가?"

"마, 만독불침지체?"

뿌연 독무 속에서 인은 장검을 등에 차고 있던 검집에 꽂아 넣었다. 스스릉거리는 소리가 들리고 이내 강한 타격음과 함께 독무 속에서 두 인영이 떨쳐져 나왔다. 장력에 맞은 듯 가슴패기에는 붉은 장인이 찍혀 있었다.

"…쿨럭쿨럭……!"

독무 속에서 겨우 빠져나와 숨을 쉴 수 있게 된 그들은 기침과 함께 피를 토해냈다. 인은 태연자약하게 독무 속을 빠져나와 넋이 빠져 있는 시령각시를 노려보았다.

"으……."

그제야 겨우 넋이 돌아온 듯 우는 듯한 소리를 내며 시령각시가 경공을 사용해 도주하려 했다. 그 순간 인이 손을 뻗자 놀랍게도 도망가던 시령각시의 머리가 무언가에 잡힌 듯 꼼짝을 못하더니 마치 빨려 들어가는 것마냥 인의 손 안으로 들어가 버리고 말았다. 이어 인은 손을 털며 시령각시를 내려놓았다.

"나를 피곤하게 한 대가는 치러주고 가는 것이 도리가 아닌가?"

"사, 살려주시오."

입 안에서 웅얼대는지라 무슨 소리인지 알아들을 수는 없었으나 대충 짐작하자면 목숨을 구걸하는 소리이리라.

"그리고 너희들 역시 가만히 내버려 둘 수는 없다."

갈대 숲에서 인의 신위에 놀라 반쯤 굳어 있던 진천혈마와 그 형제들은 기겁을 하며 왜 진작 도망가지 않았을까 하며 뒤늦은 후회를 해보지만 이미 때는 늦어 있었다.

"이리 오너라."

시령각시와 마찬가지로 무언가에 흡입당해 끌려가는 듯이 인의 앞까지 잘 배달(?)되어 온 그들은 벌써부터 눈물 콧물을 쥐어짜며 벌벌 떨고 있었다.

"격공섭물(隔空攝物)을 사람에게까지 적용시킬 수 있단 말인가?"

마서생이 내뱉은 침음성은 옆에 있던 백호와 은평의 귀에도 들려왔다.

"격공섭물?"

[순수한 내력의 힘으로 멀리 떨어진 물건을 취하는 것을 말합니다. 물건도 아니고 그것을 사람에게 시전했으니 저들이 놀라는 것도 무리는 아니지요.]

그야말로 인의 무공의 깊이가 어느 정도인지 보여주는 것이었다. 그리고 적어도 평범한 인물은 아닐 것이라는 것과 어째서 은평에게 접근해 왔는지 백호는 그것이 못내 걱정스러웠다.

"인, 그만 하면 됐으니까 관두고 돌아와!"

은평은 인이 마서생의 혀를 잘라내려고 하는 것을 보고 질겁하며 외쳤다.

"왜?"

"어쨌든 돌아와!"

막 혀를 잘릴 뻔한 그들에게는 은평이 구세주처럼 느껴졌다. 혈도를 짚어 움직임을 봉한 채 본보기로 혀를 잘라내겠다며 악력으로 강제로 입을 벌리게 할 때는 '이젠 틀렸구나' 하며 눈을 질끈 감았지만 정말 의외의 구세주가 나타난 것이다. 그들은 하나같이 안도의 한숨을 몰아쉬며 한순간에 긴장이 풀어진 듯 일제히 땅에 널브러졌다.

"뭐, 정 그렇다면……."

인은 훌쩍 하늘을 향해 도약하더니 가만히 세워두었던 말의 안장 위에 털썩 내려앉았다. 그리고 '나 잘했지?' 하는 표정으로 은평을 바라보며 실실거렸다.

"다 좋은데 내가 물건이야? 누굴 니 맘대로 넘겨?"

"아, 그건 말이 그렇단 소리지 누가 정말로 넘긴댔어?"

인은 뒤늦게 허둥대는 얼굴로 변명을 해보았지만 은평의 양 눈에는 이미 쌍심지가 켜져 있었다. 은평은 인을 그런대로 납득하는 모양이었지만 백호가 인을 바라보는 시선은 한층 경계의 빛이 짙어졌다.

[도대체 이자는 누구란 말인가?]

은평과 인, 이 둘은 팔자도 태평하게 투닥거리고 품 안의 백호는 시름에 잠겼다.

일행의 말발굽 소리가 완전히 사라지자 바닥에 거의 널브러지다시피 한 자들 사이에서 깊은 한숨이 새어 나왔다. 고비를 무사히 넘긴 것 같다는 안도의 한숨이었지만 과연…….

"쯧쯧쯧……."

인기척과 혀를 차는 소리에 그나마 가장 무사한 진천혈마가 몸을 일으켰다. 그리고 몸을 일으키자마자 무엇을 본 건지 무척이나 놀란 듯 숨을 되삼키며 까무러칠 듯이 굴었다.

"멍청한 중생들……."

어디론가 가버린 줄 알았던 마영노가 언제 돌아왔는지 지팡이를 짚고 인왕상처럼 서 있었던 까닭이다. 스산한 바람이 불고 그 바람에 따라서 지팡이의 영이 딸랑딸랑 울리기 시작했다.

"마서생과 흉신거사 네놈들은 이미 반쯤은 중독된 듯싶구나. 확실히 시령각시가 만든 독탄(毒彈)은 조금만 들이마셔도 효과가 바로 나타난단 말씀이야."

"…쿨럭……! 조롱하러… 온 것인가?"

"…주둥이 놀릴 기운은 남아 있던가?"

마영노가 자신의 지팡이를 쳐들어 마서생의 입가에 쑤셔 넣었다. 목이 관통되어 버린 듯 우드득거리는 소리와 함께 끈적한 무언가가 출렁대는 소리가 같이 울렸다.

"크크… 한 놈도 남김없이 황천길로 보내주마. 동행이 많으니 적적하진 않을 것이다."

지팡이로 죽일 참인 듯 마영노는 뼈가 부러지는 소리와 숨이 끊어지는 소리를 감상하고 있었다.

"너희들은 죽이라는 말씀이 아니 계셨으니 살려는 주겠다."

"가, 감사하옵니다. 감사하옵니다."

"하나… 오늘 본 것에 대해 괜히 입을 나불대고 다녔다가는 네놈들의 목숨을 내가 친히 거두러갈 것이야."

지축이 울리도록 머리를 찧어대며 절을 한 진천혈마와 그 형제들은 마영노의 마음이 바뀔까 두려운지 걸음아 나 살려라 하며 부리나케 도망쳤다.

소리조차 지르지 못하고 반항은 엄두도 못 내는 마서생과 흉신거사, 시령각시를 차례로 처치한 마영노는 겁에 질린 진천혈마와 그 형제들에게 큰 선심을 베푼다는 듯 고개를 돌렸다.

마영노는 품에서 하얀 손수건을 꺼내 피가 묻은 지팡이의 끝을 닦아냈다. 이윽고 대충 피가 다 닦였다 싶었는지 흰 손수건을 불어오는 바람에 날리는 마영노의 눈가에는 피눈물이 맺혀 있었다.

"…돌아오셨다……. 돌아오신 게야……. 마침내 돌아오신 게야……."

누가 돌아왔다는 것인지 알 수는 없었지만 마영노는 진심으로 기뻐하고 있었다. 금방이라도 어깨춤을 너울너울 출 기세로 들판으로 달려나가 하늘을 향해 커다랗게 소리를 질렀다.

"돌아오셨다!! 마침내 돌아오셨다!!"

누가 보면 망령이라도 난 늙은이로 착각할 만큼 그는 발광하다 못해 반쯤 미친 듯이 소리를 질러댔다. 아무것도 없는 들판에서 공허하게 울릴 뿐이었지만.

＊　　　　＊　　　　＊

한 대의 마차였다. 마차를 끌고 있는 말은 잡티 하나 없이 갈기까지 새하얀 백리총 두 마리로 척 보기에도 뛰어난 종마였다. 마차의 전면은 휘황찬란한 황금으로 도금 장식이 되어 있고 각 모서리에는 비단 갓을 씌운 연꽃 무늬의 등이 걸려 멋을 더했다. 마차를 호위하는 보표들 역시 무공을 익힌 고수들인 듯 안광이 빛나고 태양혈이 뚜렷이 돌출되어 있는 자들로 두 부류로 나뉘어 있었다.

검린(劍潾)이라고 앞뒤로 수놓아진 자색 무복을 입고 있는 무리들과 금(金)이라고 수놓아진 황색 무복을 입은 무리로 그 수는 어림잡아도 이십 명은 거뜬히 넘어 보였다. 그리고 마차를 끌고 있는 백리총만큼은 아니지만 보표들이 타고 있는 말 역시 명마라고 불리기에 충분한 것들이었다.

마차의 내실 역시 눈이 부실 만큼 화려했다. 휘장(揮帳)은 그 귀하다는 청녹색의 능라 비단이었고 바닥에 깔린 양탄자는 천축국(天竺國)산, 오랜 여행 동안에도 피로하지 않도록 마차 가득 깔린 것은 명주 솜을 넣은 비단 금침이다. 그리고 마차 안에는 동석해 있는 미소녀와 미녀가 있었다.

"하루 종일 앉아 있었더니 좀이 쑤시네요."

두 사람 중 먼저 입을 연 것은 미소녀 쪽이었다. 활동성을 강조한 것인지 한껏 틀어 올려 땋아 내린 머리와 자색 자수정을 박은 금보요가 마차의 움직임에 따라 이리저리 흔들렸다. 살짝 올라간 듯한 아미와 높은 코, 길다란 눈썹이 잘 조화되어 자연스런 미를 발산하는 미소녀였다.

상큼하게 치켜 올라간 두 눈에는 자신만만한 기색이 떠올라 있고 자색과 백색이 절묘하게 조화된 비단 경장을 걸친 몸은 나긋나긋하고 유연한 것이 그대로 드러나 날렵한 몸매를 과시하고 있었다.

"조금만 더 참아, 연매(燃妹). 곧 객잔에서 여독을 풀 수 있을 거야."

소녀의 말에 맞장구치듯 답을 되돌린 것은 그야말로 수화폐월(羞花閉月)이라는 말이 딱 맞아떨어지는 미녀였다. 연매라 불린 미소녀 역시 비할 데 없이 아름다워 서로 비교해 봐도 전혀 뒤떨어지지 않는, 오히려 성숙한 미가 돋보이는 미인이었다. 경장을 입은 소녀와는 달리 황금빛 궁장과 이마로 늘어뜨린 금강석(金剛石)이 박힌 얇은 사슬 장식, 길게 내린 귀고리 등으로 치장되어 있었지만 전혀 어색하지 않고 마치 태어났을 때부터 그랬다는 듯 지극히 자연스러웠다.

"영 언니는 지치는 기색도 없군요. 그런 치렁치렁한 궁장과 장신구들을 걸치고도 말이에요. 나라면 그런 옷 하루도 못 버틸 거예요. 무공을 펼치기에도 궁장보단 경장이 훨씬 더 편하지 않아요?"

"연매는 정말 검린궁(劍潾宮)의 여식답군. 이런 옷도 말야, 익숙해지면 편해."

검린궁. 검을 다루는 무인이라면… 아니, 굳이 검에 적을 두지 않았더라도 무림에 몸담고 있는 자라면 이 이름을 모르는 자가 거의 없을 터였다. 강호의 이름난 명문 무가 출신도 아니었던 그저 평범한 출신의 무사가 검 하나로 일구어낸 검사들의 집단이었다. 지금에 와선 검란궁과 검란궁주 연검천(燃劍闡)은 검의 신화라 불려도 전혀 손색이 없다라고 여겨지고 있었다.

강호에서 자화검린(紫和劍潾)이란 별호로 일컬어지는 연검천에게는 무척이나 아끼는 고명딸이 있었다. 그 위로도 다섯 명이나 되는 아들들이 있지만 유독 사랑을 독차지하는 고명딸이자 무림삼미에도 그 이름을 올리고 있는… 그 고명딸이 바로 아연미랑(娥燕美琅) 연다향(燃茶香)이자 이 눈앞의 소녀인 것이다.

못 견디게 따분하다는 듯 기지개를 켠 다향은 휘장을 걷고 마차 밖을 응시했다. 마차를 호위하는 보표들 덕에 뿌연 흙먼지가 일고 있었다.

"영 언니, 요즘 금황성(金皇城)은 어때요?"

대륙 상권의 중심이라는 금황성. 금황성이 한번 마음먹고 중원에 돌고 있는 재화를 모조리 회수하면 황실에서마저 크게 곤혹스러워할 것이라는 이야기가 은밀히 나돌고 있을 정도이니 능히 그 부귀를 짐작할 수 있을 것이다.

또한 금황성은 여러 무림명가에게 줄을 대어 자금줄 역할도 하고 있으며 그 덕분에 요즘은 그 세를 더욱더 확장시킬 수 있었다고 전해지는 바… 덕분에 금황성의 성주(城主) 금적산(金適算)은 금충(金蟲)이라는, 약간은 조롱 섞인 별호로도 불려지고 있었다.

그에게는 무남독녀 금지옥엽이 하나 있는데 이 역시 무림삼미에 그 이름을 당당히 올리고 있는 화중화(花中花) 금난영(金蘭永)이었다.

"글쎄……?"

금난영 역시 마차 밖 풍경을 응시했다. 잠자코는 있었지만 따분한 것은 그녀 역시 마찬가지였다.

"아가씨, 수상한 자들이 앞에 모여 있습니다. 어찌할까요?"

마차 밖에서 들려온 보표의 말에 두 사람은 각기 다른 반응을 보였다. 연다향은 무슨 일인가 싶어 눈을 반짝거리는 반면 금난영은 귀찮다는 듯 푹신한 금침에 몸을 파묻었다.

"어떤 자들인가요?"

"뿌연 흙먼지 덕에 저도 자세히는… 지금 즉시 사람을 보내 알아보도록 하겠습니다."

금난영은 보표의 말이 끝나자 휘장을 닫아버렸다. 연다향은 그런 금난영의 태도가 마음에 들지 않은 듯 입을 삐죽이 내밀었다.

"한참 심심하던 참이었는데 왜 그러는 거예요?"

"…괜한 소동에 말려들면 내가 자화검린께 드릴 말씀이 없어. 우선 무슨 일인지 알아보고 행동해."

잠시 뒤 보표의 지시에 따라 마차가 멈추고 잇달아 보표들이 알아보고 온 것을 보고했다.

"다툼이 있는 모양입니다. 한 소녀와 떠돌이 무사처럼 보이는 사내를 마인들 여럿이 쫓아다니며 싸움을 벌이고 있답니다."

"마인들?!"

그 말에 금난영과 연다향의 고운 아미가 찌푸려졌다. 마교가 봉문을 푼 뒤로 마인들이 부쩍 날뛰는 일이 많아진 것이다. 특히 '마'라는 글자만 들어가도 못 참아하는 연다향은 금방이라도 자신의 검을 들고 뛰어나갈 기세였다.

"언니, 우리가 도와야 하는 것 아니에요?"

"경거망동(輕擧妄動)하지 마라. 좀 더 자세한 사정 정도는 알아봐야 하지 않겠니?"

"마인들에게 선량한 사람들이 쫓기고 있다잖아요! 더 무슨 사정이 필요한가요?"

"꼭 마인들이라고 해서 악한 사람만은 아니니까."

연다향의 말을 잘라 버린 금난영은 턱에 손을 괴고 무언가를 생각하는 눈치더니 보표에게 명령을 내렸다.

"좀 더 알아보고 결정하지요. 마차는 우선 여기에 멈추도록 하고 본녀와 보표 몇이 접근해 보도록 해요. 우리가 도와야 할 일이라면 도울 것이고 우리와 무관하다면 되돌아옵시다."

금난영은 입고 있던 궁장의 옷고름을 풀고 겉옷을 벗었다. 그러자 놀랍게도 그 속에는 간편해 보이는 황금색 경장이 자리하고 있었다. 겉옷속에 경장을 입고 있었던 모양이다.

"여기 꼼짝 말고 있어야 해. 알겠지?"

"……."

토라졌는지 연다향은 고개를 돌린 채 아무런 말도 하지 않았다. 금난영은 쓴웃음을 지으며 자신의 옥소(玉簫)를 꺼내 들고 마차를 나섰다.

마차 밖으로 발을 내딛자마자 서 있던 보표들은 금난영의 주위를 에워싸기 시작했다. 무슨 일이라도 생기면 온몸을 던져 막아낼 듯한 태도였다.

"괜찮으니 물러서세요."

보표들에게 손짓하여 잠시 옆으로 물린 금난영은 날렵한 몸놀림으로 앞으로 뛰어나갔다. 그게 신호이기라도 한 듯 보표 몇 명이 그녀의 뒤를 따랐다.

*   *   *

"게 서라! 절대로 놓쳐서는 안 된다!"

"제기랄, 지겨워 죽겠구만. 너, 무슨 불공대천지 원수라도 진 사람 있냐?! 어떻게 반 시진 간격으로 쳐들어오는 거야?!"

"그걸 내가 어떻게 알아?! 이러는 나도 답답하다구!"

인은 짜증이 나는지 입가로 욕설을 곱씹으며 거칠게 말을 몰았다. 어제부터 잠도 한숨 제대로 못 잤다. 거기다 식사조차 제대로 할 수 없어서 거리에서 파는 호병(胡餅)이라든가 교자로 끼니를 때워야 했다. 그도 그럴 것이, 어제의 그 일이 필두가 되어 가는 길목마다 생전 처음 보는 사람들이 덤벼왔던 것이다. 그리고 하나같이 은평의 신병을 요구했다.

제대로 자리를 잡고 식사라도 하거나 아니면 겨우 방을 잡아 쉬고 있노라면 어디선가 갑자기 나타나는 무리들에 이젠 아주 신물이 날 지경이었다. 물론 무공의 수준이야 그들과 비할 바는 아니었지만 신체적으로 지친다기보다도 정신적으로 지친달까(이해가 안 간다고? 그럼 개미 굴 앞에 가서 나오는 개미를 한 마리씩 차례차례 죽이고 있어보라)? 차라리 무공이 고강하면 그런대로 싸워주는 맛이라도 있지 이건 웬 하루살이들까지 꼬여대고 있으니 인은 아주 죽을 맛이었다.

"이랴!"

상황이 이쯤 되고 보니 이젠 그런 낌새가 있다 싶으면 무조건 말을 타고 달리는 것이 일이 되어버렸다.

"게 서라! 저 소녀만은 놓쳐서는 안 된다! 반드시 생포해라!"

"누가 순순히 잡혀준대?"

은평은 혀를 삐죽 내밀며 적양(荻謓)—어느샌가 말에게 붙인 이름—의 고삐를 움켜쥐었다. 그녀는 가시 돋친 말만 하고 있지만 인과 백호에게 미안한 마음이 들어 어쩔 줄을 모르고 있었다.

"무리를 지어 약한 사람들을 핍박하고 있는 것 같습니다, 아가씨."

"그런 것 같네요. 아무래도 저쪽을 도와줘야 할 듯싶은데… 마차에 가서 연매를 불러와 주겠어요? 분명히 지금 토라져 있을 거예요."

"예, 명을 받들겠습니다."

보표는 서둘러 뒤로 빠져 마차가 세워져 있는 쪽으로 달려갔다. 금난영은 한숨을 한번 내쉬더니 이형환위를 펼쳐 은평 일행을 뒤쫓던 무리의 바로 앞까지 다가갔다.

그때 채찍으로 말을 후려치며 더욱더 속력을 내도록 재촉하던 중 무리의 우두머리는 갑자기 나타난 금난영 때문에 급하게 말을 멈춰 세운 뒤 잠시 멈칫하더니 욕설을 퍼붓어댔다.

"무슨 짓이냐?! 네년이 감히 우리의 앞길을 가로막다니 죽고 싶지 않은 것이라면 비켜서라!"

"선량한 사람들을 핍박하다니 이게 무슨 짓들입니까?"

금난영은 한 치의 양보도 없이 무리 앞에 멈춰서 눈을 치켜떴다. 무리를 찬찬히 둘러보니 아무리 잘 봐줘도 정파의 인물들이라고는 할 수 없었다. 무공도 그리 고강하다고 볼 수 없지만 풍기는 기도부터가 정파와는 달리 패도적이었고 초면부터 욕지거리를 해대는 것을 보니 시정잡배 같기도 했다.

한편, 은평 일행은 갑작스런 미녀의 출현에 무슨 일인가 하고 말을 멈추었다. 게다가 미녀 역시 자신들을 도와주려고 하는 듯한 분위기이고 말이다. 하여 말머리를 돌리고 무슨 상황인지 예의 주시하기로 했다.

"네년은 알 것 없다! 어서 비키지 못할까!"

"…막돼먹은 주둥이로구나. 당장 영 언니께 무릎 꿇고 사죄하지 못하겠느냐?!"

허공에서 마치 제비와도 같은 몸놀림이 일더니 연다향이 자신의 검을 무리의 우두머리에게 겨누었다.

"네년은 또 누……?"

우두머리는 욕설을 퍼부으려던 찰나 연다향의 뒤에 서 있던 보표들을 보고는 말을 멈추었다. 보표들의 가슴에는 검린이라는 두 글자가 수놓아져 있었던 것이다. 그렇다면 분명 이들은 검린궁의 인물들이라는 소리가 된다.

'재수 옴 붙었군.'

다 잡은 대어를 눈앞에서 놓칠지도 모른다고 생각하니 애간장이 타 들어갔다. 하지만 어찌 됐든 검린궁과 시비가 붙으면 두고두고 귀찮아질 것이 뻔했다.

"흠흠, 검린궁의 사람들이셨구려. 어찌 우리들의 앞길을 가로막은 것이오?"

"당신들이 선량한 자들을 핍박하고 있는 것처럼 보였기 때문이지요."

난영이 앞으로 나섰다. 되도록 소동없이 일을 마무리하고 싶었기 때문에 우선 하대를 하고 보는 연다향의 말투는 곤란했기에 금난영은 연다향에게 손짓해 입을 막았다.

"소저, 우리들은 저자들을 꼭 잡아야 하오."

"무엇 때문입니까? 원한 관계라도 있는 건가요?"

"…그, 그렇소. 원한 관계요. 저들이 내 부하 여러 명을 중태에 빠뜨렸소."

그는 뭐라 말을 해야 할까 잠시 망설이다가 원한이 있다고 말했다. 아주 틀린 소리는 아니었다. 뺨에 흉터가 있는 젊은 애송이에게 자신의 부하 다섯 명이 크게 다친 것은 사실이었으니까.

"거짓이야. 누가 봐도 당신네들이 핍박한 것이라는 게 훤히 보이는데?"

"확실히 저도 같은 생각입니다. 한 분은 연약한 소녀이시고 또 한 분은 태양혈의 돌출도 없는 떠돌이 무사같이 보입니다. 아무리 봐도 당신들이 핍박한 것으로밖에는 보이지 않는군요."

우두머리는 입술을 깨물었다. 속으로는 욕이 난무하고 있었지만 차마 그걸 입 밖으로 꺼낼 용기가 나지 않았다. 검린궁과 척을 졌다가는 무슨 봉변을 당할지 모르는 일이기 때문이었다. 게다가 짐작되는 바로는 자신에게 하대를 하는 소녀는 분명 십중팔구 검린궁주의 금지옥엽이라는 아연미랑이었다.

"이만 물러가 주시지요."

정말 애석했지만 물러나는 수 외엔 별 도리가 없을 것 같았다. 지금여기서 싸워 저 소녀를 데려간다고 해도 마교에 당도할 때까지 검린궁에서 가만히 있으리란 보장도 없을뿐더러 싸우고 난 뒤의 피해 또한 엄청날 것이다. 우두머리는 못마땅한 기색으로 말머리를 돌렸다.

"영 언니는 너희들을 그냥 보내주겠다고 하지만 본 낭자는 그리할 수없다. 감히 나와 언니에게 듣기 거북한 욕을 해댄 죄는 갚고 가야 하지 않겠느냐?"

제비를 떠올리게 하는 날렵한 몸놀림으로 연다향이 뛰어올랐다. 그리고 단숨에 이 장 정도를 뛰어넘은 연다향은 무리의 우두머리의 머리를 짚고 공중제비를 돌아 그들의 앞으로 착지했다. 보는 사람들로 하여금 절로 감탄사가 나오게 하는 자태였다. 연다향이 펼치는 것들은 모두 이름난 경신법도 아니건만 왠지 제비라든가 묘를 연상시킬 만큼 날렵하고 화려하며 빼어났다.

"감히 어딜 얼버무리고 가려 하느냐?! 본 낭자와 영 언니의 앞에 무릎꿇고 사죄하지 못할까?"

말을 탄 무리 주위로 자색 무복을 입은 검린궁의 보표들이 뱅 둘러싸고 포진하듯 서 있었다. 자신들이 모시는 소중한 아가씨께 무례를 범한자를 가만두지 않겠다는 각오들인 듯 눈빛들이 흉흉했다.

"연매, 그만둬. 괜한 평지풍파(平地風波)는 삼가하는 것이 좋아."

"하지만 나와 영 언니를 모욕했어요. 언니는 그냥 넘어갈 수 있을지 몰라도 전 용납 못하겠어요!"

금난영은 한숨을 내쉬었다. 오만하고 제멋대로인 것이 누굴 닮은 건지 모를 일이었다. 검란궁주인 자화검린의 경우 겸손하고 사리 분별력이 뛰어나며 그 인품 역시 나무랄 데 없이 훌륭하건만 어찌 그 딸은 저리도 제멋대로인지…… 성격으로만 본다면 악한 성품은 아니지만 아직 세상을 사는 지혜를 모르는 것이라고 생각하며 금난영은 다시 한 번 좋은 소리로 타일렀다.

"난 자화검린께 네 안위를 부탁받았단다. 네가 괜한 소동에 휘말리면 내가 곤란하지 않겠니? 내 체면을 봐서라도 여기서 그만 끝내렴."

그러자 연다향은 빼 들었던 검을 못마땅한 듯 거칠게 검집에 집어넣으며 마차 쪽을 향해 달려갔다.

"큰일 날 뻔하셨군요."

"도움에 감사드립니다."

인이 말에서 내려 정중히 허리를 숙이며 포권지례를 취했다. 어쨌든 도움을 받았으니 인사치레 정도는 해야 하는 것이 예의가 아니겠는가?

"어쩌다가 그런 봉변을 당하게 되셨나요?"

"예, 본의 아니게 시비가 붙었는데 떼를 지어 갑자기 덤벼와 수적 열세에 밀려 어쩔 수 없이……."

평소의 걸렁걸렁한 말투답지 않게, 게다가 겸손마저 떨어가며 말을 하는 그 모습에 은평은 속으로 어이없어하고 있었다. 자기가 손만 쓰면 일각도 걸리지 않을 것을 싸우기 귀찮다면서 도망을 치고 있었던 것이건만 갑자기 점잔을 빼며 수적 열세 어쩌고 하고 있었다. 은평은 아마 주위 이목만 없었더라면 큭큭거리며 웃음을 터뜨렸을지도 몰랐다.

"어디까지 가십니까?"

"예, 저희는 금릉까지 가옵니다. 무림대전에 참가하기 위함입니다만 아직 시일에 여유가 있어 견문도 넓힐 겸 이곳저곳 둘러볼 작정입니다."

"저희와 같으시군요. 제 집은 금릉으로 잠시 아는 동생과 함께 견문을 넓히고자 여행을 하고 있습니다. 이리 된 것도 인연이니 동행하시지 않겠습니까?"

갑작스런 난영의 제안에 은평 일행은 잠시 당혹스러워했다. 인은 다시 정신을 차리고 정중히 거절하고자 살짝 목례를 취했다.

"저희가 폐는 끼치지 않을까 염려스럽습니다."

"폐랄 것이 있겠습니까. 동행하시지요."

인은 어찌할까 하고 살짝 뒤를 돌아보며 은평에게 눈짓을 보냈다. 사실 안 될 것은 없었다. 인과 매일 다투는 것도 이젠 지겹고 게다가 같은 여자이니 말벗이 될 수 있을 것도 같았다. 여러 가지로 생각해 볼 때 별로 해가 되는 제안은 아니었다. 은평은 그렇게 하라는 뜻으로 살며시 고개를 끄덕였다.

"그럼 그리하도록 하지요."

12
무 당 파

무당파

"경황이 없어 아직 통성명조차 하지 않았군요. 전 금난영이라고 합니다. 이쪽은 제가 아는 동생인 연다향이라고 하죠."

"아, 무림삼미로 명성이 자자하신 화중화 금 소저와 아연미랑 연 소저셨군요. 제 이름은 인이라고 합니다. 성도 이름도 인입니다. 그냥 인이라고 불러주십시오."

"부끄러운 별호를 기억해 주시니 몸둘 바를 모르겠습니다."

인의 소개가 끝나고 나자 기다렸다는 듯 은평의 소개가 이어졌다.

"전 한은평이라고 합니다. 이쪽은 제가 키우는 백호구요."

모두 고개를 숙이며 통성명을 하는 가운데 연다향은 아직도 토라진 것이 풀리지 않았는지 고개를 까닥거리는 것으로 인사를 끝냈다. 마지못해서 하는 태도였다.

"죄송합니다. 연매가 아직 많이 토라져 있는 모양이네요."

금난영이 송구스럽다는 듯 몸둘 바를 몰라 했다. 은평은 연다향의 작태가 매우 아니꼬워 그녀를 빤히 노려보았다. 아무리 자기 기분이 나빠도 사람이 인사하는데 예의없이 목례도 아니고 고개만 까닥 하는 경우가 도대체 뭐란 말인가?

인의 말을 옆에서 듣고 있자니 무슨 이름난 유명인—은평의 관점으로는—정도 되는 모양인데 그렇다고 해서 저런 태도라니……. 게다가 거만하기까지 하다. 확실히 아름다운 얼굴이었지만 성격은 정말 개판이지 싶다. 얼굴 값 한다는 말이 괜히 생긴 게 아닌 모양이다. 하지만 금난영 쪽은 아름다울뿐더러 예의도 발라 절로 호감이 가는 상이었다.

"은평이라고 하셨던가요? 말을 타고 가는 것이 힘드실 텐데… 마차에 같이 타는 게 어떨까요?"

"아, 정말 그래도 될까요? 사실 그렇지 않아도 엉덩이뼈가 상당히 아프던 참이었어요."

난영은 솔직한 은평의 반응에 호감을 느끼며 친히 마차의 입구를 가린 휘장을 걷어주는 친절함을 보였다. 다향, 난영, 은평이 모두 마차에 올랐고 거친 야생마인 은평의 적양은 인이 탔으며 인의 말은 보표 하나가 타고 가는 것으로 결정이 났다.

마차 안은 넓고 게다가 깔아둔 금침과 양탄자 덕에 푹신했으며 흔들거림이 적었다. 보통의 마차라면 어느 정도의 흔들거림이 있을 터인데 무슨 수를 쓴 건지 이 마차는 흔들림이 거의 없었다. 게다가 향을 뿌렸는지 은은한 향내까지 풍기고 있었다.

"…사람을 찾는다고 하셨지요?"

부드럽게 물어오는 난영에게 그간의 사정을 대략적으로 설명해 주었다. 대충 사정을 알게 된 난영은 자신의 기억을 더듬어보다가 특별히 생각나는 사람이 없었는지 아직까지 토라져 있는 다향에게로 눈을 돌렸다.

"연매는 생각나는 사람 없어?"

"몰라, 난. 강호에 사람이 몇인데 그걸 일일이 기억하고 있겠어?"

옆으로 고개를 돌려보지도 않고 창밖만 내다보며 뾰로통한 목소리로 대꾸하는 다향의 태도가 여전히 은평의 눈에 그다지 곱게 비치지 않았다.

"아참, 다음 목적지는 어디이십니까?"

"무당산이라고 들었는데……."

은평은 '그쪽은 어디를 가시나요?' 라고 묻고 싶었지만 난영의 호칭을 어찌해야 좋을지 몰라 말꼬리를 길게 늘였다. 이내 그것을 알아챈 난영이 호칭을 잡아주었다.

"저보다는 어리신 듯한데… 언니라고 불러주시든지 편하게 난영이라고 불러주세요."

죽이 잘 맞는 두 사람의 대화를 잠자코 들으며 다향은 못마땅한 마음을 억눌렀다. 도대체 영 언니는 무엇이 볼 게 있다고 저런 자들을 마차 안에까지 끌어들인단 말인가? 뺨을 가로지른 흉터만 아니라면 얼굴은 그런대로 봐줄 만하겠지만 무공의 무 자도 모르는 듯한 떠돌이 무사에 정체도, 출신도 불분명한 소녀까지. 그리고 그 소녀는 영물이라는 백호의 새끼—귀엽기는 했지만—를 안고 있었다. 더욱 싫은 것은 그 소녀가 자신과 연배가 비슷한 데다 무척이나 아름답기 때문이다.

연다향의 부친인 자화검린은 아들만 다섯을 두었고 불혹(不惑)을 넘긴 나이에 늦둥이 고명딸을 하나 보았다. 다른 형제들에 비해서 재능이 뛰어나고 게다가 미모 역시 빼어나 그의 사랑을 아주 독차지했고 검린궁 내에서도 그 평판이 자자했다. 그중에서도 무림삼미로 꼽히게 되어 거만하던 콧대는 더욱 세졌고 무림삼미 중에서도 가장 아름답다는 금난영도 자신과 견줄 만하다고 여기고 있었건만 오늘 그 생각을 완전히 뒤집는 존재가 나타난 것이다.

새까만 눈동자와 기다란 눈썹, 너무 치켜 올라가지도 내려가지도 않은 곱게 뻗은 아미와 반듯한 이마, 옅은 분홍색의 입술, 흑단같이 고운 머릿결, 그리고 알게 모르게 풍기는 신비로운 분위기까지 곁들여져 십전완미(十全完美)의 미녀라고 능히 칭할 만했다.

금난영 역시 그녀에게 호감을 가지고 있는 듯한 분위기인 데다 막상 그 자신은 눈치를 챈 건지 아니면 알면서도 모르는 척하는 것인지는 알 수 없지만 보표들의 시선 집중에도 전혀 무덤덤한 태도까지… 속이 부글부글 끓어오르기 시작했다.

"그래서?"

"그래도 그렇게 말하다니 좀 너무하다 싶어서 톡 쏘아주었……."

다향이 잠시 생각에 잠겨 있는 사이 두 사람은 벌써 말을 트고 언니, 동생 하며 즐겁게 담소를 나누고 있었다. 다향은 영 언니는 저런 이상한 계집이 도대체 무엇이 좋다고 호감을 나타내는 것일까 하고 생각하며 입술을 잘근잘근 짓이겼다.

"조금만 더 가면 무당산이 나옵니다. 무당산 일대는 무당파의 세력권인지라 사마의 세력들이 침범치 못하지요."

보표의 손가락이 가리키는 곳을 바라보니 안개와 구름들로 자욱히 둘러싸인 산봉우리가 우뚝 서 있었다. 인은 아득하게만 보이는 산봉우리를 응시하며 아련히 떠오르는 기억 속에 잠겼다.

"기어이 가야만 하시겠소?"

그의 손에 들린 불자가 부들부들 떨리고 있었다. 이대로는 용납할 수 없다는 듯, 그의 심정을 대변하고 있는 듯한 그런 떨림을 온몸 구석구석

까지 퍼뜨리고 있었다. 등을 돌려 검은 어둠 속에 몸을 가린 인영은 나지
막하나 힘이 실린 목소리로 조용히 시구를 읊었다.

천지장불몰(天地長不沒)
천지는 영원하고,

산천무개시(山川無改時)
산천은 바뀌질 않네

초목득상리(草木得常理)
초목도 하늘의 이치를 얻어,

상로영췌지(霜露榮悴之)
서리와 이슬에 피고 지는데,

위인최영지(謂人最靈智)
만물의 영장이란 사람만은,

독부불여자(獨復不如玆)
홀로 그들과 같지 못하네.

적견재세중(適見在世中)
언뜻 이 세상에 태어났다가,

엄거미귀기(奄去靡歸期)

어느덧 사라져 돌아오지 않으니.

해각무일인(奚覺無一人)
사라진 사람을 누가 기억하리.

친식기상사(親識豈相思)
친지들 또한 잊을 뿐이네.

단여평생물(但餘平生物)
살아서 늘 쓰던 물건만이 남아,

거목정처이(擧目情悽而)
보는 이만 옛정에 눈물 흘리리.

아무등화술(我無騰化術)
나 또한 신선이 될 재주는 없으나,

필이불부의(必爾不復疑)
반드시 언젠가는 그리되리라.

원군취오언(願君取吾言)
그림자여 자네도 내 말을 듣고,

득주막구사(得酒莫苟辭)
술이나 들어 들아마시게.

"완강하시구려."

한번 그 뜻을 세우면 꺾는 법이 없는 성정을 너무도 잘 알고 있는 그는 포기한 듯 한숨을 내쉬었다.

"우리는 아무도 바라는 것이 없소. 떠나겠다면 돌아오실 때까지 기다리리다. 그것이 비록 천 년이 됐든 만 년이 됐든 이 늙어 빠진 몸뚱이가 썩어 문드러져 없어진다 하더라도 우린 기다리리다."

등을 돌린 인영에게서 깊은 한숨 소리가 새어 나왔다. 등을 올리고 그의 꿇려진 무릎을 일으켜 세워주고도 싶었지만 그리한다면 아마도 자신의 결심이 흔들릴지도 몰라 마음을 다잡고 허공을 향해 몸을 날렸다.

"뭘 그리 넋을 놓고 계시오?"

어느새 자신의 옆으로 바짝 붙여온 한 보표의 물음에 인은 정신을 차렸다. 한줄기 서늘한 바람이 대충 묶었을 뿐인 긴 머리카락을 흩뜨려 놓았다.

보표가 인의 등에 걸린 장검을 보고 말을 걸어왔다.

"검집에 녹이 슬었군 그래. 통 관리를 안 했나 보이?"

삼십 대 중반쯤 된 듯싶은 보표였다. 처음부터 말을 놓고 있었지만 보표 쪽의 나이가 더 많아 보이기에 인은 기분 나쁜 마음을 억누르고 대꾸해 주었다.

"겉 부분은 녹이 슬어 있어도 속까지 녹이 배인 것은 아닙니다."

확인이라도 시켜주듯 인은 장검을 뽑아 보표에게 내밀었다. 과연 그의 말대로 검집은 녹투성이였지만 그 안에 들어 있는 검은 훌륭했다. 거울처럼 반질반질해 사물의 모습을 그대로 투영해 냈고 또한 오랫동안 써온 듯 날이 잘 들어 있었다.

"훌륭하구먼. 이거 꽤 오랫동안 써온 듯한데?"

"제가 검을 처음 잡았을 때부터 써온 것이니 꽤 오래되었지요."

오래전에는 검집과 손잡이에도 세공 장식이 양각되어 있었고 손잡이의 끝에는 붉은 술을 달았었지만 오랜 세월 그와 함께하는 동안 세공 장식은 점점 닳아갔고 붉은 술은 떨어져 나갔다. 검집은 이미 녹이 슬었고 변치 않은 것은 검날뿐이건만 인은 왠지 이 장검을 버릴 수가 없었다. 자신의 분신이나 다를 바 없는 검이었으므로. 설사 자신이 무공에서 영원히 손을 뗀다 해도 이 검만은 간직할 것이다.

그때였다, 앞서 가던 보표들의 다급한 외침이 들린 것은.

"저, 저기 알 수 없는 무리들이!"

제일 앞서 가던 보표가 무엇을 발견했는지 소리 높여 외치고 모두의 신경이 그쪽으로 집중되었다. 은평은 마차 안에서 창으로 고개를 내밀고 앞쪽을 바라보았다. 시력만큼은 여기 있는 자들 중 누구에게도 뒤지지 않는지라 가장 빨리 상황을 파악할 수 있었다.

자욱하게 흙먼지가 낀 가운데 청색의 도복 자락이 언뜻언뜻 비치고 금속과 금속이 부딪쳐 만들어내는 챙강거리는 소리가 귓전을 울렸다.

"어디를 가나 소동이로군."

인의 중얼거림에 은평은 인의 옆 얼굴을 뚫어져라 바라보았다. 백호의 말에 따르면 무림의 고수인지 머시긴지 하는 자들 중에서도 자신만큼 먼 곳을 내다볼 수 있는 사람이 거의 없다고 했는데 인은 저 앞에서 펼쳐지고 있는 상황을 본 것일까? 보통 사람이라면 그냥 흙먼지와 그것에 가려진 몇몇의 인영만이 보일 텐데 말이다.

"흙먼지 때문에 확실치가 않아. 저 흙먼지 좀 치울 수 없나?"

뿌연 흙먼지 때문에 보이다가도 이내 가려져 버리자 은평은 저 먼지바람이 없어졌으면 좋겠다고 중얼거렸다.

[하실 수 있잖습니까? 해보십시오.]

"어떻게?"

백호는 그런 것까지 일일이 알려줘야 하냐는 듯한 눈빛을 해 보였지만 이내 은평의 살기 어린 눈을 바라보자 백호는 움찔하고 알아서 꼬리를 내렸다.

[바람의 술을 몇 번 가르쳐 드린 적이 있지…….]

"까먹었어!"

백호는 미처 말을 마치기도 전에 당당히 '까먹었어' 라고 외치는 은평을 보면서 그러면 그렇지 하며 한숨을 내쉬었다.

[다시 가르쳐 드리겠습…….]

이번에도 백호의 말은 끝까지 이어지지 못했다. 모른다던 은평의 입에서 분명히 바람을 부르는 술법의 주문이 외워지고 있었으니 말이다.

"풍리여주(風理與湊), 주칙풍명(主飭風命)……."

갑자기 머리 속에 불현듯이 떠오르는 말을 내뱉었을 뿐이었지만 그 효과는 실로 엄청났다. '이렇게 됐으면 좋겠다' 라고 상상하던 대로 커다란 돌풍이 일어나 그 주위를 맴돌면서 흙먼지를 쓸어가고 일대가 바람이 불지 않는, 다시 말하자면 공기의 흐름이 전혀 없는 곳으로 변해 버린 것이다.

"어, 어라? 갑자기 흙먼지가 걷히고 있네?"

보표들이 일제히 놀라움 섞인 탄성을 내뱉었다. 마치 도와주기라도 하는 듯 거친 바람이 불어 흙먼지를 걷어가고 있었다. 그저 인만은 싱글싱글 웃고 있는 은평 쪽을 물끄러미 바라보며 의심스런 눈초리를 할 뿐이었다.

"이제야 잘 보이네."

[천제(天帝)시여, 이 백호 이제 죽어도 여한이 없습니다.]

한편 백호는 '이제 죽어도 여한이 없다' 라며 자기도 모르게 천제를 찾고 있었다. 그동안 마음고생이 얼마나 심했는지 알 수 있는 한마디였다.

흙먼지가 가시고 난 뒤 보이는 것은 청색의 도복을 걸친 소년이었다. 아직 앳되고 어린 티가 나지만 손에 든 검은 불자와 딱딱하게 굳은 표정은 소년을 한층 더 성숙하게 보이도록 만들었다. 그리고 도복소년과 대치하고 있던 자들 역시 소년들이었다. 각각의 색으로 화려한 도복을 차려입은 자도 있었고 장포를 입고 있는 소년도 있었지만 확실한 건 청의 도복의 소년보단 이들의 나이가 훨씬 더 많아 보인다는 점이었다.

이들은 갑자기 바람이 불어 흙먼지를 가시게 한 뒤 공기의 흐름이 딱 멈춰 버리자 약간 기이하게 생각하는 듯싶더니 이내 다시 자기들끼리의 대화를 이어 나갔다. 뭐라고 말을 하고 있는 것 같긴 한데 잘 들리질 않자 은평은 자신도 모르게 천이통(天耳通)을 펼치기 시작했다. 수많은 소리들이 한데 얽혀져 은평의 귓속으로 스며드는 가운데 은평은 용케도 대화 소리만을 잡아낼 수 있었다.

"반드시 나에게 그런 소리를 지껄인 것을 후회하게 해주겠다."

"장문인의 직전제자라는 놈이 고작 한다는 짓이 여러 명을 우르르 몰고 와 가만히 있는 사람을 핍박하는 것이로군."

청의도복소년은 검은 불자를 어깨에 걸치며 이죽거렸다. 그 말에 청의 도복소년 앞을 가로막고 있던 무리가 발끈해 외쳤다.

"시끄럽다! 어디 알 수도 없는 도사의 제자 놈이 너보단 몇 배분 위의 나에게 하대를 해대는 것이냐? 지금이라도 사숙조(師叔祖)라 부르고 용서를 구한다면 이번만은 아량을 베풀어 넘어가 주겠다."

"너 같은 놈들 상대할 시간 없다. 난 약재를 구하러 약재상(藥材商)에 가봐야 해."

청의도복소년은 상대를 살살 약 올리며 손을 흔들고는 뒤돌아섰다. 그리고 한마디 덧붙이는 것도 잊지 않았다.

"등을 돌리고 선 사람에게 공격하는 것은 대무당파 장문인의 직전제자께서 하실 일이 아니지. 안 그래?"

은평이 말을 들은 것은 거기까지였다. 마차 옆에서 말을 몰고 가던 인이 낮은 웃음을 터뜨렸기 때문이었다.

"크크크… 저거 아주 물건이로세. 아주 갖고 노는데?"

"인, 뭘 갖고 논다는 거야?"

고개만 빠끔히 내민 은평의 질문에 인은 아무것도 아니라는 듯 고개를 저었다. 은평은 아마도 인 역시 자신처럼 아주 먼 곳을 보고 들을 수 있을지도 모른다는 생각이 머리 속을 스쳤다.

그러는 사이 마차는 계속 앞으로 전진해 무인이라면 안력을 돋워 벌어진 상황을 충분히 볼 수 있는 거리에까지 갔다.

"무당파의 문하생들 같은데… 저 소년은 벽등 도장(碧螢道長)이로군요. 태봉 진인(泰封眞人) 장문인의 직전제자인데 어찌하여 하산(下山)해 있는 것일까요?"

난영은 소년들 중 얼굴을 아는 사람이 있는 듯했다. 그녀는 각각의 색으로 된 도복을 입고 있는 소년을 지목하며 의아한 기색을 표시했다.

"벽등이라고?"

벽등이란 이름에 다향이 벌떡 일어섰다. 눈빛이 심상찮은 것으로 보아선 별로 좋은 감정을 갖고 있는 것 같진 않았다.

은평과 난영, 다향은 마차에서 내려섰다. 자신들은 무당파에 찾아가는 입장이었고 저쪽은 그곳의 문하생이니 말이다. 어찌 된 까닭으로 같은 문하생들끼리 싸워대는 것인지는 알 수 없었지만 인사는 하는 것이 도리였다.

저쪽에서도 이쪽을 발견했는지 말싸움을 멈추었다. 벽등의 경우 난영과 다향을 알아보았는지 아부하는 듯한 능글맞은 미소를 얼굴에 띤 반면 청의도복에 검은 불자를 든 소년은 별다른 안색의 변화가 없었다.

"금 소저와 연 소저셨군요. 지난번 대회합 때 백의맹에서 뵈온 뒤론 처음 뵙는 것 같습니다."

벽등이라고 추정, 혹은 짐작되는 소년—이라고 해도 능글맞고 얼굴에 개기름이 흐르는 것이 청년이라고 부르기도 뭐하고 소년이라고 부르기도 뭐했다—은 포권을 해 보이며 둘에게 인사했다. 그리고 허리를 굽혔다가 다시 일으켜 세우면서 난영의 뒤에 가만히 서 있던 은평을 발견했는지 잠깐 넋이 나간 채 입을 반쯤 벌리고 허리를 굽히다가 만 자세로 굳어버렸다.

"벽등 도장께오선 어찌 하산해 계시는 겁니까?"

"아, 예. 문하생들과 함께 약초를 찾다 보니……."

벽등이 뒤늦게 정신을 차리고 허겁지겁 대답했지만 뭔가 석연치 않아 보였다. 지금 이곳은 무당산의 산기슭도 아니고 일부러 내려왔다고밖에는 설명할 수 없는 위치였던 것이다. 은평은 허둥대는 벽등의 얼굴을 보며 '분명히 누구의 허락도 없이 몰래 하산했군'이라고 중얼거리다가 화들짝 놀랐다.

'잠깐, 내가 왜 그렇게 생각했지?

[천제시여, 드디어 삶의 보람을 주시는 겁니까?]

백호는 은평이 하나둘씩 신선으로서의 능력을 발휘해 가는 것 같아 기뻐하고 있었다. 하지만 워낙에 엉뚱한 은평인지라 마음을 놓을 수가 없었다.

"한데 여기서 무엇을 하고 있었던 거죠?"

연다향은 비꼬는 듯한 반말 투였다. 벽등을 어지간히도 싫어하는 듯 얼굴에 기분 나쁘다는 표시가 다 드러나 보였다. 하지만 일부러 그것을 모르는 체하는 건지 아니면 눈치를 못 채는 건지 다향이 자신에게 말을 걸어준 것이 마냥 기쁜 듯 하소연을 늘어놓기 시작했다.

"여기 계신 분들께서도 배분이 얼마나 중요한 것인지 모두 잘 아실 겁니다. 한데 저보다 배분이 낮은 놈이 감히 저에게 하대를 해대고 있으니 이 얼마나 복장 터질 노릇입니까?"

벽등과 그 뒤에 서 있던 소년들이 일제히 검은 불자의 청의도복소년을 노려보았다. 하지만 소년은 조금도 꿀리는 기색없이 고개를 빳빳이 쳐들고 웃음을 터뜨렸다.

"난 청허(淸虛)다."

"우리는 청 자 돌림이 무당에 있다는 것조차 금시초문(今時初聞)이다."

"저도 무당파에 청 자 돌림이 있다는 소리는 들어본 적이 없는 것 같군요."

벽등이 발끈해서 외치고 난영 역시 고개를 끄덕거렸다. 난영과 다향, 그리고 여기 있는 그 누구도 무당에 청 자 돌림이 있다는 소리는 들어본 적이 없었다. 현 장문인이 태(太) 자 돌림이었고 그 아래가 벽(碧) 자 돌림, 계속 순차적으로 무(無), 현(玄), 고(故), 양(養)으로 이어졌다.

"어디 알 수 없는 이름을 갖다 붙이는 게냐?! 내게 그런 것이 통할 줄 알았더냐? 어서 무릎 꿇고 사죄치 못할까?!"

의기양양해진 벽등은 짐짓 위엄있는 모습—물론 본인의 착각이었다—으로 청허란 소년을 꾸짖었다.

"잠깐, 저 소년이 정말로 청(淸) 자 돌림이라면 현 무당의 장문인이라도 저 소년에게 사숙조라 불러야 하는데……?"

"그게 무슨 소립니까?"

인이 끼어들자 난영이 인의 말에 의아함을 표시했다. 적어도 자신이 듣기로는 청 자 돌림의 도사가 없었던 것이다.

"장문인의 윗 배분들이 초(礎), 청(淸), 헌(獻)입니다. 정말로 저 소년이 청 자 돌림이라면 태 자 돌림인 장문인은 저 소년에게 사숙조라 불러야 하지요. 하지만 정말로 기이한 일이군요. 초나 청, 헌 자 돌림의 도사들은 이미 유명(遺命)을 달리했다고 들었는데?"

"누구 마음대로 사람을 죽이는 거야? 난 이렇게 버젓이 살아 있는데! 헌 자 돌림의 내 사부께서도 팔팔하게 살아 계신다고!"

검은 불자를 마치 막대기마냥 휙휙 휘두르며 청허가 눈을 부라렸다. 일견 건방지기 짝이 없어 보이는 모습이었으나 인은 그 모습이 귀엽기만 한지 그답지 않게 부드러운 웃음을 입가에 걸치고 아기를 어르듯이 물어 보았다.

"그래, 네 사부의 존함이 어찌 되시느냐?"

"헌공 진인(獻供眞人)이시다."

청허의 음성에는 숨길 수 없는 자신의 사부에 대한 존경심이 깔려 있었다. 헌공 진인의 이름을 듣는 순간 나머지 사람들은 서로가 서로의 눈빛을 교환하며 자신들이 알고 있는 그 헌공 진인이 맞냐고 되묻고 있었다. 헌공 진인에 대한 이야기를 하자면 먼저 천하제일인(天下第一人)이란 존재를 거론치 않으면 안 된다.

천하제일인! 그가 사라진 지 약 백여 년이 지난 지금까지도 그 이름이 세인들의 뇌리 속에 깊숙이 박혀 있는 인물로 무학(武學)을 논하면 그를 빼놓을 수 없고 수많은 전설과 위대한 족적을 남겼으며 정도를 표방하지도, 그렇다고 마도를 표방하지도 않은 풍류객으로 회자되었다.

어느 날인가 혼자 북해빙궁을 초토화시킨 것을 필두로 홀연히 나타나 오랫동안 강호를 주유하다가 갑작스레 종적을 감추어 버린 천하제일인 천무존(天武尊).

정사를 막론하고 그의 인품에 반해 주군이 되어주기를 자청한 자들 중에는 장차 한 문파를 이끌어야 할 후계자라던가 구파일방이라 일컬어지는 명문정파의 직전제자들마저 끼어 있었을 정도이니 더 말해 무엇하겠는가?

그렇게 스스로 수하 되기를 자청했고 천무존이 수하로서 받아들인 인물들 중에 무당파의 인물이 하나 끼어 있었다. 그가 바로 현공 진인이었다.

그 당시 장문인의 직전제자였고 다음 대 장문인으로 내정되어 있었건만 그 자리를 박차고 천무존의 수하로 남길 원했다. 후에 천무존이 갑작스레 종적을 감춘 후 그 역시 세상을 등졌다는 의견과 큰 깨달음을 얻어 우화등선(羽化登仙)했다는 얼토당토 않은 의견들이 분분한 가운데 그는 무당산으로 돌아와 은거(隱居)했다 한다. 하지만 이미 백 년 전의 일인지라 세상을 떠났을 것이라 알려져 있건만 아직까지 살아 있단 말인가?

"현공 진인께서 정말로 살아 계시다는 말인가요?"

난영은 믿지 못하겠다는 듯 몇 번이고 되물었다. 그도 그럴 것이, 그가 살아 있다면 지금 적어도 백오십 세는 족히 넘었다는 소리였기 때문이었다.

"내 스승은 분명히 현공 진인이시고 난 청허다. 정 믿지 못하겠다면 태봉 진인에게 가서 물어봐도 좋다."

한 문파의 장문인의 이름을 그대로 담아내고 자신보다 나이가 많은 연장자에게 하대를 하다니, 청허의 말투는 확실히 건방졌다. 하지만 그의 말이 정말로 사실이라면 그는 여기 있는 사람들 중 그 누구보다도 배분이 높았다.

"정말로… 헌공 진인이 살아 있단 말이냐? 정말로?"

청허의 어깨를 붙잡고 거칠게 흔들어대면서 인은 헌공 진인이 살아 있다는 것을 도저히 믿을 수 없다는 듯 몇 번이고 계속해서 되물었다.

"이거 놔!"

청허는 몸을 뒤틀어 인의 손아귀에서 빠져나오려고 애를 썼지만 마치 맥문을 잡혔을 때처럼 몸에 힘이 빠져나가 옴짝달싹할 수가 없었다.

"인, 뭐 하는 거야? 그만 놔줘."

은평이 좀 심하다 싶어 놓아주라고 말했을 때야 겨우 정신을 차리고 청허를 놓아준 인은 침착한 얼굴이었지만 눈만은 희열을 가득 담고 있었다. 숨기려 해봐야 도저히 숨길 수 없는 기쁨의 표시였다.

'저게 뭘 잘못 먹었나? 왜 저래?'

은평은 인의 어깨가 부르르 떨리는 가운데 그 속에서 무언가 애틋한 느낌이 전해져 와 코끝이 찡했다.

"난 헌공 진인이 살아 있다는 말을 사부님으로부터 들어본 적도 없거니와 어찌 사람이 백오십 년이 넘도록 살 수 있단 말이냐?!"

벽등 도장은 도저히 인정할 수가 없다는 듯 이를 앙다물고 한광이 가득한 눈빛으로 청허를 노려보았다.

"그래? 못 믿겠단 말이지? 그렇다면 태봉 진인에게로 가자꾸나. 직접 확인시켜 주지."

청허가 너무도 당당한 태도로 나오자 벽등 도장의 눈에는 망설임이 일었다. 하지만 사람들도 모두 모여 있는 곳에서 그런 내색을 할 수는 없었다.

난영은 무당파의 일에 외부 사람인 자신이 관여할 수는 없어 약간 난감해하고 있었는데 청허가 장문인을 들먹거리자 그게 가장 좋겠다고 여겨졌다. 확실히 그 문파의 일은 장문인에게 맡기는 것이 제일 나은 듯했다.

"벽등 도장, 그렇게 하는 것이 가장 좋겠군요. 장문인이시라면 분명히 헌공 진인께서 살아 계신지 아닌지 알고 계실 겁니다."

난영마저 그러는 것이 좋겠다는 의견을 표명하자 벽등은 한숨을 내쉬었다. 분명히 허락없이 자기 마음대로 하산한 것에 대해서 꾸지람을 들을 것이 뻔했다. 하지만 어쨌든 지금은 저런 버릇없는 놈의 버르장머리를 뜯어고치고야 말겠다는 마음이 더 강했기에 썩 내키지는 않았지만 자신의 사부에게 맡기기로 마음먹었다.

새벽이 아니었는데도 무당산의 봉우리는 안개가 자욱했다. 은평은 산을 올라가면 올라갈수록 고요하기 그지없어 도사인지 뭔지 하는 사람들이 수련하기에는 좋을 듯싶어 고개를 끄덕거렸다.

"한데 기이한 일이군요. 사람들이 지나가면 산짐승들이 도망가는 기척이라도 있어야 할 텐데 산짐승은커녕 비황(飛蝗)조차 울지를 않으니……."

나무 가득한 산길을 걸으며 다향이 주위를 둘러보았다. 토끼나 사슴 같은 산짐승들이 도망가는 부스럭거리는 소리조차 없고 비황이 우는 소리조차 귀에 잡히질 않으니 다분히 의아하다는 기색이었다.

"그렇구나. 정말로 너무 고요한걸?"

사람들의 발소리와 풀숲을 헤집고 지나가는 소리, 그리고 간간히 내쉬는 숨소리를 제외하고는 너무도 조용하자 이상한 기분이 들었다. 산을 올라가고 있다는 느낌이 전혀 들지 않는 것이다. 평소 같으면 벌써 지쳐 헉헉댈 높이였음에도 용케도 지치지 않고 산을 오르고 있다는 느낌도 들고 말이다.

[당연하지요. 신선이 지나가시는데 가만히 있을 산짐승은 없습니다. 신선의 주위에 사람들이 너무 많아 직접 인사는 드리지 못하지만 말입

니다.]

"나 때문에 동물들이 도망간 거란 말이야?"

[그런 의미는 아닙니다. 그저 편히 가시라고 자리를 비켜 드렸다는 의미입니다.]

여기 있는 대부분의 인물들이 무공을 익힌 무림인들인지라 발걸음이 재빨랐다. 보폭도 넓고 보법을 응용하고 있는 듯 일정한 법칙을 적용해 걷고 있었다.

"뒤처지면 안 되겠지?"

은평은 자신이 가장 뒤처져 있자 발을 바삐 놀렸다. 그저 단순히 '뒤처지지 말아야' 라고 생각한 것뿐이었고 좀 더 발걸음을 빨리한 것 외엔 아무것도 한 게 없는데 일순 주위의 풍경이 아주 빠르게 지나가고 조금 더 지나자 앞서가던 사람들 역시 하나도 보이지 않게 되어버렸다.

"왜 혼자서 휙 가버리는 거야?"

바로 뒤에서 들려오는 인의 음성에 깜짝 놀라 뒤를 돌아보자 자신의 바로 뒤에는 인이 어이없다는 표정으로 서 있고 난영 일행은 저 아래 있었다.

"얼레? 내가 왜 여기 와 있지?"

"어이없군. 자기가 와놓고도 왜 와 있냐고 물으면 난 어떤 대답을 해야 하는 거지?"

—먼저 그렇게 가버리는 게 어디 있어?

"뭐, 뭐지?"

머리 속에 자연스레 전달되는 난영의 음성에 은평은 이게 뭘까 하고 이마를 찌푸렸다. 분명 난영의 목소리였는데 말이다.

[놀라지 마십시오. 그건 전음이라는 겁니다.]

어째서 그렇게 놀란 건지 알아차린 백호는 은평에게 설명해 주었다.

은평이 하나둘씩 자신도 모르는 사이에 신선의 능력을 발휘하고 있으니 이 어찌 아니 기쁠쏘냐. 백호는 은평을 자신의 등에 태우고 험한 절벽이라도 오를 것 같은 심정이었다. 하지만 드디어 삶의 보람(?)이란 것을 자기도 찾게 되었다고 기뻐하는 백호가 왠지 가여워지는 것은 왜일까?

"전음?"

[내공으로 특정한 상대에게만 자신의 의사를 표시할 수 있는 것이지요.]

"음… 텔레파시라는 건가?"

[테레빠씨?]

"아냐, 아무것도."

은평은 자기 나름의 방식으로 해석하고 이해했다. 그나마 경공을 '날아다니기'라고 부르는 것이라든가 대련(對鍊)을 '싸움질'이라고 납득한 것에 비하면 훨씬 다행이라고 해야 할지도 모르겠다.

"그렇게 먼저 훌쩍 가버리면 어떻게 해?"

"죄송해요. 다른 분들께도 죄송해요. 그냥 그럴 생각은 없었는데……."

"자기도 모르게 경신법을 운용해 버리기라도 한 거야?"

"네? 아, 네. 저도 모르게 운용해 버리고 말았어요."

은평은 그냥 난영의 말에 장단을 맞춰주는 것이 좋을 것 같다는 판단에 혀를 삐죽이 내밀고 멋쩍은 웃음을 지으며 머리를 긁적였다. 은평은 그저 이 상황을 빨리 넘기기 위해서 한 것이었지만 사람들은 잠시 얼굴이 빨개졌다가—남자의 경우다—어색한 웃음을 지으며 어쩔 수 없다는 듯 대답을 대신했다.

"경신법을 자기도 모르게 운용했다니 그런 바보 같은 소리가 어디 있담?"

다향이 못마땅한 기색으로 뇌까렸다. 물론 은평이 들으라고 한 소리였지만 정작 당사자인 은평은 아무것도 모른다는 표정으로 헤헤거리기만 하니 전혀 비꼬아준 보람이 없는 다향이었다.

반 시진쯤 뒤 무당이라 정성스럽게 새겨진 비석(碑石) 앞에 당도했다. 꽤 오래전에 새겨졌을 법하건만 새겨진 틈 사이에는 이끼 하나 끼어 있지 않았다. 아마도 지속적으로 관리를 해온 듯싶었다.

그리고 비석 앞에는 제법 넓은 못이 자리하고 있었다. 이곳이 그 유명한 무당파의 해검지(解劍池)라는 것을 모르는 것은 은평밖에 없었다.

해검지에 당도한 보표들은 검을 내려놓았다. 인도 어쩔 수 없다는 태도로 등 뒤의 장검을 끌러놓았다.

비석이 자리한 지점으로부터 땅에는 판판한 돌들이 줄을 이어 깔려 있었다. 은평은 돌들을 밟는 순간 딱딱한 느낌과 함께 매끄럽게 마모된 듯한 느낌을 받았다. 울퉁불퉁할 것이라는 생각과는 사뭇 다른 감촉이라 은평은 잠시 멈춰 서서 지면으로 시선을 주었다.

"뭐 해? 얼른 오지 않고."

어느새 앞서 가서 자신을 부르는 인의 목소리에 은평은 고개를 들고 부지런히 발을 옮겨 일행과 거리를 맞추었다. 하지만 못내 아쉬워 뒤를 계속해 돌아보았다.

돌 계단을 몇 차례 올라서고 나자 그제야 검푸른 기와 자락과 함께 아련하게 내지르는 기합 소리가 들려왔다. 굵다란 나무 기둥이 세워진 출입 문을 지나고 나자 겨우 사람이 눈에 들어왔다. 도사는 아닌 듯 활동하기 편한 무복을 입은 자가 보이는가 하면 아직 앳되어 보이는 어린 수련생들도 드문드문 보였다.

"사숙조(師叔祖), 문안드리겠습니다."

수련생들로 보이는 몇몇이 쪼르르 달려와 벽등 도장에게 허리를 깊숙이 숙여 예를 갖추고 난영 등을 향해서도 허리를 숙여 인사를 했다.

"처음 뵙습니다."

"그렇게 서 있지 말고 양효 도장(養灸道長)에게 가서 객들께서 묵어 가실지 모르니 방을 마련하라 일러라."

벽등 도장은 짐짓 위엄있는 목소리로 수련생들에게 명령했다. 수련생들은 공손한 태도로 다시 한 번 허리를 조아린 뒤 발을 놀려 어디론가 사라졌다.

"보표들을 비롯해 인원이 많아 머물기는 조금 무리일 듯합니다만……."

난영이 말꼬리를 늘이며 거절의 의사를 내비치자 벽등 도장은 펄쩍 뛰며 그렇게는 할 수 없노라고 손을 내저었다.

"그럴 수는 없지요. 무림삼미로 이름 높은 두 소저가 무당파를 방문하셨는데 그냥 가시게 한다면 예의가 아니지 않습니까?"

은평은 난영과 다향이 무당파에 온 것이 커다란 영광이라는 것처럼 말하는 벽등 도장을 보며 한심해하고 있었다. 속이 뻔히 보이는 아첨에 끈적대는 태도, 또 한 가지를 덧붙이자면 어째서 그냥 가게 하면 예의가 아니라는 것인지 이해가 되지 않았다. 꼭 재워서 보내야만 예절이라는 것일까? 입은 억지로나마 웃고 있지만 눈에는 짜증의 빛이 역력한 난영을 보며 찾아온 사람을 불쾌하게 하지 않는 게 오히려 더 예절이 아닐까라는 생각이 드는 은평이었다.

"…도사 주제에 여자를 밝히다니, 무당파 망신은 저 작자가 다 시키는군."

계속해서 실랑이를 벌이는 난영과 벽등 사이로 청허가 불쑥 한마디를 내뱉었다. 입 안에서 웅얼거리는 아주 작은 소리였지만 무공을 익힌 자들에게는 충분히 들릴 만한 크기였다. 난영과 다향은 실소를 금치 못하고 다른 보표들 역시 서로의 눈치를 보며 고소를 머금었다.

"…저, 저놈이……!"

"내가 뭘 말이냐?"

청허는 아무것도 모른다는 듯한 태도로 어깨를 으쓱해 보였다. 능청스런 눈에는 장난기가 서려 있었지만 벽등의 눈에는 건방지게 보일 뿐이었다.

"방금 한 소리가 무엇이냐? 분명 날 두고 한 소리렷다?"

"난 네놈을 지칭한 게 아닌데 뭔가 찔리는 일이라도 있나? 그래도 자기가 망신거리라는 건 본인도 짐작하고 있던 모양이지?"

벽등의 얼굴은 삶은 문어마냥 시뻘게졌다. 이리 할 수도, 저리 할 수도 없어 갈팡질팡하는 것이 왠지 불쌍하기까지 했다. 그런 벽등을 구원해 준 것은 도사들이었다. 수련생들로부터 손님이 왔다는 연락을 받은 것인지 나이가 지긋한 도사들이 헐레벌떡 뛰어왔던 것이다.

"무풍자(無風子)가 사숙(師叔)을 뵈옵니다."

군데군데 새하얗게 변하기 시작한 머리와 눈가의 주름살이 무풍자의 연륜을 짐작게 했다. 우선 벽등을 향해 공손히 허리를 숙인 그는 난영 등을 향해서도 인사하는 것을 잊지 않았다. 하지만 배분(輩分)이란 개념을 이해할 수 없는 은평의 눈에는 나이가 지긋해 보이는 사람이 자기 나이 또래인 벽등을 향해 허리를 숙이는 것이 왠지 마음에 들지 않았다. 다른 사람들이 모두 가만히 있어 함부로 나서진 않고 있지만 말이다.

"무림삼미 중 두 분이나 이 무당을 방문해 주시니 황공할 따름입니다. 장문인께서도 기다리고 계시니 드시지요."

은평을 보고 잠시 의아해하는 눈치였지만 말하는 동안에는 그런 내색이 없었다. 가늘게 뜬 눈 사이로 관찰하는 기색이 역력해서 금방금방 감정을 드러내는 벽등과는 확연한 차이가 보였다.

조용하던 분위기와는 달리 무풍자를 따라서 안쪽으로 들어갈수록 기합 소리가 점점 더 커졌다. 수련생들은 거의 보이지 않고 간간히 도사들만이 무풍자와 벽등을 보고 공손히 허리를 숙이고 지나갈 뿐이었다.

"이제라도 사실대로 말하고 용서를 비는 것이 어떠냐?"

장문인의 거처에 거의 당도할 즈음 벽등은 청허를 향해 비웃음을 날렸다. 이제라도 사실대로 말하고 용서를 빌라니, 청허는 어디서 개가 짖어대냐는 듯한 태도로 보였다.

'쟤네 둘은 보고만 있어도 심심치 않겠구나.'

은평은 둘이 하는 양―정확히는 벽등이 일방적으로 당하는 모습―을 동물원 구경하는 관람객의 심정으로 지켜보았다.

장문인의 거처는 단아하고 검소했다. 물욕적인 느낌이나 세속적인 느낌은 하나도 들지 않고 고아한 느낌이 풍기는 그런 건물에 내부의 모습 역시 최소한의 필요한 것만 겨우 구색을 갖추고 있었다. 한쪽 벽에 마련된 낡은 책장에는 무당의 무공을 기술한 비급들이 빼곡히 꽂혀 있고 몇십 년은 족히 묵어 보이는 허름한 장과 희미하게 풍기는 솔 향이 알게 모르게 상쾌했다. 노인이 사는 방이니 퀴퀴한 냄새가 풍길 것이라는 은평은 자신의 예상과는 사뭇 달라 의외라는 눈으로 주위의 구석구석을 둘러보았다.

일행들이 들어오기 전부터 가구들을 닦고 있던 소년은 일행이 들어서자마자 얼른 손을 모아 허리를 숙였다. 도사복을 입고 있긴 했지만 팔을 걷어붙이고 손에 걸레를 들고 있어 다향은 자신도 모르게 눈살을 찌푸렸다. 약간 땀이 흘러내리는 모양새가 왠지 불결해 보였기 때문이다.

"청소는 그만하면 되었으니 이만 나가봐라. 아, 그리고… 장문인께서 곧 오실 것입니다. 보표들께선 잠시 저 아이를 따라가십시오. 쉴 곳과 차를 마련해 드릴 것입니다."

소년은 무풍자의 말에 따라 앞서 걸으며 밖으로 그들을 안내했다. 안 나가고 조용히 버티고 있던 인은 무풍자의 눈빛을 받고는 하는 수 없이 보표로 몰려 조용히 물러 나가는 신세가 되어버리고 말았다.

"인, 어디 가는 거야?"

"보시다시피 밖에."

은평은 굳이 이 자리에 있을 필요성을 느끼지 못했기에 인을 따라나서기로 했다. 괜히 어색한 자리에 끼어서 고생을 자초할 이유는 없으니 말이다. 하지만 난영이 은평을 말렸다.

"여기 있는 게 좋지 않을까?"

"그래도 될지 모르겠어요."

"괜찮아. 여기 있어."

그러는 사이 인은 어느새 나가 버리고 하는 수 없이 은평은 난영의 옆에 잠자코 붙어 있기로 했다.

"귀한 손님들을 기다리게 했소이다."

무풍자는 드문드문 흰머리가 섞여 있는 머리였지만 이번에 나타난 노인은 온 머리가 다 흰색 일색이었다. 눈썹조차도 하얗고 깡마른 몸이었지만 당당한 위엄은 무풍자를 앞지르고 있었다.

"사부님을 뵈옵니다."

"……."

벽등 도장이 허리를 깊숙이 숙였고, 청허는 무표정한 얼굴로 별 내색 없이 서 있었다.

"네가 여긴 어쩐 일이냐?"

태봉 진인은 벽등이 이 자리에 있다는 것이 의외라는 듯한 얼굴이었다. 그도 그럴 것이, 지금은 수련장에 있을 시간이었기 때문이다.

"그, 그것이……."

수련을 빼먹고 하산했다는 말을 하기가 껄끄러웠는지 머뭇머뭇거리고 있던 참에 난영이 벽등을 도와주었다. 물론 도와주고자 한 것은 아니었고 그저 예의상 태봉 진인에게 인사를 건넨 것뿐이었지만 말이다.

"태봉 진인께선 그간 별고없으셨는지요?"

"무량수불(無量壽佛), 이런 귀한 손님들을 앞에 두고 제자와 노닥거리고 있었구려. 늙은이가 별일이야 있었겠소? 금 대인께선 무고하신지 모르겠소이다."

난영은 태봉 진인을 오래전부터 알고 있는 사이인 듯 반갑게 인사를 나누었다. 포권을 취하며 인사하는 모습이 은평에겐 퍽이나 낯설었다.

"인사가 늦었습니다. 이쪽은 자화검련의 금지옥엽인 연다향입니다. 이번에 저를 따라왔답니다. 그리고 저쪽은 오는 길에 만난 한은평이라고 합니다."

"연다향이라고 합니다."

"오오, 무림삼미 중 하나인 아연미랑이 아니시오?"

다향 역시 태봉 진인을 향해 포권을 취해 보이며 가볍게 목례했다. 은평은 포권지례가 익숙하지 않아 그저 허리를 숙이며 예의 바르게 인사했다.

"안녕하세요."

태봉 진인은 인자한 표정으로 두 사람에게 웃어준 뒤 다시 난영에게로 시선을 돌렸다. 은평의 경우 그냥 그런가 보다 하고 있었지만 다향의 경우는 조금 달랐다. 항상 자신의 별호라든가 이름을 들으면 떠받들어 주던 기억 때문인지는 몰라도 자신을 대하는 태봉 진인의 태도가 괘씸하다는 생각이 들어 손아귀에 힘을 주고 주먹을 꽉 쥐었다.

"손님들을 계속 서 계시게 했군요. 자리에 앉으시지요."

대나무로 엮어 만든 의자를 권하며 태봉 진인과 무풍자, 그리고 은평과 난영, 다향 모두 자리에 앉았다. 벽등과 청허는 서로 노려보며 뒤쪽에 시립해 있었다.

난영은 품 안에서 바스락거리는 종이 소리와 함께 봉투에 넣어진 서찰 두 통을 꺼냈다. 하나는 백의맹의 인장이 찍힌 것이었고 또 하나는 검은 먹을 먹인 종이에 금박으로 '금황(金皇)'이란 두 글자가 새겨진 것이었다.

"이것은 백의맹의 맹주께서 전하시는 무림첩입니다. 그리고 이것은 저희 아버님께서 전하시는 서찰입니다."

새하얀 봉투와 검은 먹을 먹인 봉투는 색도 그렇지만 확실히 눈에 띄었다. 검은 봉투는 화려하기 그지없었고 새하얀 봉투는 고아하고 단아했다.

"금 여협께서 수고를 해주셨소이다. 허허헛!"

서찰 두 개를 모두 받아 든 태봉 진인은 그것을 무풍자에게 건넸다. 무풍자는 두 손을 모으고 그것을 받아 방 안에 놓여져 있던 책상 위에 올려놓았다.

"그나저나 벽등아, 도대체 어찌 된 일이냐?"

대충 손님들의 용무가 끝나자 그는 이제 자신의 막내 제자에게 까닭을 묻고 있었다. 아마도 평소의 행실로 보아 분명히 수련을 빼먹었을 것이란 생각이 들었는지 약간은 노여운 기색마저 품고 있었다.

"태봉, 오랜만에 보는군."

청허가 이곳에 온 뒤 처음으로 입을 열었다. 하지만 장문인을 향한 말투가 반말 투여서 무풍자를 비롯한 좌중들은 경악한 얼굴들이었다.

태봉 진인은 청허의 얼굴을 약간 눈살을 찌푸린 채 가만히 지켜보더니 황급히 자리에서 일어나 고개를 조아리며 황송하다는 표정을 했다.

"아아, 이런, 사숙조셨군요. 거의 이 년 만에 뵙습니다. 풍모가 달라지

서서 못 알아본 죄 용서하십시오."

"괜찮아. 나는 이 년간 폐관(閉關) 중이었으니. 그런데 서로 못 본 지가 2년이나 됐나?"

"예, 벌써 이 년이나 됐습니다. 헌공 사조께서도 강녕하시겠지요?"

"사부님이야 언제나 그대로시지."

이미 둘은 오래전부터 알던 사이라는 태도였다. 다만 말투가 서로 뒤바뀐 것 같은 느낌이 물씬 느껴지지만 말이다.

"도, 도대체 저 소년이 누구입니까?"

무풍자는 어안이 벙벙한 듯 장문인에게 청허가 누구냐고 캐묻고 있었다. 벽등 역시 충격은 마찬가지였다. 정말로 청허가 주장하던 대로란 말인가?

"음… 양허 자네는 모를 수도 있겠군. 헌공 사조께서 아직 건재해 계시다는 것은 알고 있겠지? 헌공 사조의 제자시라네."

"……!"

벽등의 얼굴로 낭패의 기색이 스쳐 지나갔다. 무풍자 역시 의자에서 황급히 일어나 예를 갖추어 절을 올렸다.

"사숙조를 뵙습니다. 미처 알아보지 못한 죄 용서하십시오."

벽등은 무풍자처럼 예를 갖춰 인사할 수도 없고 인사하기도 조금은 뭣한 상태여서 엉거주춤 청허의 눈치를 살피고 있었다. 현재의 관건은 얼마나 잘 얼버무리고 무탈하게 넘어가느냐 하는 것이었다.

"한데 사숙조께서 이곳까지 하산하시다니 무슨 일이라도 계십니까?"

벽등은 마른침을 꿀꺽 삼켰다. 지금 청허의 발언에 따라서 천당이냐 지옥이냐가 결정되는 순간이기 때문이었다. 더불어 청허를 향해 애절한 시선(?)을 보내는 것 역시 잊지 않았다.

―영 언니, 저 소년의 말이 정말이었던 거네요?

다향은 냉큼 난영에게로 전음을 보냈다. 난영 역시 믿지 않고 있던 터라 약간 의외이긴 했지만 그다지 자신에게는 해가 없는 일인지라 별 반응은 하지 않고 있었다. 다만 벽등의 푸릇푸릇하게 변한 얼굴이 재미있어 사태를 관망해 보기로 했다.

"별일이… 있을 리가 있나."

청허는 얼굴 가득 개구진 미소를 담고 마치 고양이가 쥐를 갖고 놀 듯이 벽등의 반응을 즐기고 있었다. 난영과 다향 역시 관망하는 입장이었지만 내심 벽등이 실컷 당해주길 바라고 있는 것이 눈에 딱 들어왔다. 완벽한 중립의 입장은 은평으로 누가 우세를 하든 상관없었지만 남의 집 불 구경이 원래 재밌는 법이라고 흥미로운 시선을 던지고 있었다.

"그나저나 제자 단속 좀 잘 해야겠던데……."

"예?"

벽등은 청허의 말이 떨어지자마자 드디어 올 것이 왔다는 표정으로 체념한 듯 두 눈을 딱 감았다. 태봉 진인은 그 말에 짐작이 가는 듯 벽등을 곁눈질로 째려보았다. 무슨 일이냐고 추궁하는 사부의 두 눈을 외면한 채 움찔거리고 있는 태도에서 태봉 진인은 대략 감을 잡은 것 같았지만 청허를 향해 반문하는 태도는 변함이 없었다.

"내가 기억하기로는 지금이 분명 수련 시간인데 몇몇 제자들이 하산해 있다가 나와 딱 마주쳤지. 나야 사부님의 분부에 따라서 볼일을 보러 하산한 것이지만 그 제자들은 농땡이를 피우고 있던 것 같던데… 쯧쯧, 바깥에서 객들께서도 모두 목격하신 일이니 대무당파의 체면이 이만저만이 아니란 말씀이야."

마치 혼잣말을 중얼거리는 것 같기도 하고 태봉 진인을 향해 말을 건네는 것 같기도 한 말투였다. 하지만 정작 제일 중요한 부분은 거론하고 있지 않아 벽등은 가슴을 쓸어 내리며 안도의 한숨을 내쉬었다.

"사숙조께 심려를 끼쳐 드려 송구스럽습니다."

허락없이 하산한 것보다도 감히 배분을 무시하고 날뛴 것이 더 큰 죄가 아닌가? 난영와 다향은 그게 아니라고 말해 주고 싶었지만 정작 당사자가 입을 다물고 있는 상황에서 나설 수가 없어 조개처럼 입을 꽉 다물었다.

"난 할 말을 했으니 그만 사부님께 가봐야겠군."

청허는 성큼성큼 문 쪽으로 걸어갔다. 태봉은 황급히 달려가 문을 열어주며 청허를 배웅했다.

"살펴 가십시오. 조만간 찾아뵈옵겠다고 헌공 사숙조께도 전해주십시오."

손을 휘적휘적 내저으며 문밖을 나서면서도 청허는 벽등을 향해 전음을 날리는 것을 잊지 않았다.

─쯧쯧, 인생이 불쌍해서 한번 봐줬다.

원래는 금방 하산하려 했으나 장문인까지 나서서 묵고 가라고 청하니 더 이상 거절할 수가 없어 일행은 무당파에서 묵기로 했다. 밤이 되면 으레 비황 등을 비롯한 날것들이 우는 법이지만 요상하게도 그날 밤만은 초저녁부터 유난히 조용했다. 밤이면 멀리서 심심찮게 들리던 늑대들의 울음소리조차도 들리지 않아 적막하기 그지없었다.

은평의 손에 닫혀 있던 창문이 삐그덕거리는 소리와 함께 열렸다. 몇 달 전까지만 해도 볼 수 없었던 수많은 별들이 까만 공단에 뿌려진 금가루마냥 하늘에서 반짝였다. 더불어서 별들 사이로 고개를 삐죽이 내민 초승달이 살짝 기울어져 검은 하늘 사이로 흐릿한 금빛을 흩뿌려 댔다.

[별 뜬 거 처음 보십니까? 뭘 그리 넋을 놓고 계신 겁니까?]

침상 위에 몸을 말고 있던 백호가 바닥으로 몸을 착지시켰다. 은평은 백호를 향해 살짝 눈을 흘기며 대답해 주었다.

"그냥 신기해서……."

[별이 뜬 것이 신기하단 말씀입니까?]

"그러고 보니 이렇게 하늘 바라보고 있는 것도 굉장히 오랜만이야. 그리고 저렇게 별이 많이 뜬 것도 처음 보고. 내가 살던 곳은 저렇지 않았으니까."

[신기한 곳이군요. 아, 그나저나 기회가 된 김에 말씀드…….]

백호는 자신의 말에 귀를 기울이지 않은 채 딴 곳으로 시선을 주는 은평을 보고는 말을 멈추었다. 은평이 창밖으로 길게 고개를 빼고 바라보고 있는 것은 인이었다. 검은 어둠 사이에 반쯤 녹아들어 상당히 멀리 떨어져 있었지만 백호와 은평에게는 똑똑히 보였다.

인은 나무 사이에 몸을 기대고 서서 멍하니 무언가를 응시하고 있는 듯했다. 응시하고 있는 것이 무엇인가는 잘 모르겠지만 말이다.

"나, 인이 저렇게 폼 잡는 건 처음 봐. 무슨 일일까?"

[정 궁금하시면 따라가 보시지요. 단, 저자는 고수이니 기척을 완전히 숨기고 가셔야겠지요.]

"기척은 어떻게 숨겨?"

[제가 느끼기로는 저자는 무공의 연마만으로 신선의 반열에 들긴 했지만 은평님처럼 완전한 신선은 아닙니다.]

백호는 '그렇다고 해서 은평님이 완벽하다는 것은 절대절대 아닙니다만' 이라고 덧붙이고 싶은 얼굴이었다. 하지만 목숨의 위협을 느꼈는지 조용히 그 말을 되삼키고 다시 말을 이어갔다.

[은평님께서 신선의 능력을 사용하시면 아마 기척을 완벽히 숨기고 가실 수 있으실 겁니다.]

"그러니까 그걸 어떻게 하느냐고?"

백호는 잠시 생각해 보다가 창밖으로 몸을 내밀고 풀숲을 향해 앞발을 내밀었다. 그러자 신기하게도 풀숲 사이에서 비황 한 마리가 푸드득 날아올라 백호의 앙증맞은 앞발로 착지했다.

[정신을 집중하시고, 이를테면 자신이 이 비황이 됐다고 한번 생각해 보십시오. 무언가 깨달으시는 것이 있다면 그 다음부터는 수월할 겁니다.]

은평은 곱지 않은 시선으로 백호를 한번 바라보더니 갑자기 바닥에 털버덕 주저앉았다. 백호는 어안이 벙벙하여 도대체 은평이 무엇을 하려는 것인가 가만히 바라보았다.

"쓰르륵! 쓰르륵!"

은평은 입으로 비황이 우는 소리를 흉내 내며 비황이 뒷다리를 이용해 폴짝폴짝 뛰듯 뛰기 시작했다. 백호는 너무도 어이가 없어진 나머지 뭐라 할 말을 찾지 못하고 앞발을 들어 자신의 양 미간에 가져다 댈 뿐이었다.

[누가… 흉내를 내시라고 그랬습니까아아?!]

"나보고 저 여치가 됐다고 생각하라며?"

은평은 장난스럽게 볼멘소리로 중얼거렸지만 백호의 표정이 점점 심상치 않게 변해가는 것을 느끼고는 손사레를 쳐 가며 분위기를 무마시켰다.

"에이, 장난이야. 왜 그렇게 흥분하고 그래~"

[다시는 그런 엄한 장난치지 마십시오!]

숨까지 씩씩대는 게 어지간히 흥분했는가 보다. 은평은 입을 삐죽이면서도 이번에는 진지한 자세로 허리를 꼿꼿이 세우고 정좌한 자세를 취한 채 자기 암시를 걸 듯이 입속으로 무어라 웅얼댔다.

갑자기 몸 전체가 붕 떠오르는 것 같은 느낌과 알 수 없는 기시감, 그저 생각을 집중했을 뿐인데 눈을 감았음에도 눈앞이 새하얗게 변하는 느낌에 은평은 눈을 번쩍 떴다.

[뭐, 뭐야?!]

지금 은평이 처한 상태를 명명하자면 유체 이탈이라는 현상이었다. 그러니까 보통의 사람이라면 도저히 할 수 없는 경험인 조용히 눈을 감고 있는 자신의 몸을 본다는 어처구니없는 것으로 은평의 경우는 누운 모습이 아니라 정좌한 자세로 눈을 감고 있다는 것이 조금 다른 점이라면 다른 점이었다. 더불어서 환희에 찬 반짝반짝, 초롱초롱한 눈으로 자신을 바라보고 있는 백호의 얼굴도 보였다.

[잘하셨습니다! 보세요. 하시면 되잖습니까?]

―이게 뭐야?! 누가 유체 이탈 같은 거 경험하고 싶다고 그랬어?

은평은 상당히 당황하고 있는 중이었다. 자신이 자신을 바라보게 되는 희한한 경험을 하게 됐는데 안 놀라는 사람이 이상한 것이지 절대로 자신이 이상한 것이 아니었다.

[유체 이탈이 아닙니다. 그저 신선이 할 수 있는 능력 중의 하나로 일종의 분신 같은 것이죠. 이렇게 되면 어떤 고수에게라도 기척을 들킬 염려가 없습니다.]

백호로서는 설명을 해주겠다고 해준 것이지만 은평 자신은 그다지 납득하고 있는 것 같지 않았다. 유체 이탈이라는 어이없는 단어로 지금 상황을 납득시키고 있는 듯한 눈치였다. 하기사 언제는 설명해 준다고 '아아, 그렇구나'라고 순순히 납득해 주는 때가 있었던가? 지금 상황이 당연한 것이며 저렇게 능력을 펼치게 된 것도 장족의 발전이라고 자신을 애써 위로했다. 한데 왜 위로하면 할수록 자신이 비참해지는 것은 무슨 이유일까?

―벽을 통과할 수 있을까?

[못 갈 곳은 없습니다. 부유하면서 이동하는 것이기에 이동 속도도 빠른 편이지요. 간단히 생각하는 것만으로 머리 속 기억에 남아 있는 장소라면 어디든지 이동할 수 있습니다.]

—편하네. 그럼 다녀올게.

[제발… 조심해 주십시오.]

—내가 어린애야? 그 정도는 알고 있어.

하지만 '왜 보면 볼수록 물가에 내놓은 어린애같이 불안해지는 것일까?' 라는 질문은 목구멍으로 꾹꾹 넘긴 채 백호는 무사히 잘 다녀오라는 뜻으로 손을 흔들었다.

은평은 백호의 걱정을 뒤로한 채 창문을 넘었다. 한 발자국씩 걸음을 옮길 때마다 몇 장씩이나 앞으로 나아가기 때문에 볼을 스치는 바람의 감각을 느낄 수 있었다. 좀 더 정확히 표현하자면 바람이 자신의 몸을 스쳐 통과해 가는 느낌이라고 할까?

날렵한 동작으로 순식간에 몇십 장을 이동해 가느다란 나뭇가지에 착지했다. 지금 은평의 상태는 마치 바람과도 같기 때문에 지면에 발을 디뎌도 그 어떤 기척조차도 나지 않았고 다른 사람들이 느끼기에는 바람이 내는 것 같은 소리로 들릴 뿐이었다. 그렇기에 인의 이목을 가리고 바로 옆에까지 접근할 수 있었다.

—왜 저렇게 개 폼을 잡고 있는 거지?

인은 나무에 몸을 기댄 채 그렇게 하염없이 넋을 놓고 있다가 어떠한 결심이 선 듯 기댔던 몸을 일으켜 세웠다. 입술을 살짝 깨문, 전혀 인답지 않은 굳은 표정으로 발걸음을 옮기기 시작했다.

인은 경공에 능한 고수라도 감히 따라잡지 못할 허공답보로 산길도 아닌 험한 수풀이 우거진 곳을 헤쳐 나가기 시작했다. 몸에 부딪쳐 오는 나뭇가지들을 모두 쳐내가며 한참을 그렇게 갔을까? 인은 갑작스레 딱 멈취 섰다.

"찾았군."

나지막하게 중얼거린 인은 무성하게 우거진 수풀과 길게 늘어진 나뭇가지를 손으로 헤치며 앞으로 나아갔다. 얼마 가지 않아서 무성히 우거진 풀숲이 우스워질, 산 위에 있는 것치고는 꽤 넓은 평지가 나타났다. 둥글게 펼쳐진 부분에만 풀 한 포기 나지 않은 황토인 것으로 보아 아마도 사람의 손이 닿은 것 같았다.

인은 한숨을 내쉬면서 풀숲에서 황토 흙으로 발을 내디뎠다. 그리고 내딛는 순간 아까 낮에 보았던 청허란 소년이 어둠 속에서 뛰쳐나왔다. 낮의 도사복 차림과는 다르게 다 헤진 누더기에 가죽신조차 신지 않은 맨발 차림이었다.

"뭐 하는 놈이야?"

어기적대는 걸음으로 어둠에서 빠져나온 청허의 손에는 마른 갈대 줄기가 하나 들려 있었다. 다만 내공이 주입됐는지 약간 푸릇푸릇한 색을 띠고 마치 날을 있는 대로 바짝 갈아낸 검처럼 몸을 빳빳이 세우고 있다는 것이 평범한 갈대 줄기와 다른 점일까?

인은 별로 당황하는 기색없이 빤히 청허를 응시했다. 청허가 갈대 줄기를 천천히 들어 올려 인의 가슴패기에 가져다 대었다. 하지만 인은 별다른 반응도 없이 청허가 하는 대로 그냥 내버려 두었다.

"넌 아까 낮에 만난 놈 같은데, 아닌가?"

"……."

은평은 두 사람 사이를 지나쳐 청허가 빠져나온 어둠을 가만히 응시했다. 그냥 언뜻 보기에는 어둠처럼 보일 뿐이지만 자세히 보면 지면보단 약간 낮은 지대로 뻗은 동굴의 입구가 보였다. 그늘이 져서 달빛에도 보이지 않고 어둠에 가려져 있을 따름이었지만 은평은 호기심이 생겼다.

청허란 소년은 저 동굴 안에서 사는 것일까?

"헌공 진인을 만나게 해다오."

"사부는 왜 보려고? 괴팍한 늙은이라 잘 만나주지 않을 텐데?"

은평이 동굴에 흥미를 갖기 시작한 뒤로도 둘은 이런저런 쓸데없는—전적으로 은평의 기준에서—대화를 나누고 있었다. 그때 청허의 입에서 간발적인 비명이 터져 나왔다.

"으악!"

갑자기 어둠에 휩싸여 있는 동굴 입구 쪽으로 보이지 않는 힘에 의해서 끌려가 버린 청허는 이내 땅바닥에 내동댕이쳐졌다. 땅에 박혀 있던 뾰족한 돌에 등을 찍혀 무지 아플 것 같지만 비명도 채 지르지 못하고 눈살을 찌푸리고 있는 청허를 어둠 속에서 뻗어 나온 발이 공을 차는 것처럼 차버렸다.

"끌끌끌. 군사부일체(君師父一體)라 했거늘, 어디서 감히 하늘 같으신 사부님의 흉을 보는 것이냐?"

노인의 목소리라고 느껴지긴 했지만 그런 것답지 않게 목소리에는 힘이 넘쳤다. 청허는 그 목소리의 주인공을 익히 잘 아는 듯 아픈 것을 꾹 참고 일어나 투덜댔다.

"늙은이가 힘만 좋아서 툭하면 폭력이야."

분명히 예전에는 도사들이 입는 도복이었을 것이라고 추정되는 천 조각을 걸친 노인이었다. 새하얗게 센 백발을 잠을 이용해 제법 단정히 정리했고 특이하게도 수염을 모조리 밀어버린 모습으로 쪼글쪼글한 얼굴에 잔뜩 박혀 있는 주름이 왠지 정감이 가는 그런 인상이었다.

"폭력이라니, 사랑의 회초리라고 생각하거라. 그리고 사부님한테 늙은이가 뭐냐?"

"늙은이 맞지 뭘 그… 아, 아니옵니다, 스승님."

청허는 아까와는 다르게 매우 처량한 꼴로 노인의 눈길 한번에 하던 말을 싹 바꾸고 어색한 웃음을 지었다. 노인은 흡족하다는 얼굴로 고개를 끄덕이며 이번에는 인에게로 눈을 돌렸다.

"네놈은 누구냐? 누구기에 나를 찾는 것이냐?"

노인은 청년의 눈동자가 매우 낯이 익었다. 처음 보는 청년이건만 왠지 모르게 익숙한 느낌이었다. 신체적인 구조로 보아서는 무공을 익히면 대성했을 성싶었지만 그다지 무위는 깊지 않는 듯해 안타까운 실망감마저 불러일으켰다.

"오랜만이다, 헌공."

청허과 은평이 눈을 크게 뜨고 인을 바라보았다. 청허의 경우는 '저놈이 저 괴팍한 노인네를 막 불러 젖히다니 세상이 어지간히도 살기 싫었던 모양이구나' 라는 의미로 그리 바라본 것이었고 은평의 경우는 '저놈이 노인 분께 반말을 쓰다니 공경심이 어지간히도 없는 놈이다' 라는 의미로 바라본 것이었지만 인은 전혀 꿀리는 기색이 없었다.

"쯧쯧… 내 제자라는 놈을 비롯해서 요즘 젊은것들은 도통 예절이라는 것을 모른단 말씀이야? 새파랗게 젊은 놈이 반말을 날리다니……."

헌공은 혀를 차며 고개를 내저었다. 뒷짐을 지고 혀를 차며 '젊은것들은 예절을 몰라' 라고 중얼대는 헌공의 모습이 은평에게는 낯익었다. 어느 시대를 가나 세대 차이라는 것은 있는 모양이라며 은평은 실소했다.

─백여 년 만인데 날 잊어버린 것인가?

헌공의 귓가로 인의 것일 거라고 추정되는 전음이 새어 들어왔다. 헌공의 몸이 벼락이라도 맞은 듯 부르르 떨리며 앙상하게 마른 손아귀에 힘을 주어 주먹을 꽉 쥐었다. 그리고 헌공의 안면이 웃음인지 울음인지 애매모호한 표정으로 서서히 변해갔다.

"…누, 누구냐, 네놈은?"

"사부님, 왜 그……?"

"닥치고 안에 들어가 있어라!"

'노인네가 망령이라도 들었나?' 라는 투의 청허의 말을 딱 잘라 버린 헌공의 시선은 온통 인에게로 집중되어 있었다. 청허가 투덜투덜거리면서 굴 안으로 들어가는 것을 확인한 헌공은 인의 이목구비를 세세히 뜯어 살펴보았다. 경계하는 기색 역시 역력해 보였다.

"어서 밝혀라. 대체 네놈의 정체가 무어냐?"

"어지간히도 긴 목숨이로다. 이미 오래전에 땅밑에 묻혔을 것이라고 여겼거늘."

인의 눈가에 회한의 빛이 스쳤다. 헌공 역시 무언가 짐작 가는 바가 있는 듯 인의 입이 다시 열리기를 기다렸다.

"날 알아보지 못하는 것이 당연하겠지. 마영노 역시 날 알아보지 못했으니."

"지, 지금 무슨 소리를 지껄이는 것이냐?"

고개를 도리질 치는 헌공의 모습에 인은 희미한 웃음을 머금으며 헌공을 향해 천천히 다가갔다.

"나일세, 헌공."

희미한 떨림이 계속되던 헌공의 무릎이 천천히 꿇려져 이내 땅바닥에 닿았다. 여전히 믿을 수 없다는 불신의 기색이 그의 양 미간에 실려 있었지만 말투가 달라져 있었다.

"주군이십니까? 정녕코… 주군이십니까?"

흐릿한 물기마저 서려 있던 헌공의 눈가로 붉은 눈물이 흘러내렸다. 혈루(血淚)였다. 감격과 환희의 감정이 담긴 혈루였다.

'왜 오지 말아야 할 자리를 와버린 것 같은 느낌이 들지?'

오열하고 있는 헌공과 그런 헌공의 어깨에 손을 짚은 인을 내려다보며 은평은 그만 돌아가야겠다고 생각했다. 게다가 왠지 엿보고 있는 것 같아 아까부터 찜찜하기도 했다.

무당파의 밤은 놀랄 만한 사실을 감춘 채 그렇게 흘러갔다.

새벽녘까지 잠을 이루지 못한 은평이었다. 몰래 인을 미행해서 본 모습이 마음에 걸리기도 했고 호화스런 마차나 객잔에서 잠을 청하다가 갑자기 허름한 침상을 쓰려니 적응이 안 되는 탓도 있었다. 다만 신기한 것은 잠을 자지 않았음에도 별다른 피곤함을 느끼지 못하고 있다는 점이었다.

"결국 밤을 새고 말았네."

품 안에 있던 백호를 잠시 옆에 내려놓은 은평은 침상에서 내려왔다. 간밤에 백호가 개어놓은 옷가지를 챙겨 입고 잠시 새벽 산책이라도 나갈 마음이었다.

밖으로 나오자 약간 쌀쌀한 감촉의 공기와 함께 산중이라 그런지 어스름한 안개가 잔잔하게 깔려 있었다.

어디선가 챙챙대는, 검과 검이 맞붙는 금속성의 소리가 울리는 것이 들렸다. 대충 어디쯤에서 울리는 소리인지 거리를 가늠해 본 은평은 이끌리듯이 그쪽으로 발걸음을 떼어놓았다.

'전부 잠들이 없나? 새벽부터 뭣들 하는 거람?'

물론 이들은 잠이 없는 게 아니고 새벽 수련의 일종으로 수련을 쌓고 있는 무당파 산하의 문하생들이었다. 아직 이름조차 하사받지 못한 문하생들도 있었고 나이는 어리나 사부의 배분이 제법 높은 문하생들도 군데군데 눈에 띄었다. 그리고 퍽이나 나이 지긋한 노인이 문하생들의 단체 새벽 수련을 감독하고 있었다.

어제 백호가 가르쳐 준 걸 응용해 새벽 안개 속에 몸을 숨기고 은평은 천천히 다가갔다. 우렁찬 기합 소리가 점점 더 크게 들려왔다.

'으… 귀 아퍼. 소리 좀 줄여야지.'

멀리 있는 곳의 소리를 듣게 되고 또한 소리를 들을 수 있는 거리도 조정할 수 있게 되어 그야말로 장족의 발전을 거둔 은평이었다.

'뭐가 좋다고 저렇게 열심들일까?'

문하생들은 해가 뜨고 안개가 슬슬 걷힐 때까지도 한시도 쉬지 않고 기합성을 내지르며 기본 동작을 반복하고 있었다.

"좋다! 단체 새벽 수련은 여기까지!"

감독으로 있던 나이 지긋한 노인이 어디론가 가버리자 문하생들 사이에서 왁자지껄 떠드는 소리가 울려 퍼졌다. 역시 아이들은 아이들인가 보다.

천진난만한 아이들을 본 은평은 괜히 자기까지 기분이 좋아졌다. 게다가 폐부를 가득 채우는 산중의 새벽 공기 역시 마음에 들었다.

'왠지 여기에 잘 왔다는 생각이 드는데?'

13

공 포 의 동 정 호

공포의 동정호

"정말 끈질기네."

은평은 휘장을 젖히고 마차 밖을 내다보았다. 난영 일행과 동행하게
된 뒤로 이상한 떨거지들이 자신을 노리며 덤벼드는 일은 현저히 줄었지
만 간간이 마차 앞을 떡하니 가로막는 놈들이 아주 없어진 것은 아니었
다. 날파리들은 떨어져 나갔을지 몰라도 고수들은 전혀 상관하지 않고
나타나곤 했다.

"뭘 중얼거려?"

"아, 아무것도 아니에요."

다른 사람들의 눈에는 보이지 않을 것이라 생각하고 은평은 고개를 내
저었다. 반 시진 전부터 꽤 멀리 떨어진 곳—자신에겐 똑똑히 보이나 도대
체 얼마나 떨어진 것인지 모르는 은평으로서는 정확한 거리를 말해 줄 수 없었

다—에서부터 마차의 바퀴 자국을 쫓아 한 인영이 경공술을 시전하고 있었던 까닭이다. 느껴지는 기는 미약했지만 마치 자료라도 수집하듯이 마차와의 일정한 거리를 두고 어디로 가는지 행적을 조사하는 태도에 은평은 마치 자신이 감시받고 있는 것 같다는 기분이 들기 시작했다.

"동정호에 꼭 들를 작정인가요, 영 언니?"

별로 내키지 않는 듯 다향이 푸념했다. 난영 역시 자신도 어쩔 수 없다는 듯한 태도로 어깨를 으쓱였다.

"아버님 심부름인 것을 어쩌겠니?"

자신도 불가항력이라며 한숨을 내쉬는 모습이 뭔가 심상치 않아 보였다. 지금 은평 일행은 동정호가 있는 호남성으로 마차를 몰고 있었다. 한데 기이하게도 이 둘은 끔찍이도 동정호 변으로 가는 것을 싫어하고 있었다.

'설마 네스호처럼 괴물이라도 나오는 건가?'

지금 가고 있는 곳의 목적지가 동정호라는 소리를 들은 터라 그런 둘의 모습을 보고 네스호가 떠올랐다. 그럴 리가 있겠는가만은 설마 여기도 네스호같이 괴물 같은 것이 나오는 것은 아닌가 내심 염려되었다.

"동정호에 뭐가 있나요? 왜 그리 싫어하는 거죠?"

"있기야 있지. 아주 능글맞은 괴물이."

수수께끼라도 내는 듯한 난영의 태도였다. 은평은 아주 진지하게 난영이 거론한 '능글맞은 괴물'을 떠올려 보았다. 기름기가 잘잘 흐르는 느끼한 괴물일까, 아니면 능청스러운 얼굴을 하고 있는 괴물일까?

"그걸 떠올리면 자다가도 닭살이 돋아서 벌떡 일어난다니까!"

다향이 이를 부득부득 갈아붙였다. 무언가 있기는 있는 모양이었다. 은평은 혹시 백호라면 알고 있을 것 같아 백호를 내려다보았다.

"백호, 뭔가 아는 게 있어?"

[전 동정호에 괴물이 출몰한다는 소리는 들어보지 못했는데요.]

백호는 전혀 모른다는 투였다. 그렇다면 도대체 무엇이 그녀들을 겁에(?) 질리게 한 것일까? 확실히 가르쳐 주질 않으니 궁금증만 새록새록 피어오르는 은평이었다.

"곧 있으면 호남성의 관문에 도착한다고 합니다."

휘장 사이로 인의 음성이 들렸다. 아마도 보표를 대신해서 전해주는 것이리라.

"제발 천천히 말을 몰라고 마부에게 전해주겠어요?"

다향이 보기 드물게도 명령조가 아닌 부탁조로 말했다. 어지간히도 가는 게 싫은 것 같아 보여 은평은 혀를 찼다.

"아니야. 괜찮을지도 몰라! 은평이 있으니까!"

난영이 자기 자신을 위로하듯 목소리에 애써 힘을 주어 외쳤다. 자기 다짐을 하는 것 같기도 했고 그 말에 자기 자신이 스스로 위안을 받는 것 같기도 했다.

"괜찮을지도 몰라가 아니라 반드시 괜찮아요, 영 언니."

"……?"

왜 자신을 거론하는 것일까? 둘은 두 주먹까지 불끈 쥐어가며 다짐하고 있었다.

마침내 호남성의 관문. '올 것이 왔구나' 라는 표정으로 마차 바닥이 꺼져라 한숨만 푹푹 내쉬는 둘이 어지간히도 지겨웠던 은평은 내심 투덜거리고 있었다.

"그렇게 내쉬어서 마차 바닥이 꺼지겠어요? 좀 더 세게 내쉬어야죠."

"…아직 뭘 모르는구나. 조금 있으면 우리의 심정을 알게 될 거야."

난영의 눈가에는 동정의 빛마저 서려 있었다.

"자꾸 궁금하게 하지 말고 뭔지 좀 가르쳐 주면 안 돼요?"

'입에 담기만 해도 저주가 내릴지 몰라' 라는 표정으로 두 사람은 고개를 설레설레 내저었다. 가면 알게 되겠지 싶어 은평은 포기하고 마차의 벽에 등을 기대고 잠을 청했다.

그렇게 얼마를 잤을까? 은평은 단잠을 자다가 백호에 의해 잠에서 깨게 되었다. 조용히 일어나 주위를 둘러보니 마차는 서 있었고 난영과 다향은 밖으로 나간 건지 마차 안에 없었다.

"으아함!"

은평은 길게 하품하며 기지개를 켰다. 한데 뭔가 병장기가 오가는 듯한 소리에 밖으로 의식을 집중시켰다. 여러 사람이 한데 어우러져 있는 것 같은 소란스러움에 은평은 백호를 안아 들고 천천히 마차 밖으로 발을 내디뎠다.

마차에서 나오려는 은평을 제일 먼저 발견한 것은 보표였다. 마차의 입구를 가로막듯이 서 있던 보표는 얼른 은평에게 들어가라고 손짓했다.

"어서 들어가십시오. 위험합니다."

은평이 보표의 커다란 몸을 밀치고 본 것은 싸움터였다. 복장이 하나로 통일된 무리들과 우두머리로 보이는 세 명의 사이한 인상의 사내들과 인, 난영과 다향까지 어우러져 한데 뒤엉키고 있었고 몇몇의 우람한 몸집의 보표들은 마차의 입구를 가로막으며 지키는 서 있는 것을 보아서 꽤 중대한 일인 듯했다.

"어서 들어가! 무공도 모르면서 괜히 방해하지 말고!"

인이 은평을 발견했는지 한 사내의 검을 막다 말고 고개를 돌렸다.

"감히 한눈을 팔다니 내가 만만히 보였느냐?!"

자신과의 싸움 중에 고개를 돌린 인이 괘씸했던지 사내의 부풀어 있던 소맷자락이 더욱더 팽팽해졌다. 아마도 공력을 끌어올리는 모양으로 인의 어깨를 검날로 내려치려 했다. 인은 몸을 약간 내려 보법을 이용해 서둘러 뒤로 빠진 뒤 자신의 장검을 이용해 사내의 검을 맞받아쳤다.

"끈질긴 놈이로고! 받아라! 사 초식 살천혈형검(殺天血刑劍)!"

검이 뻗어오는 길이를 짐작하지 못하게 만드는 빠르기로 수없는 허상을 만들어내며 허벅지와 단전으로 치고 들어오는 공격을 피하기 위해 인은 우선 부지런히 발을 놀려 뒤로 빠지고 다시 앞으로 전진하기를 반복했다.

"만류운귀검(萬流雲歸劍) 이 초식 만류운주천검(萬流雲主天劍)!"

인이 긴장감없는 뚱한 표정으로 반격을 시작했다. 챙챙거리는 검의 울림이 점점 더 커지며 인을 포함하여 다향과 난영, 그리고 여럿의 보표들이 난전에 난전을 거듭하고 있었다.

"강호에 들리던 소문과는 달리 치졸하기 짝이 없구나, 독현문(瀆俔門)! 공동 문주라는 세 작자들이 휘하의 수하들을 모두 이끌고 몰려와 비겁하게 암습하다니!"

다향이 외친 그 말이 정곡을 찔렀던 것일까? 세 명의 등이 움찔거렸다. 이들은 독현문이라는 사파의 공동 문주들로 강호에 꽤 이름이 알려져 있었다. 각각 별호 앞에 독현이라는 글자를 똑같이 넣고 진강(進講), 진검(進劍), 마혈(瘒頁)이라고 불렸다. 한데 어느 정도 명성이 있는 그들이 합심해서 아무런 원한도 없는 상대들을 다짜고짜 습격한다는 것은 강호에 알려졌을 시 두고두고 비겁한 자로 낙인찍힐 일이었다.

연다향의 신형이 허공으로 솟구쳤다.

"자원검랑(紫元劍朗)!"

강호에 알려진 자화검린 연검천의 것처럼 정교하고 아주 붉은 자줏빛을 띠는 것은 아니었지만 나름대로 훌륭한 자환검결의 초식이었다. 연다향 특유의 제비같이 날렵한 보법과 어우러져 옅은 자줏빛 검광(劍光)이

중년 사내의 가슴패기로 솟구쳤다. 자신에게 상대방의 검기가 들어올 때면 보법을 이용해 순식간에 뒤로 빠졌다가 일학충천(一鶴衝天)의 초식을 이용해 수직으로 하강하며 검을 휘두르는 솜씨가 일품이었다.

"연월청랑소(戀月晴朗簫)!"

난영이 지니고 있는 옥소는 보통 옥이 아닌 모양이었다. 음공(音功)을 구사할 수도 있는 것 같지만 위급할 때는 상대의 무기와도 맞부딪치며 접근전을 펼치는 것으로 보아 아마도 만년한옥인 듯싶었다. 지금 여기서 음공을 썼다가는 내공이 약한 보표들에게 혹시라도 피해를 입힐지 몰라 접근전을 펼치고 있어 난영은 현재 가장 고전하고 있었다.

"저기 있다! 잡아라!!"

"에엑? 나?!"

싸우고 있던 자들의 시선이 모두 은평 쪽으로 모아졌다. 마차 앞을 지키고 서 있던 보표들이 채 막을 틈도 없이 난영, 다향, 인과 싸우던 세 명의 중년인을 제외한 그의 수하 모두가 갑자기 싸움을 멈추고 마차 쪽으로 일제히 달려왔다.

"그냥 지나가게 할 순 없다!"

보표들은 마차를 더욱더 밀착해 감쌌다. 그러자 다향이나 난영이 달려와 수하들을 막아섰다. 인은 세 중년인들을 노려보았다. 여차하면 자신이 나서야겠다고 생각하면서…….

"꺼져라! 어째서 마도의 고수들이 저런 볼품없는 계집애를 원하며 불나방처럼 불속으로 뛰어드는 건지는 모르겠지만!"

"이봐!! 누가 볼품없는 계집애라는 거야?!"

"너지 누구야?!"

은평이 분하다는 듯 버럭 소리를 질렀다. 볼품없는 계집애라니? 인에게 그런 소리를 들으니 억울했다. 그러는 자신은 얼마나 잘나서 남을 함부로 평가한단 말인가? 보표들은 이렇게 긴장되는 순간까지 말다툼을 하는 두 사람의 두터운 신경줄이 참으로 위대하게 느껴졌지만 한편으로는 더없이 한심스러웠다.

[크르르릉!]

은평의 품 안에 안겨 있던 백호가 마차 아래의 지면으로 뛰어내렸다.

"백호야!"

은평 역시 백호를 뒤쫓아 마차에서 뛰어내렸다. 그러자 보표들의 얼굴은 점점 검게 변해갔다. 별로 뛰어나지도 않은 듯한 무공을 지닌 소녀가 겁도 없이 어딜 뛰어든단 말인가? 게다가 난영으로부터 저 소녀를 보호하란 엄명까지 받은 그들이었다.

"흐흐흐흐, 스스로 마차에서 내려주기까지 하는구나."

휘익!

자신들이 불리하다고 생각했는지 독현진검은 이를 악물고 굳은 몸을 움직였다. 겨우 안면 근육을 움직여 휘파람을 불었다. 보통 부는 휘파람과는 다르게 아주 날카로운 소리가 나는 것이 내공을 주입한 듯했다.

은평의 귀에 큰 무리의 발소리가 잡혔다. 꽤 먼 곳인 듯 약간 희미했지만 점점 더 소리는 커지고 있었다. 발소리는 이내 바로 근처에서 바스락거리는 소리로 뒤바뀌어 가고 흐릿한 그림자들이 하나둘 그 모습을 드러냈다.

"낭패다!"

어디선가 터져 나온 당황한 음성. 그리고 독현문의 문도들로 보이는 무리가 점점 마차를 향해 다가오고 있었다.

"크크크, 우리 독현문의 전 문도를 집결시켰다! 어떠냐?!"

독현진검이 괴소를 흘렸다. 보표들은 싸움을 계속하면서도 점점 다가

오고 있는 독현문의 문도들에게 시선이 가 싸움에 집중할 수가 없었다. 수적으로는 독현문이 압도적으로 우세했으니까.

"뭐야, 저 개 떼들은?"

꾸역꾸역 밀려들고 있는 무리들이 마음에 안 들었던 은평은 마차 쪽에서 벗어나 무리들 쪽으로 천천히 걸음을 떼어놓았다.

"문주님! 생포했습니다!"

한 부하의 고함치는 소리에 독현문의 세 공동 문주들의 입이 헤벌쭉해졌다. 은평의 뒤로 다가온 부하 하나가 은평의 목에 단도를 들이댄 채 은평을 생포한 모습이었다.

"저 멍청이! 마차 안에 처박혀 있으라니까!!"

인의 표정이 있는 대로 구겨졌다. 자신이 채 기척을 느끼지도 못하는 사이에 보표들 사이를 슬그머니 빠져나와 있다니 믿을 수 없는 일이었다. 게다가 목에 단도가 들이대어져 있어 섣불리 움직이기가 곤란했다.

하지만 은평은 평소의 멀뚱한 표정이었다. 보통 목에 칼이 대어지면 좀 당황하는 맛이 있어야 하건만 오히려 무덤덤해 보였다. 그것뿐인가? 은평의 목에 단도를 들이댄 자는 은평을 잡아끌긴 했지만 얌전히 끌려오지도 않고 바위마냥 미동도 하지 않아 당황해하고 있었다.

모두의 시선이 은평에게로 모아진 가운데 기묘한 광경이 연출되자 사람들이 모두 어리둥절한 표정으로 싸움을 멈추었다. 은평은 가만히 서 있고 그런 은평을 잡아끌기 위해 사내 하나가 죽을 둥 살 둥 안간힘을 쓰고 있었다. 그러다가 목에 들어대어진 단도가 은평의 살 깊숙이 박히기 시작했다.

"저런 처 죽일 놈을 봤나? 귀하게 모시라고 몇 번이나 말했느냐? 상처 하나라도 생기면 우린 모두 죽은 목숨인 거 몰라? 어디다가 칼을 들이대?"

게다가 세 명은 오히려 은평의 안위를 걱정하기까지 했다. 세 공동 문주들은 체면도 버리고 고래고래 고함을 질러댔다. 마교의 교주가 내건 것 중에는 '눈곱만큼이라도 상처를 입혔을 시 포상 대신 사지를 절단하고 목숨을 내놓아야 한다' 라는 내용이 있었기 때문이다.

난영과 다향은 은평의 목을 보고 놀라고 있었다. 단도가 살 깊숙이 파고들었음이 분명한데도 피는커녕 상처 하나 없이 깨끗한 피부인 것은 도대체 어찌 설명해야 한단 말인가?

한편, 사내가 문주의 질책에 당황해하고 있는 사이 은평이 고개를 뒤로 젖혀 사내의 머리와 박치기를 시도했다. 빡 하는 무시무시(?)한 소리와 함께 은평은 자신의 목에 드리워져 있던 사내의 팔을 쳐내고 재빨리 뒤로 돌아서 무릎으로 사내의 하체 중심을 가격했다. 믿기지 않을 만큼 빠른 속도였다. 인마저도 제대로 보지 못했을 정도였으니 말이다. 아까처럼 무시무시한 소리가 들린 것은 아니었지만 사내는 완전히 뒤로 벌렁 넘어가 버렸다.

"끄어어어!!"

"으윽! 기분 나빠! 물컹물컹거렸어."

비명조차 지르지 못하는지 괴음을 내며 사내가 땅바닥을 굴렀다. 그리고 은평은 온몸에 벌레가 기어다니는 것 같은 모습으로 기분 나쁘다는 듯 무릎을 탁탁 털고 있었다. 순간, 은평이 어찌했는지 감을 잡은 대다수의 사람—난영과 다향을 제외한—들의 어깨가 움찔움찔거렸다. 은평이 무사히 벗어난 것에 대해서 감사해야 할지 아니면 땅에 널브러진 사내를 동정해야 할지 도통 모르겠다는 미묘한 표정들로 고개를 끄덕거리며 동병상련(同病相憐)의 기분을 표현하고 있는 자도 있었다. 마치 자신이 아프기라도 한 것마냥 '내가 저 심정 알지' 라는 표정들이었다.

은평은 사내가 놓친, 그러니까 자신의 목에 드리워져 있던 단검을 집어 들었다. 단검이라고는 하지만 검신의 길이가 꽤 길었다. 은평은 단검을 단단히 붙잡았다.

"이봐요, 아저씨들!"

은평이 서 있던 곳은 마차 가까이라고 생각했었는데 어느 사이엔가 독현문의 세 문주들 앞에 나타나 있었다. 몸을 순식간에 이동시키다니 모두들 이형환위의 신법 같다고 생각했지만 이형환위라기엔 뭔가 이상했다.

"나한테 원한있어요? 난 아저씨들한테 나쁜 짓 한 기억이 없는데 도대체 왜 날 못 잡아먹어서 그렇게 안달이에요?"

은평이 허리에 손을 얹은 채 단검으로 삿대질을 하며 얼굴을 들이밀자 세 명의 얼굴이 빨개졌다. 그리고 제대로 눈을 못 마주치고 진땀을 빼며 쩔쩔맸다.

"소, 소저, 그건 말이오, 소저를 모셔오라고 한 분이 계⋯⋯."

"누구에요, 그 개 같은 놈이?"

독현마혈이 변명을 해보려고 했지만 은평의 노성에 말이 끊겼다. 독현문의 문도들은 자신들의 문주들이 쩔쩔매자 도대체 어찌 처신해야 할지 알 수가 없어서 사태를 조용히 지켜보고 있었다.

"뭐 그 딴 놈이 다 있어?!"

"그 딴 놈?!"

비록의 마교의 교도는 아니었지만 마도의 구심점이라 할 수 있는 마교의 교주를 욕한 것은 참을 수 없는 일이었다.

"계집년이⋯ 터진 주둥이라고 함부로 놀리는구나! 감히 마도를 무시하는 것이냐?"

세 명 중 독현진강이 짓씹듯 욕설 섞인 대꾸를 내뱉었다. 그 말이 흘러나오자마자 은평의 신형이 갑자기 사라지는가 싶더니 독현진강의 바로 뒤에서 그의 목을 붙잡고 서 있었다. 지금 여기 있는 그 누구도 짐작하지 못했고 느낄 수조차 없는 빠르기였다.

"지금 저.보.고. 계.집.년.에. 터.진. 주.둥.이.를. 함부로 놀린다고 하셨나요?"

생글생글 웃고는 있었지만 이마에 불거진 힘줄로 보아 독현진강의 욕설에 단단히 화가 난 듯 보였다.

"보자 보자 하니 이 변태 자식이 뭐가 어쩌고 저째? 계집년? 주둥이? 그러는 네 주둥이는 안 터져 있어? 넌 얼마나 잘났길래 욕을 해대?"

은평의 신형이 순식간에 독현진강의 앞으로 옮겨오는가 싶더니 독현진강의 얼굴이 '짝' 하는 타격음과 함께 왼쪽으로 돌아갔다. 그리고 이내 오른쪽 뺨이 붉게 부어올랐다. 그러더니 이번엔 오른쪽으로 고개가 돌아간다 싶자 왼쪽 뺨이 붉게 부어올랐다.

"이… 이… 계집이! 어디서 사술을 부리는 것이냐?!"

그 옆에 있던 독현마혈이 '짝' 하는 타격음에 겨우 정신을 차리고 검을 쳐들었으나 은평의 몸은 어느새 그의 머리 위에 떠올라 있었다.

"사술 좋아하시네? 이기지 못할 거 같으면 무조건 다 사술이냐?!"

은평의 발이 독현마혈의 머리통을 차고 위로 도약해 올랐다.

"자, 두 놈은 처리했고 한 놈만 남았나?"

과연 은평의 말대로 독현진강과 독현마혈은 혈도라도 짚인 듯 꼼짝도 못한 채 눈알만 데굴데굴 굴리고 있었다.

"도, 도대체… 언제……?"

보표들이 신음성을 냈다. 혈도를 짚는 것 같지도 않았는데 언제 저 둘의 혈도를 짚었단 말인가?

'타격 도중에 혈을 짚는다는 것이 과연 가능한 일이던가……?'

인은 은평이 언제 혈을 짚어낸 건지 정확히 알아차렸다.

'마, 말도 안 된다. 몸을 움직일 수가 없어……'

하나 남은 독현진검은 은평의 눈을 마주 본 순간 몸이 빳빳하게 굳어 버렸다. 혈도를 짚인 것이 아닌 그저 기도에 눌려 지레 겁을 집어먹은 탓이었다.

"이, 이놈들아! 멍하니 서서 뭘 하는 거냐?!"

독현진검은 멍하니 서 있는 수하들을 질타했다. 은평이 하는 양을 한참 넋 놓고 바라보고 있던 그들은 그제야 정신을 차리고 검을 쥔 손에 힘을 주었다.

"그렇게는 안 되지."

인을 비롯한 난영, 다향, 그리고 보표들이 가만있을 리 없었다.

"아저씨 상대는 나인 것 같네."

독현진검에게 바짝 다가간 은평이 생긋 웃었다.

"사람 성질 있는 대로 돋우지 말고 가서 전해. 다시 한 번 이 같은 일이 일어날 시 직접 쫓아가서 담판을 짓겠다고."

은평은 분을 이기지 못하겠는지 다리를 한번 굴렀다. 그러자 마치 고수들이 내공을 실어 보법을 디뎠을 때처럼 지축이 움푹움푹 꺼져 들어가며 깊은 발자국이 패였다. 그러더니 마지막으로 독현진검의 사타구니 사이를 발로 퍽 걷어찼다. 독현진검은 소리도 지르지 못할 만큼 고통스러운지 입만 뻐끔뻐끔댈 뿐이었다.

"가서 똑똑히 전해! 알았어?"

단단히 못을 박아놓은 은평은 뒤돌아서서 다시 마차를 향해 척척 걸어가기 시작했다. 모두가 얼이 빠져 은평을 가만히 바라보고 있자 은평은 주위를 홱홱 돌아보며 눈살을 찌푸렸다.

"얼른 가요, 난영 언니. 출발 안 하고 뭐 해요?"

모두들 얼떨떨한 듯 행동이 굼떴다. 난영은 은평의 고함에 비로소 정신을 차리고 보표들을 불러 출발 준비를 서두르라고 명했다.

— 영 언니, 뭔가 이상하지 않아요? 경공 외에 상승 무공이라고는 전혀 익히지 않은 것 같아 일부러 싸움에 끼게 하지 않으려고 했는데 오히려 그 반대잖아요. 아까 보여준 상황만으로 봐선 저 애, 분명히 고수 중의 고수라고요.

— 나도 놀랐어, 연매. 도검불침(刀劍不侵)의 몸이라니……. 게다가 이 형환위의 신법에 우리조차도 볼 수 없었던 재빠른 몸놀림. 분명히 고수 같긴 한데 무공을 익힌 흔적이 전혀 없으니 이상할 뿐이야.

차마 대놓고 말을 할 수 없어 둘은 전음을 통해 은평에 대해 소곤거렸다. 아침마다 운기조식을 하는 것 같지도 않았고 무당산을 오를 때 보여준 경공 외에는 아무런 무공도 익힌 흔적을 발견하지 못했건만 전혀 그 반대라니 놀랍기도 하고 떨떠름하기도 한 복잡한 감정이 밀려왔다. 그런 느낌은 현재 은평을 제외한 모든 사람들의 기분과 일치했다.

"이제 곧 동정호네요."

한동안 은평에 대한 의문이 머리 속을 꽉 채운지라 잊고 있었던 근심거리가 생각난 듯 다향의 얼굴이 어두워졌다. 그것은 난영 역시 마찬가지였다.

"맞아, 정말 암담하다."

난영과 다향이 두런두런 이야기를 나누고 있을 무렵 마차가 갑자기 멈춰 섰다. 오늘은 한차례 격전 아닌 격전을 벌이느라 피곤해져 있던 참이라 제발 그런 무리들은 아니길 바라며 난영은 무슨 일인가 하고 보표들의 보고를 기다렸다.

"아가씨, 남궁세가(南宮世家)와 모용세가(慕容世家)에서 마중을 나오신 듯합니다."

"…자, 잘못 확인하신 거겠죠. 그냥 지나가는 사람들일지도 몰라요."

떨리기까지 하는 난영의 목소리에 은평은 귀를 쫑긋 세웠다.

"틀림없습니다. 남궁세가 쪽에서는 남궁제강(南宮製鋼) 공자님이, 모용세가 쪽에서는 모용화수(慕容和酬) 공자님이 각각 마중 나오신 듯합니다."

남궁제강과 모용화수란 이름을 듣는 순간 둘의 안색이 눈에 띄게 창백해졌다. 온몸에 징그러운 벌레가 기어다닌다는 듯한 표정들로 가련해지기까지 했다.

"아가씨, 점점 가까이 오십니다. 나와서 인사를 하셔야죠."

보표의 부름에 난영과 다향은 자리에서 꼭 도살장에 끌려가는 소마냥 느릿느릿 일어났다. 그러더니 갑자기 은평에게로 시선을 돌리고 비장한 눈빛마저 보였다. 둘은 은평의 어깨에 각각 손을 얹고 외쳤다.

"은평, 용서해 줘!!"

"……?"

어리둥절해하는 은평을 일으켜 세운 뒤 약간 흩어진 옷매무새를 재빨리 갖춰주고 품 안에서 빗을 꺼내 길게 풀어진 머리를 빗겨주었다.

"언니, 이럴 줄 알았으면 진작 준비를 시키는 건데 그랬어요!"

"어쩔 수 없어! 최대한 빨리빨리!"

"……?"

난영은 거의 절규 같은 소리를 냈다.

"이럴 줄 알았으면 내 궁장을 입히는 건데 그랬어!"

"머리도 잠으로 대충 정리라도 하는 건데 그랬어요!"

그녀들은 자신들의 머리에 있던 장신구를 하나씩 빼서 은평의 긴 생머리를 장식해 주었다. 시간이 없었던지 화려한 장식은 할 수 없었지만 간단히 땋아서 틀어 올린다든가 하는 일들은 엄청난 빠르기로 해냈다.

"…기본 바탕이 있으니까. 은평, 우린 널 믿어!"

"도대체 뭘?"

은평의 질문에는 대답조차 해주지 않은 채 둘은 서둘러 마차에서 내렸다. 은평 역시 둘의 손에 이끌려 따라 내렸다. 은평이 내리자 보표들의 시선이 확 쏠렸다. 긴 생머리일 때의 느낌하고는 다른 약간 색다른 맛이 느껴지는 은평이었다. 긴 생머리일 땐 막 하강한 선녀 같은 신비한 느낌이었는데 지금은 뭐라 표현을 해야 할까? 화려하면서도 고귀한 느낌이랄까?

"…괜찮을 것 같지?"

"보표들의 반응으로 봐서는 성공일 것 같아요."

두근두근거리는 가슴을 다잡고 둘은 앞을 바라보았다. 안력을 살짝 돋우니 말에 올라탄 남궁제강과 모용화수, 그리고 그 뒤를 따르는 몇몇 가솔들이 눈에 들어왔다.

남궁제강은 남색의 봉액의(逢掖衣:공자가 입었다는 소매가 넓은 옷)와 그 아래에 고를 갖춰 입고 있었고 모용화수는 활동성을 강조한 것인지 미색(米色)의 소매가 짧은 포를 입고 있었다. 모두 옥이 박힌 문사건으로 머리를 단정히 한 옥골선풍(玉骨仙風)의 생김새였다. 잘 깎인 콧날 선과 단정한 입매, 전체적으로 흠잡을 데 없는 단아한 이목구비 등등 생긴 것은 아주 멀쩡하게 생긴 귀공자들이었다.

'겉보기에는 멀쩡해 보이는데? 정신적인 결함이 있는 건가?'

더없이 멀쩡해 보이는 두 사람을 번갈아 관찰해 보아도 도저히 무슨 문제가 있는 것같이 여겨지진 않았다. 하지만 난영과 다향은 점점 그 두 사람이 다가올수록 온몸에 두드러기가 돋는지 안절부절못했다.

은평 일행이 있는 곳에서 몇 장 떨어지지 않은 곳에 말을 세운 두 남자는 천천히 말에서 내렸다. 은평은 둘의 저벅저벅 걷는 걸음걸이까지 자세히 관찰해 보았지만 별다른 이상은 없는 듯했다. 은평이 둘을 뚫어지게 처다보자 두 남자는 약간 당황하는 기색으로 얼굴이 빨개졌다.

"오랜만입니다, 남궁 공자. 모용 공자께서는 더욱 신수가 훤해지셨군요."

난영은 상업용(?) 미소를 입가에 띠고 태연자약하게 말을 건넸다. 하지만 마음속은 은평을 내세운 것이 잘 먹힐까 안 먹힐까를 고민하며 염두를 굴리고 있었다.

"아, 예. 난영 소저께서는 더욱더 아름다워지셨소이다. 마치 한 떨기 모란꽃 같으십니다."

남궁제강은 은평에게서 눈을 떼지 못하면서도 대답만은 익숙하고 시원스러웠다. 하지만 눈은 은평을 향해 있고 포권지례를 취한 손은 난영을 향하고 있으니 모양새가 영 이상했다.

"친히 마중까지 나와주시니 몸둘 바를 모르겠군요."

"아니오이다. 검란궁과 금황성의 두 소저께서 오시는데 이 정도 영접(迎接)이야 당연한 것 아니겠소이까?"

신진사군(新進四君)으로 무림삼미만큼이나 강호에서 이름을 떨치는 이 두 공자는 각각 옥선신룡(玉蟬神龍) 남궁제강(南宮製鋼), 옥면소낭군(玉面笑郎君) 모용화수(慕容和酬)라 불리고 있었다. 오대세가라고 일컬어지는 남궁세가와 모용세가의 자제들로 비슷한 연배이자 백의맹의 맹주직까지 맡고 있는 환형지수 헌원가진에게는 미치지 못한다 하더라도 어느 정도 위치는 있었다. 그들 역시 각 세가의 소가주(小家主)들로서 다음 대 가주직을 물려받을 자리에 있는 것이다.

"가주께오선 평안들 하시겠지요?"

"…펴, 평안하십니다."

둘이 은평에게서 한시도 시선을 떼놓지 못하는 것을 보고 난영과 다향은 속으로 웃음을 꾹꾹 눌러 참으며 쾌재를 불렀다. 자신들의 의도했던 바대로 이루어지고 있는 것이다. 은평의 눈물 어린 희생(?)에 힘입어!

"오신다는 이야기를 듣고 부랴부랴 마중을 나왔는데 늦지는 않아 다행입니다."

말은 하고 있으되 감정이 실리지 않은 목소리였다. 남궁제강과 모용화수는 번갈아 말을 하면서도 헤 벌어진 입과 반쯤 풀린 눈을 주체하지 못했다.

"그럼 저희는 다시 마차에 오르겠습니다."

난영이 다시 마차에 오르려는 움직임을 취하자 남궁제강과 모용화수가 동시에, 아주 똑같이 음정, 박자까지 맞춰가며 합창하듯 외쳤다.

"한 가지 여쭈어도 실례가 안 되겠습니까?"

"무엇을 말입니까?"

난영은 그 둘이 무엇을 물어올지 뻔히 알고 있었지만 반쯤은 놀리는 표정으로 반문했다. 그들은 난영의 예상대로 역시 애가 닳을 대로 닳은 듯 서슴지 않고 은평에 대해서 물어왔다.

"저 소녀는 대체 누구입니까? 시종 같지는 않은데……."

"별로 본 적이 없는 얼굴입니다. 저 정도의 미모라면 무림삼미가 아니라 무림사미가 되었을지도 모르겠군요."

남궁제강과 모용화수는 제각각 말을 늘어놓았다. 난영은 되었다고 속으로 기쁨의 눈물까지 흘려가며 아주 친절하게 대답했다. 다향은 가만히 있을 수 없다고 생각했던지 옆에서 한몫 거들기까지 했다.

은평은 본인인 자신을 내버려 두고 네 사람이 이러쿵저러쿵 이야기 나누는 것을 잠자코 듣고 있었다. 어쩌다 보니 백호를 마차 안에 놓고 와서 얼른 들어가고 싶었지만 상황이 여의치 않았다.

"매우 아름다우십니다, 소저."

은평은 남궁제강으로부터 그 말을 듣는 순간 속으로 혀를 찼다. 분명히 눈이 엄청 나쁘거나 취향이 매우 특이한 사람이라는 생각이 들었다.

"맞습니다, 소저. 마치 청초한 이슬을 머금은 장미 같은 아름다움이십니다."

모용화수의 칭찬인지 비꼼인지—은평에게는 비꼼으로 들렸다—알 수 없는 말을 듣는 순간 은평은 온몸에 닭살이 자르르 돋는 것을 느꼈다. 머리카락부터 시작해 몸에 난 털이란 털은 모두 일제히 봉기해서 쫙 곤두선 것 같았다. 은평은 자신의 손등을 문지르며 손등까지 퍼진 닭살을 주체할 길이 없어 괴로워했다.

"형님, 어찌 장미 따위를 청초하신 소저와 비교할 수 있겠소이까. 소저의 아름다움은 차마 어떤 미사여구(美辭麗句)를 동원해도 표현하지 못할 듯합니다."

은평은 그 말까지 듣는 순간 고개를 절레절레 흔들었다. 듣고 있으면 듣고 있을수록 버터 한 덩어리, 혹은 식용유 한 통을 원샷 한 것 같은 느끼함을 주체할 수가 없었던 것이다. 이미 오래전부터 익히 당해왔던 난영과 다향은 미리 사태를 짐작하고 내공을 끌어올려 들리는 소리 모두를 차단하고 있었지만 은평의 점점 구겨지는 표정과 두 청년의 도취된(?) 표정을 보며 상황을 대충이나마 짐작할 수 있었다. 자신들을 대신해 희생양이 된 은평에게 심심한 애도를.

'전생에 식용유들이었나? 왜 이리 느끼해?!'

차마 겉으로는 내뱉을 수 없는 말이 은평의 목구멍에서 메아리쳤다. 뒤늦게 난영과 다향이 그리 행동했던 까닭을 깨닫고 둘을 째려보았지만 그 둘은 먼 산만 바라보며 애써 은평의 시선을 외면하고 있었다.

"오! 아름다운 소저, 마치 조물주께서 실수로 천계의 선녀를 인계에 내려보내셨나 봅니다."

'…또라이.'

은평은 그냥 어디서 개가 짖나 하고 생각하기로 마음먹었다. 계속 듣고 있어봤자 정신 건강에 전혀 이로울 것이 없으며 오히려 매우 유해하다는 것을 깨달은 까닭이다.

"난영 언니, 출발해요."

은평은 질렸다는 듯 누가 붙잡을세라 후닥닥 마차로 뛰어들어 가버렸다. 이미 오래전부터 당해온 터라 은평의 지금 심정을 누구보다도 잘 알고 있는 난영 역시 뒤따라 마차에 올랐다.

"그럼 저희가 앞서 가겠습니다."

은평과 난영, 다향이 모두 마차에 올라타 버리자 더 이상 말하고 있기가 뭐했던 듯 두 남자 역시 말에 올랐다. 그리고 자신들이 끌고 온 몇몇 가솔들을 앞세워 천천히 말을 몰아 마차를 앞서 나가기 시작했다.

한편, 마차에서는 은평이 난영에게로 원망의 시선을 있는 대로 보내고 있었다.

"알면서도 일부러 그런 거죠?"

"…미안해. 우리도 나름대로 절박했어."

두 손을 모으고 정말 미안하다는 표정을 짓는 난영을 있는 대로 추궁해 봤지만 이미 엎질러진 물이었고 더 이상 추궁해 봐야 별 소득이 없다는 것을 깨닫고 은평은 앞으로 어찌 대처할 것인가를 생각해 보기로 했다.

모든 기초가 되는 자료 수집을 위해 은평은 이미 예전부터 겪어온 난영과 다향에게 자문을 구했다. 하지만 돌아오는 대답은 매우 암담하고 암울한 것들뿐이었다. 귀를 막고 눈을 닫고 못 들은 체, 없는 사람인 체 하는 것 외에는 별다른 수가 없다고들 입을 모았다. 미녀를 보면 눈이 확 돌아버려서 온갖 미사여구를 늘어놓지만 듣는 입장으로서는 매우 괴롭고 지겨운 일이라나? 게다가 여간 느끼한 게 아니라서 볼 때마다 주체할 길 없는 닭살 덕분에 괴로웠다고 토로하기도 했다.

"도대체 그런 골칫덩어리들을 저한테 떠맡기는 이유가 뭐예요?!"

결국 결론을 도출하진 못한 채 은평의 절규만이 마차 안에 메아리 칠 뿐이었다.

"입 좀 집어넣어. 아까부터 뚱해서 도대체 뭐 하는 짓이야?"

"인이 직접 당해보면 그런 소리 안 나올걸?"

마차를 타고 오는 도중에도 계속 말을 걸어오는 두 남자 덕분에 은평은 식용유(?) 노이로제에 걸려 있는 상태였다. 동정호 연안에 있는 악양(岳陽)에 도착하고 그곳에 있는 남궁세가란 곳에 도착한 은평은 그 남궁제강인지 뭔지 하는 화상의 꼴이 보기도 싫고 계속되는 닭살 돋을 말로 인해 인을 반 강제로 이끌고 동정호 변으로 나와 있었다.

은평은 백호에게 대륙에서 가장 큰 호수라고 설명은 들어 단순히 호수라는 단어에서 떠오르는, 고여 있는 저수지 같은 것을 상상했지만 이건 그 이상이었다. 뱃놀이도 할 수 있을뿐더러 고기잡이도 가능한 듯했으며 동정호 연안 군데군데에 세워진 정자, 그리고 호수에는 군산(君山)이라고 불리는 작은 섬까지 있다고 한다.

인은 편히 쉬고 싶음에도 끌려 나온 것에 대해 투덜거리면서도 은평에게 이것저것 자세한 설명을 곁들여 주었다.

"동정호는 호남성의 사 대 하천인 농수(濃水), 상강(湘江), 원수(沅水), 자수(資水)의 물이 흘러들고 있고 그 흘러든 물은 악양 북동쪽에 자리한 성릉기(城陵磯)를 거쳐 장강(長江)으로 유입되고 있지."

하지만 은평은 인의 설명을 듣는 것인지 마는 것인지 주위 이곳저곳을 두리번거리다가 이내 무엇을 발견했는지 손가락을 뻗어 한곳을 가리켰다.

"저건 뭐야?"

"악양루(岳陽樓)네."

"악양루?"

인은 '그럼 그렇지'라는 표정이었다. 이 땅에 사는 사람이라면 모를 수가 없는 악양루가 뭐냐고 반문하고 있는 은평이나 그걸 일일이 설명해 주고 있어야 하는 자신이나 왠지 한심하기는 매한가지인 것 같다는 건 지나친 비약일까?

"가보자."

인은 자신을 잡아끄는 은평의 손에 의해서 악양루로 발걸음을 옮겼다.

삼 층 누각(樓閣)인 악양루는 층마다 황금빛 띠를 둘러 그 자태를 더하고 있었다. 악양루 주위로 왼쪽에는 삼취정(三醉亭), 오른쪽으로는 선매정(仙梅亭), 앞으로는 두보정(杜甫亭)이 늘어서 운치로는 그만이었다. 아주 예전 새벽에 이곳을 방문했을 때 느꼈던 신선들이 산다는 무릉도원(武陵桃源)을 떠올리게 했던 기억이 머리 속에 생생히 펼쳐졌다. 사람들은 수없이 변했고 지금도 변해가고 있겠지만 이곳의 언제와도 변함없는 모습에 약간은 우울해졌다.

"저기 보이는 게 군산이야?"

뭐가 그리 신기한지 활짝 웃는 얼굴—주위에 어떤 영향을 끼치는지 역시 전혀 신경 쓰지 않은 채—로 이것저것 손짓하는 은평은 언제 봐도 어린애 같았다. 인이 어쩔 수 없다는 듯한 미소를 짓고 있을 무렵 은평이 던진 한마디.

"푸르스름한 이끼가 동동 떠 있는 것 같아."

"저건 은반(銀盤) 위의 푸른 조개라는 표현을 쓰는 거라고!"

동정호의 군산을 일컬을 때면 언제나 쓰이는 표현을 말해 주며 인은 관자놀이를 짚었다. 저 애에게 무언가 분위기를 기대한 자신이 죄인이지 달리 누가 죄인이겠는가?

"꼭 그렇게 표현해야 한다는 법은 없잖아. 상상력은 주관적인 것이고 저것을 보고 어떤 형상을 떠올리게 될지는 개인의 차이야. 오히려 이렇게만 표현해야 한다고 주장하는 쪽이 난 더 이상하게 보이는데?"

은평답지 않은 진지함에 인은 먼 하늘을 바라보며 혹시 오늘 해가 서쪽에서 떴었던가를 확인해 보았다. 하지만 그런 이변은 발생하지 않은 것으로 보아서 은평이 어디가 좀 아픈 것이 틀림없다고 짐작하는 일이었다.

"너, 오늘 어디 아프냐?"

은평은 대답은 하지 않았지만 인을 째려보는 것으로 대답을 대신했다. 인은 애써 은평의 시선을 피하며 목청을 가다듬고 시를 한 수 읊었다.

석문동정수(昔聞洞庭水)
오래전 동정호에 대하여 들었건만

금상악양루(今上岳陽樓)
이제야 악양루에 오르게 되었네

오초동남절(吳楚東南折)
오와 초는 동쪽 남쪽 갈라서 있고,

건곤일야부(乾坤日夜浮)
하늘과 땅이 밤낮 물 위에 떠 있네

친붕무일자(親朋無一字)
친한 친구에게조차 편지 한 장 없고,

노거유고쥬(老去有孤舟)

늙어가며 가진 것은 외로운 배 한 척.

융마관산북(戎馬關山北)

싸움터의 말이 아직 북쪽에 있어.

빙헌체사류(憑軒涕泗流)

난간에 기대어 눈물만 흘리네.

인은 자신이 시를 읊는 것을 묵묵히 듣고 있는 은평에게 제목을 가르쳐 주었다.

"두보(杜甫)의 등악양루(登岳陽樓)야. 두보가 설마 누군지 모른다고는 하지 않겠지?"

"들어는 봤어."

시를 들어본 것은 아니었지만 두보란 이름은 익히 들어온 바였다. 들어봤다고 해서 은평에게 친숙하다는 의미는 아니었지만 말이다.

은평은 악양루가 마음이 든 듯 얼굴에 미소가 번져 있었다. 사실 악양루 말고도 동정호에는 들러볼 곳이 여러 곳이지만 은평에게 어떤 황당한 소리를 들을지 몰라 데리고 가기가 인으로서는 사뭇 두렵기(?)까지 했다.

"세가에 아니 보이시기에 어딜 가셨는가 했더니 여기 계셨소이까, 소저?"

은평은 자신의 등 뒤로 분명히 아까 만난 모용화수의 음성일 것으로 짐작되는 목소리가 들려오자 돌처럼 단단히 굳어버렸다.

'저 작자는 언제 또 쫓아온 거야?!'

절규가 속에서 메아리쳤지만 그대로 뱉어낼 수도 없는 노릇이어서 은평은 천천히 등을 돌렸다. 짐작대로 모용화수의 능글거리는 얼굴이 자신의 눈앞에 버티고 서 있었다. 확실히 그는 미남에 귀공자이긴 했지만 은평의 눈에는 더없이 끔찍한 놈으로 전락해 있었다.

"호변을 날아가는 저 이름 모를 새들 역시 소저를 찬양하고 있는 것 같소이다."

'미친놈, 이젠 환청까지 듣냐?'

이젠 욕까지 나온다. 닭살인지 소름인지 모를 것들이 아마 모르긴 몰라도 온몸에 나 있을 터였다.

"왜 아무런 답도 해주시지 않는 것이오이까? 설마 본 공자의 말에 감동을 받으신 건……."

'…그래, 너 혼자 북 치고 장구 쳐라. 난 조용히 내려갈란다.'

은평은 터져 나오는 대소(大笑)를 참느라 누각의 기둥을 붙잡고 이마를 찧는 자해(自害)를 하고 있던 인의 팔을 잡아끌고 악양루를 내려가기 시작했다.

"소저, 혹 제 말에 부끄러움을 타시는 것은 아……."

'…왜 이 시대에는 정신병원이 없담! 저딴 놈들을 잡아 가둘 곳이 없잖아!!'

백호는 지금 상황을 그저 고소하게 웃으며 넘겨야 할지 아니면 슬퍼해야 할지 감을 잡지 못했다. 인과 마찬가지로 자신 역시 미친 듯이 웃고 싶었지만 차마 뒷감당이 두려워 그러진 못하고 어찌 처신해야 할지 갈피를 잡지 못한 채 우왕좌왕 헤매고 있었다.

"저런 게 하나만 있어도 끔찍한데 둘이라니! 둘씩이나 되다니……!"

앞으로 내딛는 은평의 발에 힘이 실려 있다.

"큭큭큭! 너 아름답다고… 큭큭큭… 찬양해 주잖아. 뭐가 문제야? 푸하하하핫!"

인은 말을 다 잇지 못하고 끝내는 땅바닥에 주저앉아서 미친놈처럼 대소를 터뜨리고 말았다. 은평은 잔뜩 골이 난 얼굴로 입술을 악물었다.

"웃지 마! 남은 심각한데 왜 웃고 난리야?!"

그사이에 언제 쫓아왔는지 모용화수의 느끼한 음성이 바로 뒤에서 은평을 소름 돋게 했다.

"소저, 부끄러움을 타시는 모습도 아름다우십니다."

"날 소저니 뭐니 하는 닭살 돋는 걸로 부르지 말아요!"

"오오, 소저! 소저의 옥음을 드디어 들어보았군요!"

은평은 이놈에겐 가망이 없음을 깨달았다. 도저히 말로는 통할 상대가 아닌 듯싶었다. 역시 경험자(?)들의 말대로 무시가 상책이었던 것이다.

"인, 가자."

인은 이미 하도 웃어서 반 죽어 있는 상태였다. 은평은 땅에 머리를 박고 간헐적으로 꺽꺽거리고 있던 인의 등을 한번 지그시 밟아주었지만 하지만 인의 상태는 도저히 나아질 기미가 없어 보였다.

'어쩌다가 내가 이 고생이람.'

점점 앞날이 암담해져 오는 은평이었다.

은평이 터덜터덜 남궁세가로 돌아온 때는 일 경(一更:일곱 시에서 아홉 시)쯤이었다. 인과 함께 무사히 입구를 통과한 은평은 세가를 찾아온 객들이 머무는 곳이라는 영빈각(迎賓閣)을 향해 힘없이 발걸음을 떼어놓았다. 모용화수를 간신히 따돌리고 돌아오는 터라 피곤하기 그지없었다. 몸보다는 정신적인 피로감이 매우 컸다.

"동정호에 간다더니 벌써 다 돌아보고 왔어?"

난영이었다. 화자(花姿:이마에 하는 고대 화장법의 일종)를 하고 고아한 성장(盛裝)을 한 것을 보니 무언가 일이 있는 듯했다. 하지만 아직 머리 쪽은 장식이 미처 끝나지 않은 것을 보니 준비를 하다가 나온 모양이었다.

은평은 힘없이 고개를 저었다. 난영은 알 만하다는 측은한 표정으로 은평의 어깨를 다독였다.

"도대체 여기 언제까지 머물 작정이세요?"

"걱정 마. 내일 바로 출발할 거야."

"듣던 중 정말 반가운 소리네요."

기가 팍 죽어버린 모습이 가여웠는지 난영이 은평에게 잠시 이리 와보라고 손짓했다. 난영에게 은평이 이끌려 간 곳은 영빈각 한 켠에 마련된 난영의 거처였다.

난영의 거처는 전쟁터나 다름없었다. 옷가지로 추정되는 것들이 바닥부터 시작해서 탁자, 침상 등등 구석구석 펼쳐져 있고 머리 장신구들을 담은 커다란 옥갑이 열려 있었으며 그 안에서 빠져나온 듯한 장신구들이 옷들 사이에 띄엄띄엄 끼어져 있었다.

"서, 설마 이거 저보고 치우란 소린 아니겠죠?"

"아니야. 남궁세가의 가주께서 식솔들을 모아놓고 조촐히 저녁 식사 자리를 마련하신다고 하니 나도 가봐야 하거든."

"그런데요?"

"너도 같이 갔으면 해서."

은평의 얼굴이 딱딱하게 굳어졌다. 그리고 바로 뒤로 주춤주춤 걸음을 떼며 난영으로부터 최대한 멀리 떨어졌다.

"아, 아뇨. 전 됐어요."

하지만 채 멀리 가기도 전에 난영에게 팔을 붙잡혀 버리고 말았다. 난영은 평소에 은평에게 입혀보고 싶었던 피사(披紗:면사로 된 옷을 뜻함. 보통은 어깨에 걸치는 숄 정도)를 찾아 들어 은평의 손에 쥐어주었다.

"이거하고 이거 모두 한번 입어봐."

"……?!"

"괜찮아. 사양할 거 없어."

"시, 싫어요ㅗㅗ!!"

은평의 비명이 영빈각 구석구석까지 메아리쳤다.

*   *   *

"정말이냐?"

여인은 자신들의 문주가 저렇게까지 흥분한 것을 지금껏 한 번도 본 적이 없었다. 잊어버릴 만하면 이따금씩 문에 들러 용정차를 한 잔 청하고 지금까지 들어온 정보들을 한 번 훑어보고 가는 것이 전부였고 문의 모든 일은 자신에게 떠맡겨진 상태였다. 한데 오늘은 좀 다르다. 그저 언제나 그렇듯이 한번 찾아온 것이겠거니 했지만 그동안 올라온 보고를 올리자마자 자리에서 벌떡 일어나기까지 하지 않은가?

"그러하옵니다."

여인은 더욱더 머리를 숙였다. 잔영문에서 한 번도 문주의 얼굴을 본 자는 없으며 문주 앞에서 얼굴을 들어본 자 역시 없었다.

잔영문(殘影門)은 천안(天眼)과 더불어 강호 최고의 정보력을 자랑하는 최고의 자객 집단이었다. 자객업을 하다 보니 정보 수집 역시 개방과 비견될 정도로 방대했고 속에 파묻혀 있는 은밀한 비리를 모두 꿰고 있는 자신들이었다. 하지만 문도라 해도 문에 대해서 자세히 알고 있는 것은 아니었다. 문도들에게조차 신비에 싸인 문주란 인물 때문인데 오늘은 극히 예외적으로 문주뿐만이 아니라 처음으로 부문주라는 자를 대동하고 나타났을 뿐만 아니라 문주도 흥분이란 것을 한다는 아주 중대한 사실을 마주하게 된 것이다.

"침착하세요. 너무 흥분하셨군요."

부문주라는 자의 음성이 들리자 문주가 흥분을 가라앉히는지 잠시 아무런 말이 없었다. 숨을 고르고 일어섰던 자리에 착석한 문주는 예전과 같은 침착한 목소리로 하던 보고를 계속하게 했다.

"본인이 너무 흥분한 것 같군. 계속 보고하게."

"배교의 세력이 완전히 위로 떠오른 모양이옵니다. 그에 대항하려는 의도인 듯 보이는 마교 역시 봉문을 풀고 나왔습지요. 하지만 실세의 활동은 없는 듯하고 하위 지부들만 설치고 있을 따름으로 마교의 교주가 특이한 명령을 내렸더군요. 그리고 예전에 보고드린 잔월비선과 잔혹미영이라는 두 고수는 백의맹 쪽으로 흡수가 된 듯하고⋯ 전반적인 사항은 여기까지이옵니다."

"그 소녀에 대한 보고는?"

"따로 문서로 작성해 놓았사옵니다."

여인은 소매에서 서찰을 꺼내 위로 들어 올렸다. 부문주가 여인이 받쳐 든 서찰을 집어 올려 문주에게로 건네는 듯했다. 그리고 잠시 바스락거리는 소리가 들리고 종이를 펴 든 문주는 내용을 읽는지 아무런 말이 없었다.

"후후후⋯ 드디어 찾아냈군. 남궁세가로 갔단 말이지?"

후끈한 열기가•느껴지고 타닥타닥 불꽃이 이는 소리가 들리는 것을 보니 삼매진화(三昧眞火)를 일으킨 듯했다.

"마지막 행선지가 어디라고 하더냐?"

"강소성의 웅천부로 추정되옵니다."

"그럼 되었다. 계속 감시만 해라."

"예."

문주는 만족스러워하는 듯했다. 여인은 다행이라고 여기며 고개를 숙인 채로 천천히 뒤로 물러났다.

＊　　　　＊　　　　＊

"언니, 무슨 소란이에요?"

절대로 자신이 아는 난영이라면 그럴 리가 없건만 아까부터 지속적으로 들려오는 소란스러움에 다향은 난영의 방문을 열었다. 방문을 열자 제일 처음 눈에 들어온 것은 탁자 위에 엎드려 있는 백호였다. 항상 은평의 품 안에 안겨 있는 것만 보다가 혼자 있는 것을 보니 어색한 느낌이 들었다. 백호는 다향이 들어온 것을 알아챘는지 귀를 쫑긋대며 엎드려 있다가 앉는 것으로 자세를 바꿨다. 기운 빠진 백호의 눈은 마치 사람의 눈을 연상케 했다. 어서 들어가 보라고 말하는 듯한 눈빛에 설마 그럴 리야 없겠지만 백호가 사람처럼 느껴졌다.

"…초토화네."

다향은 솔직한 감상을 털어놓으며 땅바닥에서 널브러져 있는 비단옷들을 주워 들었다. 널브러져 있는 것들은 종류가 매우 다양했다. 속옷들이 있는가 하면 최고급 망사로 지어진 피사를 비롯하여 나삼(羅杉) 등 여러 가지 장신구들이 이리저리 굴러다니고 있었다.

옷들을 주섬주섬 챙기고 대충 턴 다음 깨끗이 접어 탁자에 올려둔 다향은 난영을 찾기 위해 좀 더 안쪽으로 들어섰다.

"언니, 곧 있으면 나가봐야 하는데 아직도 준비를 못 끝낸 건가요?"

다향은 설마 그 취미가 또다시 발동한 것인지도 모른다는 불안한 생각이 엄습해 오는 걸 느꼈다. 아니겠지라고 자신을 안심시키면서 주렴을 걷어내며 안으로 들어선 다향의 입은 떡 벌어지고야 말았다.

"…도대체 뭘 하고 있었던 거예요?"

"연매, 어서 와서 나 좀 도와줘."

은평은 얇은 속의 차림으로 천장의 나무 장식에 거꾸로 매달려 있었고 난영은 옷가지를 한 아름 든 채 은평 아래에 서서 은평을 내려오게 하려고 안간힘을 쓰고 있었다.

다향은 어떻게 천장 위에 올라가 마치 박쥐처럼 붙어서 다리만으로 오래 버티고 있는지 의문이 들었지만 무공이 고강하다면야 그쯤이야 그리 대수로운 일이 아니라고 생각했다. 어쨌거나 손쉽게 해낼 수 있는 일인 난영부터 진정시켜야 했다. 아니꼽게 생각하고 있던 은평에게 일일이 변명의 말을 늘어놔야 한다는 것은 마음에 들지 않았지만 말이다.

'영 언니가 그 인간들의 미수를 피할 생각을 하다 보니 지나치게 흥분했나 보군.'

은평을 돋보여야 한다는 마음이 지나치게 앞선 듯했다. 우선은 난영을 진정시킨 다향은 은평더러 내려오라고 신호를 보냈다.

은평은 다향의 말에 천장의 서까래에서 가뿐히 지면으로 착지했다. 하지만 다향의 바로 옆에 서 있던 난영에게서 슬금슬금 멀어지려는 생리적인 반응은 어찌할 수 없었던가 보다.

"그 인간들을 끔찍하게 싫어하거든. 우리 둘 다……. 그래서 너로 하여금 그 인간들의 시선을 돌릴 생각에 난영 언니는 널 치장시키고 싶었던 것뿐이야. 이해해 줘."

"어째서 내가 희생되어야 하는 거죠?"

은평이 볼멘소리를 했다. 희생양이 되는 건 싫었다. 그 두 사람이라면 더 더욱 말이다.

"제발 우릴 도와줘. 치장을 하지 못하겠다면 최소한 같이 연회라도 나가줘."

조금 진정이 된 듯한 난영이 애절하게 매달려 왔다. 그것만 봐도 난영이 얼마나 그 두 사람을 싫어하는지 알 수 있을 듯했다.

                    *   *   *

어느 장소라도 어린아이들이 모인 곳은 활기가 넘친다. 그곳이 비록 마교 안이라 할지라도 말이다. 마교라면 으레 생각나게 되는 그런 것들과는 확연히 다른 무엇을 보여주고 있었다. 어른들의 어두컴컴한 분위기가 오히려 압도당할 만큼 밝고 명랑한 분위기의 아이들이 이리저리 뛰어다니고 있었다. 비록 조금 더 지나면 음침한 분위기를 지닌 마교의 무사가 되겠지만 말이다.

빛을 통 보지 못해서인지 얼굴이 약간 새하얗게 변한 단화우. 바로 뒤에 시립해 있는 백발문사에 비하면 조족지혈(鳥足之血)이었지만 예전보다는 인상이 좀 더 가라앉고 침착해졌다. 무언가 깨달음을 얻는 듯한 분위기랄까?

"그거 잘됐군."

"해마다 교도들이 생산하는 아이들의 수가 급증하고 있습니다. 좋은 반응입니다."

백발문사의 뒤로는 밀랍아가 빈틈없이 따르고 있었다. 어쩐지 무공에는 전무한 백발문사를 지키는 것 같은 몸놀림이다.

"수배령은 어찌 되었지?"

"몇몇 곳에서 발견된 행로를 추적해 보니 현재 남궁세가에 있는 모양입니다."

"…역시 내가 직접 가야 했어."

"무립니다, 지금은. 게다가 배교 쪽에서도 그녀에게로 시선을 주고 있고 잔영문에서도 그녀를 찾는 눈칩니다."

"잔영문이 어째서?!"

"그건 저도… 밀랍아도 알 수 없는 일입니다."

단화우는 소리를 높이려다가 바로 옆으로 아이들이 모여 있던 것을 깨닫고는 입을 다물었다.

"앞으로 석 달입니다. 무림대전이 열릴 때까지만 참으십시오."

"그건 나도 알고 있다."

단화우가 발치에 치이는 주먹만한 돌을 주워 들었다. 손아귀에 넣고 힘을 주자 부스스스 하는 소리와 함께 모래로 변해 흘렀다.

"아직 시간은 많습니다. 그때까지 다시 한 번 폐관 수련은 어떠십니까? 아직 대성하지 못한 그것을 완성시키시는 겁니다."

"그래, 그것도 좋겠지. 벽곡단이나 넉넉히 준비해 주거나."

햇살이 날카롭게 눈을 찔러 들어와 단화우는 천천히 눈을 감았다. 태양을 똑바로 쳐다볼 수 있는 자신이지만 반사적인 신경까지 억제할 수는 없는 것 같았다.

"형님, 여기 계셨군요?"

화우의 시각으로는 엉성하기 그지없는 보법으로 단운향이 부리나케 달려왔다. 오늘도 어김없이 흰 학창의에 이곳저곳 피가 튄 차림새였다. 진동하는 피비린내도 여전했다. 하지만 정작 본인은 자각하지 못하는 듯 얼굴에 피를 덕지덕지 쳐 바르고도 아무렇지 않게 웃어넘긴다.

"형님, 이것을 좀 보십시오."

운향의 손에는 검붉은 육괴 덩어리가 끈끈한 액체를 흘리며 들려 있었다. 아무렇지도 않게 두 손으로 움켜쥐고는 생글생글 웃는 운향과 손에 들린 기기묘묘한 것과의 차이가 너무 컸던지 화우는 잠시 말을 잃었다.

"사람의 간입니다!"

"…도대체 그게 어쨌단 말이냐?"

"간의 일부를 잘라내 제가 특별히 조제한 물에 담갔더니 며칠 지나지 않아서 조금씩 자라고 있습니다! 자라고 있다구요!"

운향은 그답지 않게 흥분한 모습에 아주 호들갑스러웠다. 물론 이런 모습을 보이는 건 산 사람을 해부하고 있을 때와 무언가 대단한 것—물론 자신에게만—을 발견했을 경우뿐이지만 말이다.

"알았으니 물러가거라."

"형님, 무슨 심려라도 계십니까?"

한껏 흥분하다 말고 화우의 분위기가 심상치 않다고 여겼는지 운향이 갑자기 호들갑스럽던 태도를 멈추었다.

"심려가 다 무어냐. 아무 일도 없으니 가서 하던 일이나 마저 하거라."

순간 화우는 자신이 운향에게 항상 하지 말라고 말해 왔던 해부를 권장한 꼴인지라 쓴웃음을 지었다.

*   *   *

다향과 난영에게 강제로 이끌려 남궁세가에서 주최한 연회에 나간 은평은 양옆으로 다가오고 있는 두 느끼한 버터덩어리가 너무도 끔찍했다. 억지로 참석했기 때문에 최대한 조용히 구석에 있다가 재빨리 빠져나갈 생각이었지만 너무 안일했던 것 같았다. 지금 현재 두 기름 덩어리인 남궁제강과 모용화수에게 붙잡혀 빼도 박도 못하는 신세가 되어버린 것이다.

은평의 희생을 발판 삼아 다향과 난영은 남궁세가의 가주인 대륙쾌검(大

戮快劍) 남궁선(南宮宣) 내외와 더불어 관계를 더욱 돈독하게 해주는 담소를 나누고 있었다.

"정말 아름답게 장성했구나."

다향에게는 다정한 숙부 같은 말투로.

"소문으로 듣던 바대로 정말 아름다우신 소저시구려."

난영에게는 남궁가주로서의 위엄을 담아, 인사말을 건넸다.

"별말씀을 다하십니다, 숙부님."

"칭찬 감사드립니다."

남궁선은 연검천과 매우 돈독한 사이라더니 그 말이 맞는 모양이었다. 다향이 매우 친근한 기색으로 숙부란 칭호까지 넣어 부르는 것을 보면 말이다. 난영은 다향만큼 남궁선과 돈독한 사이는 아니었기에 그저 가만히 미소 짓고 있을 뿐이었다.

"우리 주이(姝螭) 역시 너처럼 아름답게 장성해야 할 텐데 걱정이로구나."

남궁선의 무릎에는 이제 갓 아홉 살이나 됐을까 싶은 맑은 눈매를 지닌 여자 아이가 앉아 있었다. 이 여자 아이가 소문으로만 듣던 남궁선의 막내딸 남궁주이(南宮姝螭)인 모양이었다. 남궁선이 새로 재가한 뒤 본 아이로 아직 어려 앙증맞고 귀여운 정도이지만 장성하면 대단한 미녀가 될 듯싶었다.

"주이가 성장하면 저 못지 않은 미녀가 될 것 같은데요?"

다향의 칭찬에 남궁선의 눈가가 부드럽게 변했다.

"무슨 소릴, 아직 향아에게 미치려면 멀었지."

껄껄대는 남궁선의 얼굴에 기분좋은 빛이 가득했다. 자식 칭찬에 입이 헤 벌어지는 것을 보니 역시 부모들은 다 팔불출인가 보다.

"그래, 이젠 어디로 갈 작정이냐?"

다향에게 물은 것이었으나 다향은 난영 쪽으로 시선을 돌려 질문의 대답을 요청했다.

"이젠 그만 금릉으로 돌아갈 작정입니다. 대충 전해야 할 무림첩도 다 돌린 듯싶고요."

"흐음, 그러신가? 모용 가주가 섭섭해하겠구먼."

남궁선은 자신의 무릎에 앉아 있는 남궁주이를 어르며 애석하다는 얼굴로 말했다.

"대신 모용 소가주를 뵈었으니 그 편에 무림첩과 금황성주께서 전하시는 서찰까지 모두 함께 전해 드릴 것입니다."

"이번에 정말 수고하시는구려. 금 소저께서도 그러하고 다향 너도 그러하고."

다향이 입가를 가리고 유순하게 웃었다.

"별말씀을 다하십니다, 숙부님. 오랫동안 찾아뵙지 못했던 분들도 찾아뵙고 유람도 하고 두루두루 좋은 일인 걸요. 그나저나 이번 무림대전에는 누굴 내보내실 작정이세요?"

남궁선은 남궁주이를 일으켜 세워 좀 멀찍이 떨어져 있던 부인에게로 가라는 듯 허리를 쳤다. 남궁주이가 쪼르륵 어머니에게로 달려가고 나자 그제야 남궁선은 다향의 물음에 답했다.

"보낼 이가 누가 있겠느냐? 제강이를 내보내야 하는데 저 녀석은 밤낮 여색에만 관심이 있으니… 쯧쯧……."

못마땅한 기색으로 자신의 아들이 있는 곳을 바라보았다. 아들은 은평과 함께 있었다. 남궁선은 은평을 보며 내색은 하지는 않았지만 무림삼미 중의 두 사람이 무색할 만큼 아름다운 소녀라고 생각했다. 아직 한 번도 사고(?)는 치지 않았지만 아름다운 여자만 보면 환장을 해대며 접근부터 하는 아들 내미는 벌써 은평의 옆에 붙어 있었다. 한 가지 위안이라면 자신의 아들뿐만이 아니라 모용화수까지 함께라는 것 정도랄까? 아마 모용 가주의 심정도 지금의 남궁선과 똑같을 것이다.

"연 형이 부럽구나. 너를 비롯하여 무공이 고강한 아들들이 줄줄이 있으니 나 같은 걱정은 하지 않겠지. 이번에 검린궁에서는 누가 나오느냐?"

"큰오라버니와 둘째 오라버니가 검린궁을 대표하여 나오시고 그외의 오라버니들은 개인 출전할 생각인 듯싶습니다. 저 역시 마찬가지구요."

남궁선은 부러운 기색을 감추지 않았다. 장성한 아들이 다섯이나 있는 연검천이 너무도 부러웠다. 자신은 자식이라곤 단 두 명에 그나마 아들은 남궁제강 하나뿐인데 그 아들조차 영 시원찮았으니 말이다.

"그나저나 저 소녀는 누구냐?"

다향은 남궁선 역시 은평에 대한 궁금증을 풀어놓는 것을 보고 왠지 못마땅했지만 난영은 밝게 웃으며 대답했다.

"오다 가다 일행이 된 은평이라고 해요. 출신에 대해서는 저도 잘 모르겠네요."

"무림인이냐?"

"글쎄요, 호신술 정도는 익히고 있는 것 같았습니다만 자세히는……."

다향은 말고리를 흐리며 무공에 관한 대답을 회피했다. 어차피 겉으로 보기에는 무공을 익히지 않은 소녀였으니까 말이다. 하지만 남궁선은 이리저리 은평을 뜯어보았다.

"대단한 미녀로구나. 무공이 너 정도만 됐다면 아마 무림삼미가 아니라 무림사미가 됐을 수도……."

다향의 안색이 급격히 어두워졌다. 자신이 은평과 비교당하고 있는 것에 기분이 상한 듯했다. 좀 시달리더라도 은평을 데리고 오지 말았어야

했다는 생각이 머리를 스쳐 갔지만 이미 후회해 봤자 소용없는 일이었
다.

*　　　　*　　　　*

백의맹의 이른 아침은 연무장의 기합 소리로부터 시작된다고 해도 과
언이 아니었다. 백의맹 휘하에 있는 대표적 단체인 정검수호단(正劍守護
團) 단원들의 하루는 백의맹의 무사들 중 가장 빨랐다. 가장 젊은 층으로
이루어져 있었고 여기 있는 자제들 대부분이 무림 명문정파의 자제들이
기도 했다. 다만 문제점으로 꼽는 것이라면 혈기가 왕성하다 보니 성질
머리들이 자제가 안 되는 것과 다들 내로라하는 명문정파의 자제들이다
보니 하는 일마다 서로 간의 자존심 대결로 치달아 단원들 간의 결합이
이루어지지 않는달까? 그러다 보니 서로가 경쟁이 붙어 아침 일찍부터
연무장에 나와 연무장을 차지하고 있는 것이었다.

상황이 이렇게 되고 보니 서로 이 단의 단주직을 맡으려는 중견 고수
들이 없었다. 괜히 끼어들었다가 문파 간의 다툼으로 치달을 수도 있어
몸을 사리는 자도 있었고 젊은것들이 건방 떠는 것이 눈꼴시다는 아주
원색적인 이유를 내놓는 자도 있었다. 여하튼 맡을 수 없다는 별별 가지
이유를 대 단주직을 사양해 오고 있었다.

지금 맹 내에서는 잔월비선이 이 정검수호단의 단주직을 맡았다는 소
식에 여러 곳에서 소곤대고 있었다. 다른 사람들은 마다 하는 자리를 스
스로 맹주에게까지 청해서 맡았다는 것과 정검수호단의 단주를 맡기에는
출신이 너무 비확실한지라 단원들에게 비웃음만 살 것이라는 억측이 난
무하는 가운데 모두의 촉각이 잔월비선의 행동거지로 집중되어 있었다.

"뒤에서 소곤대는 건 이곳도 마찬가지로군. 아니, 인간의 본성 중의

하나라고 해야 하나?'

화제의 대상인 잔월비선은 맹 내의 자신의 방에서 태연자약하게 앉아 장기를 두고 있었다. 물론 그 상대는 잔혹미영이었다.

"분위기 잡지 말고 다음 수나 둬요, 오라버니."

"둘만 있을 땐 그 오라버니 소리 좀 빼면 안 되겠냐?"

"호호홋, 이런 옷을 입고 누님이라고 할 수는 없잖아요."

"내가 널 붙잡고 뭘 말하겠냐."

잔월비선은 손에 들었던 장기 말을 둥근 나무 통 속으로 던져 넣었다. 잔혹미영 역시 장기판 위에 이리저리 놓여져 있던 장기 말들을 한데 끌어 모아 정리하기 시작했다.

"슬슬 일어나자."

"벌써요? 너무 이르지 않나?"

잔월비선은 항상 들고 다니는 섭선을 요대(腰帶)에 끼워 넣으며 방을 나섰다. 잔혹미영 역시 정리하던 장기판을 옆으로 밀어놓고 그 뒤를 따라나섰다.

해가 떠오르긴 했지만 어스름한 빛이 조금은 깔려 있었다. 하지만 대부분 무인들이라 그런지 아직까지 자고 있는 자들은 없는 듯했다. 이미 일어나서 개인적인 수련을 하고 있거나 각자의 업무에 종사하며 아침을 맞고 있었다.

잔월비선이 찾아간 곳은 맹의 북쪽 구획에 위치한 연무장이었다. 이곳의 목적은 맹 내의 무사들이 수련하기 위해서 만들어진 것이지만 여기도 지위에 따라서 차이가 있는 것인지 어느 단의 단원이라거나 무림에서의 신분적 위치가 높은 자들은 연무장에서도 가장 정중앙을 차지하고 있었고 그렇지 않은 자들은 한구석에 다닥다닥 몰려 있었다.

"새로운 정검수호단주다!"

"아직 직접적인 취임식은 갖지 않았을 텐데?"

"나름대로의 동태를 살피러 왔을 테지."

잔월비선을 발견한 사람들 사이로 갖가지 말들이 오고 갔다. 하지만 그들의 예상과는 다르게 잔월비선은 연무장 한쪽 구석에 자리를 잡은 채 정검수호단의 단원들을 빤히 바라보고만 있었다. 마치 관찰한다는 듯한 태도였다.

"뭐 하는 거지?"

"그, 글쎄."

예상이 빗나가자 정검수호단원들도 떨떠름한지 서로 얼굴을 마주 보고 있다가 이내 다시 연습에 몰입했다. 어차피 출신도 불분명한 자를 고수라 해서 자신들의 단주로 맞을 생각은 추호도 없었다. 그것이 맹주가 추천을 했든 어쨌든 간에 말이다.

"어쩔 생각이에요?"

"그냥 좀 지켜보려고 그런다. 얼마나 잘난 무공을 지녔기에 저리도 콧대가 높은가 하고."

잔월비선의 눈이 한창 수련하고 있는 정검수호단원들을 훑었다. 무인의 안력이라면 다 훤히 보이는 지점에서 마치 비웃는 듯한 표정을 하고 서 있는 잔월비선을 단원들이 보지 못할 리 없었다. 감히 출신도 불분명한 자 주제에 자신들을 비웃다니, 화가 끓어올랐지만 저쪽에서 아무런 시비도 걸지 않는데 먼저 날뛸 수는 없는 노릇이었던지 애써 신경을 끄고 수련에 몰두하려는 모습이 역력했다.

"이거, 잔월비선이 아니십니까?"

반색을 하며 다가오는 자는 헌원가진이었다. 오늘도 어김없이 새하얀 백의에 한 치의 흐트러짐 없이 말끔한 모양새였다. 잔월비선이 연무장에 나타났을 때와는 달리 사람들 사이에는 존경의 빛 비슷한, 어찌 보면 광신도와도 같은 눈빛이 흘렀다.

"맹주께오서는 공사 다망하실 터인데 어찌 된 일로 예까지 나오신 겁니까?"

"잠시 산책을 하러 나온 터에 주 대협이 보이시기에 황급히 달려왔습니다."

입가에 걸린 미소는 흐뜨러질 줄 몰랐다. 언제나 서글서글하게 웃는 낯이어서 그런지 이자가 다른 표정을 짓는다는 건 별로 상상이 가질 않았다. 물론 진중한 낯을 하는 것도 보기는 했지만 말이다.

"…어떠하십니까?"

"무얼 말입니까?"

잔월비선은 맹주의 표정을 바라보며 생각에 잠겼다가 맹주의 말을 미처 다 듣지 못했는지 반문을 했다.

"대련 말입니다. 저와 대련 한번 하시지 않겠소이까?"

"갑자기 그런 말씀을 들으니 얼떨떨할 따름입니다그려."

언젠가 한번쯤은 겨루어보고 싶다고 느끼고 있던 차에 대련을 청해준 맹주의 말이 매우 반갑게 들려 속으로는 쾌재를 불렀다. 하지만 원래 사람은 한 번쯤은 겸양(謙讓)해야 하는 법, 말도 안 된다는 표정으로 손을 내저어주는 것이 예의일 듯해 잔월비선은 곤혹스러워하는 표정으로 손을 내저었다.

"겸손이 지나치시오이다."

"당치도 않습니다. 저 같은 것이 감히 맹주께 상대가 되겠소이까?"

"길고 짧은 것은 대봐야 안다지 않습니까?"

"정히 그러시다면……."

잔월비선은 아주 즐거운 마음으로 포권지례를 취했다. 어차피 계속 대련을 바라왔던 자신이었고 저쪽에서 먼저 청해온다면 더 이상 사양할 이유가 없었다.

'신났네, 아주. 저게 문제라니까, 저 사람은.'

아주 어렸을 적부터 같이 자란 잔혹미영은 잔월비선의 입가에 걸린 미소의 의미를 알고 있었다. 좋아 죽겠다는 표시였다. 별로 말릴 생각도 없고 내심 잔월비선이 저놈의 콧대를 꺾어놨으면 좋겠다는 생각도 들었다.

"어떻게 돌아가는 판국이야, 이거?"

"그러게."

사람들은 혼란스러워하고 있었다. 평소에는 연무장 근처에 얼씬도 않던 맹주가 갑자기 나타난 것은 무슨 모종에 계획된 것이 아니냐는 말들도 소곤대며 오고 갔다. 그 말들을 뻔히 듣고 있으면서 잔혹미영은 코웃음을 쳤다. 자신이 아는 그라면 절대로 모종의 계획 같은 건 꾸밀 성격도 아니거니와 그런 식으로 이기는 것을 죽기보다 더 싫어하는 성격이었다.

잔혹미영이 이런저런 생각을 하고 있는 사이에 어느새 잔월비선은 좀 널찍한 곳에 자리를 잡고 헌원가진과 함께 동자배불(童子拜佛)의 자세를 취하고 있었다.

넓은 연무장 안에 있던 사람들의 행동도 일제히 멈추고 모든 시선이 두 사람에게로 고정되며 대련을 하고도 남을 만한 공간이 순식간에 만들어졌다. 의도된 것일지라도 정도 최고의 고수라고 평가받고 있는 맹주의 무공을 조금이나마 견식할 수 있는 기회가 아닌가 말이다.

"그럼 맹주께 한 수 가르침을 부탁드리오이다."

"저야말로 대협께 부탁드리오이다."

으레 그렇듯 대련을 하기 위한 기수식을 모두 마친 두 사람은 서로의 애병을 꺼내 들었다.

*　　　　*　　　　*

"오늘 떠난다. 알아서 준비해."

연회석에서 하루 종일 시달린 덕분인지 곤하게 자고 있던 은평의 방에 조용히 들어와 은평을 깨우고 다향이 맨 처음 말한 것은 이 두 마디였다. 비몽사몽 정신이 없는 상태로 누가 와서 무슨 소리를 지껄이고 간 건지 곰곰이 생각해 보던 은평은 방금 그 소리가 자신에게는 무엇보다도 반가운 소리라는 것을 깨달았다.

"간다고? 돌아간다고?"

혼자서 자신에게 반문해 보던 은평은 잠이 확 달아나 침상에서 내려섰다. 준비라고 해봤자 백호와 옷가지 몇 벌이 전부였다.

"옷가지나 좀 챙겨줘."

침상 옆에서 누워 있다가 자신의 소란 때문에 깼는지 몽롱한 눈을 하고 있는 백호에게 옷가지를 부탁한 뒤 은평은 자기 전에 벗어두었던 경장을 위에 걸쳤다. 처음에는 옷 입는 방식이 많이 불편했지만 요즘은 많이 익숙해진 터였다.

[이른 시각인데 어딜 급히 가십니까?]

"인 녀석 깨우러."

설마 은평이 일어났을 시각인데 인이 안 일어나고 아직까지 자고 있을까만은 별로 말릴 생각이 없는 백호였다. 다만 어느새 은평이 빠져나가고 횅한 침상의 이불을 뭉툭한 앞발로 정리할 뿐이었다.

인의 방문 앞에 선 은평은 안에서 나는 소리에 귀를 기울여 보다가 아무런 소리도 나지 않자 조심스레 문을 열었다.

"어라라? 앉아서 자나?"

마치 자고 있는 것처럼 편안한 표정으로 침상 위에 올라앉아 좌정(坐定)하고 있는 인이 보였다. 인의 머리 위로는 둥근 고리 다섯 개가 떠올라 있었다. 만약 무림인이 봤다면 오기조원의 경지를 자신의 눈으로 보았다고 놀라 까무러칠 광경이었지만 은평에게는 그저 마냥 신기한 광경일 뿐이었다.

"뭐 하고 있는 거야?"

은평은 침상 앞까지 거침없이 걸어갔다. 걸어가는 도중 방바닥에 돌멩이 몇 개가 군데군데 놓아져 있어 의아하게 여겼으나 별로 깊이 생각하지는 않았다.

"…대답도 없네? 정말로 앉아서 자는 건가?"

은평은 운기조식을 하는 무인의 바로 옆에 와서 그것을 방해하고 있는, 정말로 위험한 짓을 하고 있었다. 만약 무인이 운기조식 도중에 주화입마(走火入魔)당하게 된다면 병신이 되거나 심하면 죽는다는 자각이 없는 은평이었다.

─건드리지 마!

청천벽력처럼 터져 나온 고함 소리에 은평은 화들짝 놀랐다.

─어째서 네가 진의 영향을 받지 않는 것인지는 모르겠다만 내 몸에 손 하나 건드리지 마라.

분명 입을 다물고 있는데 말소리가 들린다는 게 신기한 은평이었지만 인의 목소리에서 다급함이 섞여 있는 듯해 시키는 대로 고분고분 굴기로 마음먹었다.

"그렇다고 소리를 지를 건 뭐야?"

그렇게 얼마나 시간이 흘렀을까? 인의 머리 위에 떠 있던 다섯 개의 고리가 연기로 변해 인의 콧속으로 빨려 들어가기 시작했다. 처음 보는 신기한(?) 광경에 은평은 잠시 넋을 잃었다.

"…정말 상식이란 게 없구만."

다섯 개의 고리가 전부 인의 콧속으로 사라지자 인이 드디어 눈을 떴다. 인은 눈을 뜨자마자 은평을 노려보며 중얼거렸다.

"뭐가?"

"운기조식을 하고 있는 도중에 건드리면 주화입마에 빠질 수도 있다는 거 정말로 몰라서 하는 소리냐?"

"…그게 뭔데?"

정말 자신은 아무것도 모르겠다는 듯 말똥말똥 검은 눈동자를 굴리는 은평을 보며 인은 한숨을 내쉬었다. 무림인이라면 필히 알고 있어야 할 상식을 하나도 모르고 있으니 말이다. 그리고 또 한 가지 의문점이라면 자신이 잡인의 출입을 막기 위해 운기조식에 들어가기 전에 간단하게 깔아놓았던 진이 파훼되었다는 점이었다. 까다로운 것은 아니지만 그래도 파훼하려면 상당한 지식이 요할 일이건만 은평은 아주 가볍게 파훼해 버린 것이다.

"진을 파훼할 정도의 지식은 있으면서 운기조식 중에 방해를 하면 안 된다는 상식도 모르다니……."

인은 어지간히 어이가 없었던지 헛웃음만 흘렸다. 그리고 격공섭물로 땅바닥에 늘어놓았던 돌멩이들을 소맷자락 속으로 회수했다.

"그런데 바닥에 돌은 왜 늘어놓았던 거야?"

"몰라서 묻는 거냐?"

"모르니까 묻지."

"진을 설치해 둔 거잖아. 네가 그걸 파훼한 거고."

"그게 뭔데?"

"정말 몰라?"

인은 도저히 믿기지 않는다는 듯 몇 번이나 되물었다. 급기야 은평은 버럭 짜증을 냈다.

"허구한 날 속고만 살았나? 정말로 모른다니까!"

"그래, 네가 아는 게 뭐가 있겠냐? 어이구, 골이야!"

인의 머리 속으로 문득 이 아이는 정말로 아무런 지식이나 상식이 없는 것일지도 모른다는 생각이 스쳐 지나갔다. 하지만 이상한 점은 한둘이 아니다. 무공을 지니고 있는 것 같으면서도 하나도 모르는 범인 같기도 하고 무림인이라면 누구나 지니고 있을 상식은 하나도 모르는 듯하고, 마치 전혀 딴 세계에서 온 것 같다는 느낌이 들었다.

"한데 왜 진이 파훼되어 버린… 걸까? 배열을 잘못한 건가?"

인은 자신의 기억을 더듬어보았지만 지금까지 수십, 수백 번을 깔아왔던 진이었기 때문에 실수라는 것은 있을 수가 없었다.

"넋 놓고 있지 말고 준비나 해. 오늘 떠난다구."

은평은 자신 역시도 깜박 잊어먹고 있었던, 본래 인을 깨우러 온 목적을 깨달았는지 출발 예정을 말해 주었다. 인은 자신만의 생각에 빠져서 듣고 있지 않는 듯했지만 은평은 별로 신경 쓰지 않은 채 밖으로 걸어나가고 있었다.

방을 나와 자신의 방으로 돌아간 은평은 탁자 위에 깔끔하게 개어져 있는 옷가지들을 볼 수 있었다. 뭉툭한 앞발로 어떻게 자신보다 더 잘 갤 수 있는지 심히 의문이 들었지만 그러려니 하고 그냥 넘어갔다.

"준비는 다 끝냈어?"

지나가던 참이었던 듯 다향이 물어왔다. 은평은 가볍게 고개를 끄덕여 대답을 대신했다.

"그래, 알았어."

'난 네가 싫어' 라는 느낌을 꽉꽉 내뿜으며 다향이 무뚝뚝하게 은평의 말을 잘랐다. 그리고는 어차피 더 이상 대꾸하고 싶지도 않았던 듯 말을 마친 뒤 어디론가 걸어가 버렸다.

'쟤는 왜 나한테 저렇게 심술맞을까?'

은평은 다향의 뒷모습을 물끄러미 바라보다가 이내 고개를 흔들었다. 미워하든 말든 자신에게 해만 안 끼치면 그만 아닌가.

*   *   *

마주 보고 있는 두 사람 사이에 거센 기류가 소용돌이치기 시작했다. 탐색하듯이 서로에게서 절대로 눈을 떼지 않고 소맷자락이 팽팽해질 때까지 내공을 끌어올리는 듯했다. 두 사람의 바깥쪽은 거센 기류가 휘몰아쳤지만 두 사람의 사이는 두 기류가 밀고 당기기를 거듭해 서로 한 치의 밀림도 없이 꽉 막혀 있었다.

'저 흙먼지 날리는 것 좀 봐. 적당히 하고 그만 끝냈으면 좋겠는데 보아하니 아주 끝장을 볼 결심인 것 같네.'

두 사람 사이의 기류에 밀려 이리저리 휘날리는 흙먼지에 눈을 찌푸리며 잔혹미영이 투덜거렸다. 대련도 좋지만 이런 흙먼지는 질색인 그녀(?)였다.

거세게 휘몰아치던 바람이 거짓말같이 딱 멈춰 버렸다. 두 사람이 한껏 끌어올렸던 내공도 일제히 거둔 듯 터질 듯 팽팽하던 소맷자락도 원래대로 돌아갔고 공중을 부유하던 흙먼지도 서서히 가라앉기 시작했다.

'이제야 겨우 본론으로 들어갈 모양이군.'

조금 길어질 것 같은 느낌이 들자 잔혹미영은 바닥에 주저앉았다. 어느새 맹주와 잔월비선을 멀찍이 둥글게 감싸고 있던 자들도 일정한 안전선을 확보하고 각자 편한 곳에 자리를 잡았다.

"이목이 점점 더 늘어나기 전에 시작하시지요."

잔월비선에게 화답하듯 맹주의 손에 들린 묘한 길이의 검이 푸른 기운을 띠고 웅웅거렸다. 보통의 검 길이보단 짧았고 단도보다는 훨씬 긴 어중간한 길이의 검이었다. 마치 어린 소년들이 쓰는 길이의 목검 같기도 했다. 검날은 반듯하고 날카로우며 푸른 검강을 띠는 것으로 보아 보검인 듯했다.

"맹주께서 혼(魂)을 꺼내 드셨군."

"그러게 말일세. 저걸 꺼내 드는 걸 보는 건 처음일세."

주위에서 알게 모르게 소곤거리는 소리로 잔월비선은 맹주의 손에 들린 저것이 혼이라고 미루어 짐작했다. 보검이긴 하지만 잔월비선이 지닌 섭선 역시 만만치 않은 무가지보(無價之寶)라면 무가지보였다.

"난청비검 이초식 우헌선검!"

"주령접선(主嶺摺扇) 청강(睛光)!"

검강이 실린 검과 맞부딪치는 데도 단단한 금속성의 소리만 울릴 뿐 부서지거나 파괴되지 않는 섭선에 맹주 역시 약간은 놀라는 눈치였다.

"파황선(破皇扇)… 행방을 알 수 없다던 무가지보를 여기서 견식하게 되다니 영광이오이다."

맹주는 잔월비선이 지닌 섭선을 알아본 모양이었다. 그저 단순하게 만년한옥으로 만들어진 섭선이라는 개념이 아닌, 섭선의 이름과 천하에 둘도 없을 보물이라는 것을 말이다.

아래에서 위로 깊숙이 치고 올라오는 혼을 잔월비선이 섭선으로 마치 내려치듯이 막아냈다. 특이한 것은 검과 섭선이 맞붙는 순간 섭선에서 노란 불꽃이 일었다는 점이었다. 아주 미세한 데다가 순식간에 사라졌기 때문이기도 했지만 그것을 알아챈 사람은 연무장 내에서도 손가락에 꼽을 정도였다.

"낭화천변(浪花天邊)!"

맹주의 손에 들린 검은 제대로 손속을 파악하지 못할 만큼 빠르게 잔월비선의 섭선과 서로 맞부딪치고 있었지만 간간이 빛에 반사되는 눈부신 검날의 모양은 꽃이 떨어지듯 느릿느릿하면서도 유연했다.

"차핫!!"

잔월비선이 기합성을 발하며 섭선과 맞대어 있던 검을 밀쳐 냈다. 확실히 섭선보다는 길이가 긴 검을 상대하다 보니 불리한지 최대한 섭선의 끝을 쥐었다.

"단혼사(斷魂沙)입니다. 막아보시지요."

처음으로 섭선을 넓게 펼쳐 들자 부챗살 사이에 끼어 있던 것인지 고운 모래가 흩뿌려졌다. 섭선에서 폭사되어 나온 듯 꽤 빠른 속력으로 맹주의 몸 곳곳을 향해 왔다.

"단혼사! 이미 당문에서도조차 비전된 암기가 어째서……?"

암기 자체를 대충 막아내는 것은 어려운 일이 아니었다. 게다가 살상용은 아닌 듯 맹독은 발라져 있는 것도 아니었고 단순히 시선을 어지럽히고 위협하는 것에 그친다. 하지만 그것만으로도 놀라움은 컸다.

"화쟁석파(禍爭蓆巴)!"

수평으로 세운 검날을 좌측에서 우측으로 길게 베어내자 잔월비선의 허리가 앞으로 날렵하게 굽혀졌다. 하지만 검날 역시 그 움직임을 놓치지 않고 곧바로 대각선으로 내려쳐고 잔월비선은 내려쳐지는 검날을 이형환위를 펼쳐 약간 뒤로 밀려나듯 피했다.

"약영파선(躍影破扇)!"

내공이 주입되어 본래의 색이 아닌 짙은 푸른색을 띤 섭선이 허공을 갈랐다. 잔월비선의 손에서 떠난 섭선과 그걸 막기 위해 맹주의 검이 부딪친 순간 '펑!' 하는 폭발음과 함께 뿌연 연기 속에서 수많은 암기들이 사방으로 퍼져 나왔다.

꽃비가 내리듯 무수한 암기들이 선회하기도 하고 때로는 옆으로 새어나가기도 하며 공중을 돌다가 땅에 처박히기도 했다.

"그만!!"

누군가의 입에서 터져 나왔는지는 알 수 없지만 그 외침을 시작으로 연무장의 수많은 이들이 대련을 중지하라고 외쳐 댔다. 그들은 지금 맹주가 무슨 해라도 입지 않았을까 걱정하고 있는 것이었다. 맹주는 그들에게 있어서 정도의 하늘이었고 천하에 둘도 없는 영웅이기도 했다. 이를테면 정도를 일체 군집시키는 연결점이라고나 할까?

"치사하다, 잔월비선! 암기술을 쓰다니……."

때때로 어떤 이들의 입에서는 비겁하다는 소리도 들렸다. 그들이 보기에 암기술은 편협하면서도 정정당당하지 못한 기술이라고 생각하는 듯했다.

"괜찮으십니까?"

암기들이 모두 지면으로 떨어지고 난 다음 잔월비선이 맹주에게 다가갔다. 호신강기를 일으켜 온몸을 보호하고 있던 터라 맹주는 별다른 상처도 없었고 오히려 싱글벙글 웃는 낯이었다.

"사천당문에서도 실전됐다는 비전절기를 이 눈으로 직접 견식하다니 좋은 대련이었소이다."

땅에 떨어진 잔월비선의 섭선을 직접 주워서 건네며 맹주가 자신의 감상을 말했다. 어찌 보면 잔월비선 쪽이 우위를 거둔 것 같지만 실제 피해는 쌍방 간에 아무것도 없었다. 다시 말해서 무승부란 소리였다.

"별말씀을. 저야말로."

잔월비선이 포권지례를 취했다. 아직도 몇몇 사람들 사이에서는 치사하다, 편협하다라는 등의 소리가 들려오고 있었지만 그는 전혀 위축되거나 하지 않았다. 자신이 비난받아야 한다면 사천당문은 백도에서 몰아내야 한다는 것과 같은 소리이기 때문이다. 만천화우는 당문의 비전절기이니 말이다.

금릉

　순천부로 대부분의 기능이 넘어간 금릉이지만 옛 성도의 모습은 군데
군데 남아 있었다. 번화한 거리도 그러했고 아직 남아 있는 옛 황성 역시
그러했다. 아마도 금릉 곳곳을 돌아보면 옛 고적들의 모습을 쉽게 찾아
볼 수 있을 것이다. 게다가 백의맹이 상주하는 곳답게 병장기를 소지한
무림인들을 거리 곳곳에서 볼 수 있었다.

　"이곳이 금릉이야. 곧 여기서 무림대전이 열릴 예정이지."

　금릉의 거리로 들어서자마자 다향은 더 이상 은평과는 볼일이 없을 거
라는 홀가분한 기분이 되어 있었다. 자신은 이대로 금황성으로, 그리고
은평과 그 일행은 알아서 제 갈 길을 가면 끝나는 것이다.

　"너는 이제 어디로 갈 작정이니?"

　"행로 문제는 인에게 맡기고 있으니까 알아서 하겠죠."

무책임 발언을 서슴지 않는 은평이었다. 마차 밖에서 그 말을 듣고 있던 인은 개탄하는 기분이 되어 입맛을 다셨다. 도대체 이 여행의 주체가 누구인지 모를 발언이었던 것이다.

"그런가? 슬슬 사람들이 몰리기 시작해서 이 주위의 객잔에는 방이 없을지도 모르는데… 너만 괜찮다면 누추하더라도 무림대전 때까지 내 집에 머물지 않겠니?"

난영의 발언에 다향이 도끼눈을 했다. 그녀에게는 청천벽력 같은 소리였다. 이제야 겨우 떨어지게 되어서 기분이 좋아지려던 참인데 또다시 같은 지붕 아래서 지내라는 말이 아닌가?

"어, 언니! 신분도 출신도 불분명한 자들을… 금황성에 데려가다뇨?"

전음으로 해야 할 말을 자신도 모르게 입 밖으로 꺼내 버린 다향은 아차 싶었지만 이미 내뱉어 버린 후였다. 약간 노한 듯한 난영의 시선을 받으며 움찔했지만 여기서 물러날 수는 없었던지 반격에 나섰다.

"우리들도 나름대로 할 일이 있잖아요. 무림대전이 코앞인데 수련은 어쩌구요?"

"묵는 것 정돈 상관없잖니?"

어차피 집주인은 난영이었다. 주인이 누군가를 묵게 하겠다는데 제 삼자가 왈가왈부, 이러쿵저러쿵할 일은 아니라는 소리였다.

"…알았어요. 언니 마음대로 하세요."

결국 기분이 또다시 나빠진 다향은 창밖만 노려보고 은평은 생뚱한 시선을 다향에게 주었다.

'…날 왜 그렇게 싫어하는 걸까? 쟤도 참 인생 피곤하게 사는구나.'

다향이 자신을 좋아하든 싫어하든 천지 개벽할 일도 아니었고 싫어한다는 상대에게 접근해 굳이 마음을 돌려놓을 필요성을 느끼지 못하는 은평으로서는 그냥 그러려니 관심을 두지 않을 따름이었지만 다향은 은평

이 자신을 놀리고 있는 것이라고 오해를 불러일으켜 더욱더 은평을 싫어
하게 만드는 계기가 되어가고 있었다.

마차는 관도를 따라 점점 금황성에 다다르고 있었다.

"누추하더라도 이해해."

마침내 마차가 멈추고 문이 열렸다. 다향이 거친 동작으로 마차에서
내리고 난영이 뒤이어 내렸다. 마차 밖에서 난영이 은평을 재촉했다.

"어서 내려."

은평이 백호를 데리고 마차에서 내리자마자 가장 먼저 눈에 들어온 것
은 휘황찬란한 금빛의 장원이었다. 아니, 말이 장원이지 그 화려함은 황
궁에 버금갈 정도였다.

"정문 쪽은 너무 복잡해서 후문으로 왔어. 괜찮지?"

확실히 규모에 비해 문의 크기가 좀 작다 싶었더니 후문이었다. 하지
만 금칠을 한 문부터 시작해서 아름다운 조각이 양각된 문은 말 그대로
화려함 그 자체였다.

"이게 누추한 거야? 황궁하고 비교해도 절대 뒤지지 않겠는데?"

은평의 중얼거림을 귀 밝은 주위 사람들이 못 들었을 리 없었다. 계속
은평의 정체를 궁금해하던 난영에게는 한 가지 단서(?)나 마찬가지였다.
보통 사람이라면 금황성의 규모를 보고 그 화려함에 놀랄 뿐 황궁과 비
교하진 않는다.

'이 아이… 황실의 일원인가?'

물론 어처구니없는 난영의 착각이었지만 그런 생각을 모르는 은평으
로서는 바로잡아 줄 기회조차 없었다.

'더럽게 화려하네. 이건 인사치레라도 누추하다고 말할 수 있는 수준
이 아니잖앗!!'

변태 남매에게 시달릴 때 이미 황궁을 보아서인지 충격(?)이 깊진 않

았지만 난영의 가공할 발언에 분개했다.

"어쩔 생각이야?"

"난영 언니가 여기서 무림대전 때까지 머물러도 좋대. 돈 굳히고 좋지 않아?"

인은 은평의 얼굴을 한번 바라보고 금황성을 한번 바라보았다.

"그래, 퍽도 좋겠다."

끝까지 비꼬는 말을 잊지 않으며 인은 한숨을 내쉬었다.

$$* \qquad * \qquad *$$

매 한 마리가 푸드득대며 날아들었다. 정체 모를 하얀 손이 매의 다리에 걸려 있던 조그마한 죽통에서 무언가를 꺼냈다. 꾸깃꾸깃 접혀 있는 종이를 펼쳐 든 손의 주인은 입가로 나지막한 웃음소리를 흘렸다. 아니, 웃음소리인지 울음소리인지, 혹은 분노에 떠는 목소리인지 잘 구분이 가지 않았다.

"크흐흐흐……."

가만히 창가에 앉아 있던 매를 손이 보이지 않을 만큼의 빠르기로 낚아챘다. 하얀 손아귀에서 매가 날개를 푸드득거리며 버둥거렸다. 그런 저항이 우습게도 흰 손은 거센 악력으로 매의 날개를 우지끈 하는 소리와 함께 부러뜨렸다.

"결국 자신과는 상관없는 일이다 그건가?"

"그는 포달랍궁의 소궁주입니다. 어차피 포달랍궁주가 병석에 누워 있는 이상 소궁주가 포달랍궁의 뜻을 대변한다고 보아도 좋겠지요. 어차피 순순히 협조해 주리라고 기대하진 않으셨지 않습니까?"

흰 손이 매를 내팽개쳤다. 날개가 부러진 매는 애달픈 신음 소리와 함께 다리로나마 일어서 보려고 바닥에서 안간힘을 쳐 대고 있었다. 계속 일어나려고 안간힘을 쓰는 매가 신경에 거슬렸는지 흰 손의 사내는 매의 머리를 거칠게 밟았다. 뼈가 부러지는 소리와 함께 발 아래에서 피가 터져 나오고 흰 손의 사내는 그제야 속이 풀리는 듯 낮고 희미한 고소를 머금었다.

"네가 나서라. 마교의 교주가 그 소녀를 찾고 있다고 한다."

"어째서 마교의 교주가 그 소녀를……?"

"없애 버리겠다는 작전은 변경이다. 꽤 쓸모가 있겠어."

머리 속에 자연스럽게 그려지는 작전에 그는 입가에 희미한 미소를 머금었다. 그 소녀는 당연히 마교 교주의 약점이 되는 것이다.

"…일단은 그 소녀 옆에 있다는 사내의 실력부터 가늠해 보아라."

"예, 즉시 제 선에서 처리하겠사옵니다."

흰 손의 사내는 옆에 마련되어 있던 의자에 주저앉았다. 그 소녀가 얼마만큼의 쓸모가 있을지는 좀 더 두고 보아야 알 일이었다.

*　　　*　　　*

금황성은 언제나 북적댄다. 재화(財貨)가 모이는 곳이다 보니 당연지사겠지만 백의맹과는 조금 다른 활기랄까? 무언가 대의명분(大義名分)을 위한 것이 아닌 실질적인 이해 관계에 의해서 모인 무리들이 정확한 표현일지도 모르겠다.

활발한 금전 거래가 이루어지는 한쪽과는 달리 다른 한쪽은 평온하고도 고요했다. 금황성주, 즉 금충 금적산의 가족들이나 귀한 빈객(賓客)들이 묵는 내당이었다.

귀한 빈객도 아니고 금적산의 가족도 아니면서 단지 금난영과 약간의 친분이 있다는 것만으로 이곳에 머물고 있는 이인일수(二人一獸)가 있었으니…….

"쯧쯧쯧, 완전히 금으로 처발랐군."

난영이 머무르라고 내준 방을 본 인의 감상 평이었다. 은평 역시 별다를 바 없는 심정이었다. 온통 금칠로 도배가 되어 있으니 이거 어디 금가루라도 떨어질까 무서워 제대로 지낼 수 있을까 싶었다.

"난 옆방에서 지낼 테니 넌 여기서 지내."

인은 휘적휘적 걸음을 옮겼다. 하루 종일 말 위에서 시달렸으니 제대로 된 목욕도 하고 싶었고 몸이 노곤한 것이 운기조식도 한번 해야 할 듯했다.

은평은 노곤한 몸을 의자에 기대고 있다가 누군가가 문을 두드리는 소리에 고개를 문쪽으로 돌렸다.

"들어가도 되겠습니까?"

"에……?"

은평이 뭐라 하기도 전에 문을 열고 한 무리의 시녀들이 밀고 들어왔다. 공손한 자세로 들어온 그녀들의 손에는 하늘하늘한 옷가지와 여러 장신구들, 그리고 별별 잡다한 것들이 들려 있었다.

"난영 아가씨께서 보내서 왔사옵니다."

흠잡을 데 없는 공손한 태도로 그녀들은 조용히 허리를 굽혔다. 은평이 뭐라 말하기도 전에 그녀들은 방 안으로 난입(?)해 목욕물을 데워주겠다느니 옷을 준비해 왔다느니 하는 소리로 은평의 혼을 쏙 빼놓았다.

"목욕물을 준비했사옵니다. 욕탕으로 납시시지요."

"목욕을 끝낸 뒤에는 옷을 갈아입으실 수 있도록 하겠습니다."

몇 명이나 되는 그녀들이 한꺼번에 떠들어대는 소리에 은평이 진저리가 나는 듯 몸을 부르르 떨었다. 그리고는 심호흡을 한번 하더니 목청을 높여 소리를 질렀다.

"그마아아안!! 모두 나가요!"

"예에……? 하, 하오나……."

"나. 가. 요! 두 번 이상은 말하지 않겠어요!"

"저희는 난영 아가씨의 명을 받잡고……."

"제가 할 수 있어요. 가져온 옷은 거기 두고 나가주세요."

싱글싱글 웃는 은평의 얼굴에서 알게 모르게 한기가 돌았다. 그녀들은 잠시 서로의 눈치를 보더니 옷가지를 가지런히 놓아두고 다시 한 번 허리를 숙이며 방 밖으로 나갔다.

은평은 한차례의 소란스러움이 가신 후 방 안을 보니 이상하리만치 고요하게 느껴졌다. 그녀들이 두고 간 옷을 뒤적거려 보니 아니나 다를까, 하늘하늘함과 치렁치렁함의 극치를 달리는 옷뿐이었다.

"백호, 따라와."

은평은 아까 그녀들이 말한 욕탕 쪽으로 발걸음을 옮겼다. 내실에서 약간 떨어진 구석에 위치해 있는 욕탕은 수증기가 모락모락 피어오르는 뜨거운 물로 가득 차 있었다. 욕탕의 주변은 대리석으로 마감되어 있었다.

"…수영장인지 욕탕인지……."

은평에겐 욕탕인지 수영장인지 구별이 안 갈 만큼 넓어 보였다. 죽기 전 주말이면 간간이 가곤 했던 대중 목욕탕의 탕만큼이나 넓지 않은가?

어쨌거나 씻기는 씻어야 했기에 은평은 탕 속에 몸을 담그기로 했다. 눈치를 슬금슬금 보던 백호 역시 살그머니 탕 속으로 들어와 헤엄을 쳤다. 몸집이 자그마해서 욕탕 바닥에 닿지 않고 그냥 개헤엄을 치는 백호의 모습은 까무러치게 귀여웠다.

"백호야~"

한참 헤엄을 치는 백호의 뒤로 은평의 다정하기 이를 데 없는 음성이 들렸다. 평소와는 전혀 다른 그 목소리에 백호는 등골에 서늘한 한기가 서리는 게 느껴졌다. 분명히 무슨 꿍꿍이속이 있을 것 같은 느낌이 들었다.

"백호야아~"

[예에?]

"머리 좀 감겨줘."

[……]

백호는 탕 아래로 가라앉으려는 몸을 간신히 다잡고 어이없다는 시선을 은평에게로 건넸지만 은평은 조금의 꿀림도 없이 아주 당당했다.

"뭐 해, 머리 감겨달라니까. 머리 다음에는 등도 밀어주렴."

[도대체 이럴 거면 시녀들은 뭣하러 물리신 겁니까?]

"어쭈? 잔말이 많어? 얼른 와서 못해?!"

어쨌든 자신의 주인이 내리는 명령이지 않은가? 백호는 거의 죽을 상이 되어서 쭈뼛쭈뼛 은평의 등 뒤로 나아갔다.

"발톱 세우지 말고 잘 씻겨줘."

영수 생활 몇천 년 만에 때밀이로 전락해 보긴 또 처음이었다. 하긴 이런 가공할 일을 시키는 신선이 지금껏 어디 존재나 했던가? 선계로 가서 지나가는 신수들을 붙잡고 물어봐도 신선의 때밀이 노릇을 했다는 신수는 아마도 자신밖에는 없을 것이다.

[애고애고, 내 팔자야!]

백호는 자신만큼 불쌍한 신수도 없을 거라고 신세 타령을 하며 뭉툭한 앞발을 쉴 새 없이 놀렸다.

잠시 뒤, 백호의 헌신적인 봉사(?)에 힘입어 목욕을 끝낸 은평은 기분이 굉장히 좋은 듯 콧노래까지 불렀다. 그와는 대조적으로 백호는 기진

맥진하여 바닥에 엎어져 빨간 혓바닥을 길게 내뺀 처량한 꼴이었다.

[또 어딜 가십니까?]

"인에게 가보려고. 내일 이곳 구경이나 해보자고 말할 참이야."

[어서 다녀오십시오!]

기진맥진하던 백호의 입에서 우렁찬 고함이 튀어나왔다. 은평이 인에게 간다고 하니 갑자기 눈을 반짝반짝 빛내기까지 하는 것이 어지간히도 반가웠던가 보다.

인의 방은 별로 어렵지 않게 찾을 수 있었다. 은평이 머무는 방보단 규모가 조금 작은 듯한 감이 있긴 했지만 이 방 역시 나무랄 데 없는 화려한 방이었다.

"인?"

조심스럽게 방으로 들어선 은평은 어디선가 들리는 물소리에 그쪽으로 귀를 곤두세웠다. 인 역시 목욕을 하는 참이라고 여긴 은평은 인이 나올 때까지 의자에 앉아 기다리기로 마음먹었다.

그렇게 얼마나 시간이 지났을까. 융단을 밟는 사람의 발자국 소리에 은평이 뒤로 고개를 돌렸다. 그리고 인과 눈이 딱 마주쳤다.

"……!"

"……!"

인은 당연히 아무도 없을 줄 알았는지 아무것도 걸치지 않은 벌거벗은 몸이었다. 사람이 있을 것이라고는 미처 예상하지 못했는지 은평을 보고 돌처럼 굳어버렸다. 하지만 은평은 태연했다. 한참을 그렇게 빤히 바라보고 있더니 이내 한마디 툭 던졌다.

"작네."

"……!"

조금 시간이 흐르고 은평과 인은 탁자를 하나 사이에 두고 마주 앉았다. 인의 얼굴은 울그락불그락해져 금방이라도 노기를 터뜨릴 듯한 표정이었고 은평은 인에게 한 방 먹여줬다는, 아주 시원해하는 표정이었다.

　"도대체가 조심성이 없군. 외간 사내 혼자 있는 방에 그렇게 겁도 없이 들어와 있을 수 있는 거냐?"

　"외간 사내? 인 너, 외간 사내였니?"

　고소해 죽겠다는 듯 은평은 인의 반응을 즐기고 있었다. 항상 투닥거리며 말다툼을 해오다가 오늘 비로소 승기를 잡았으니 충분히 놀려줘야 하지 않겠는가?

　"그나저나 대롱대롱 매달려 있는 거 작긴 작더라."

　"…찬물로 목욕해서 오그라든 것뿐이……."

　인은 흥분해서 소리를 높였다가 이내 자신의 말실수를 깨닫고는 입을 조개처럼 꽉 다물어 버렸다.

　"그게 무슨 풍선인가? 늘어났다 줄었다 하게."

　"풍선이 뭔데?"

　"아무것도 아냐. 어쨌거나 찬물로 목욕하면 줄어든다고? 그럼 뜨거운 물로 목욕하면 늘어나?"

　"말을 말자. 이날 이때까지 동정(童貞)이었건만 첫 알몸을 보인 상대가 너라니… 하늘도 무심하시지."

　"지금까지 동정이었던 게 자랑이야? 자기 못났다고 실토하는 꼴이잖아."

　"누군 동정이고 싶어서 동정인 줄 아냐? 동자공 때문에 어쩔 수 없었단 말이다!"

　"동자공이 뭔데?"

　인은 계속해서 은평과 말다툼을 해봤자 얻는 이득이 없을 거라는 생각이 들었다. 슬그머니 화제를 전환하기 위해서 인은 은평에게 자신의 방까지 찾아온 이유를 물었다.

"그런데 내 방에는 왜 왔냐?"

"아, 맞다. 내일 이곳을 좀 돌아보고 싶어서."

"결국 끌고 다닐 종이 필요했다는 소리로군."

인은 심드렁한 표정으로 혀를 찼다. 오래전부터 느꼈던 것이지만 은평과 이야기하면 할수록 자신이 바보가 되어가는 것 같았다. 인은 반짝반짝 눈을 빛내며 자신의 답을 기다리는 은평에게 한마디를 던졌다.

"내가 싫다고 하면 강제로라도 끌고 갈 심산이면서 왜 그런 무시무시한 표정으로 거기 죽치고 있냐?"

인은 자리에서 일어나 침상이 마련되어 있는 안쪽으로 발걸음을 옮겼다. 은평이 인의 뒤를 쪼르르 따라나섰다.

"뭐 하려고?"

"운기조식이나 하려고. 아, 그리고 노파심에서 말하겠는데 절대로 운기조식 중에 내 몸 건드리지 말아다오. 할 일 없으면 너도 운기조식이나 해."

"나도 할 수 있는 거야? 어떻게 하는 건데?"

"……."

괜히 말을 꺼냈다는 생각이 인의 머리 속을 스쳤다. 백치도 아니고 그렇다고 무공을 모르는 범인도 아니면서 어떻게 이런 기본 상식을 하나도 모르고 있는 것일까? 인의 상식에서는 아무리 생각해 봐도 은평이 자신을 놀리고 있는 것이라고밖에 단정 지을 수 없었다.

"그래, 실컷 놀려먹어라."

"무슨 뚱딴지 같은 소리야? 어서 설명이나 해줘."

인은 은평을 다짜고짜 바닥에 앉혀놓고 우선은 가부좌를 틀도록 했다.

그리고 정수리와 양 손바닥, 양 발바닥, 즉 오심을 하늘로 향하게 하도록 자세를 바로잡아 주었다. 불편하다고 징징대는 은평의 투덜거림을 묵살하고 우선은 진기를 운용시켜 보라며 아주 간단한 것을 시켰다. 물론 기를 운용시키는 것이 어떻게 하는 건지 모른다는 은평의 항의가 있었지만.

"혈도를 따라서 단전의 진기를 운용시켜 보라고!"

"어떻게 하는 건지 모르는데 무턱대고 하란 소리야?"

"혈도 몰라? 혈도?"

"정말 몰라."

인은 관자놀이를 붙잡고 고뇌하는 표정으로 바닥에 주저앉고야 말았다. 도대체 말이 통해야 해먹을 게 아닌가? 그리고 도대체 말이 되는가? 가장 기본이 되는 혈도를 모른다는 것이 말이다. 더군다나 금릉으로 오는 길에 만난 독현문의 세 공동 문주와 싸울 때 은평은 분명 혈도를 짚지 않았던가?

"널 붙잡고 이런 이야길 하고 있는 내가 죄인이지 달리 누가 죄인이겠냐."

"빨리 안 가르쳐 주고 뭐 해? 얼른 가르쳐 줘."

인은 신세 한탄과 한숨을 내쉬면서도 가부좌를 튼 은평의 뒤로 가 앉았다. 그리고는 영 내키지 않는다는 태도로 퉁명스럽게 말을 내뱉었다.

"내가 진기를 불어넣어 주지. 진기가 흐르는 방향을 잘 파악해 둬. 빤히 보지 말고 눈 감고!"

신경질적인 태도로 변한 인을 은평은 아까 했던 말에 대한 괜한 화풀이라고 여기고 입을 삐죽였다. 어지간히 속 좁은 놈이었다. 고작 '그런 말'을 가지고 저리 삐치다니.

"잡생각 하지 말고 머리 속을 비워. 잡념은 금물이야."

"네, 네. 여부가 있나요."

은평 역시 빈정거리면서도 인이 시키는 대로 눈을 감고 되도록 아무런 생각도 하지 않으려고 노력했다. 사실 운기조식이라는 것을 하려고 하는 커다란 이유에는 저번에 보았던 인의 머리 위에 떠올라 있던 둥근 다섯 개의 고리에 대한 영향이 컸다. 도대체 저게 뭘까 하고 도전해 보고 싶었던 것이다.

인은 크게 한번 심호흡을 하고 장심에 진기를 모았다. 그리고 조심스럽게 은평의 몸 안으로 진기를 주입시키기 시작했다. 독맥(督脈), 임맥(任脈), 수태음폐경(手太陰肺經), 수양명대장경(手陽明大腸經), 족양명위경(足陽明胃經), 족태음비경(足太陰脾經), 수소음심경(手少陰心經), 수태양소장경(手太陽小腸經), 족태양방광경(足太陽膀胱經), 족소음신경(足少陰腎經), 수궐음심포경(手厥陰心包經), 수소양삼초경(手少陽三焦經), 족소양담경(足少陽膽經), 족궐음간경(足厥陰肝經) 등에 속한 혈도의 이름들을 하나하나 뇌까려 가며 매우 조심스러운 태도였다.

어느새 인의 이마에는 송글송글 땀이 맺혀 있었고 은평은 어느덧 무아지경에 빠진 듯했다. 혈도를 일주천했다고 여긴 인은 은평에게서 손을 떼고 한숨을 내쉬었다. 역시 다른 사람에게 진기를 주입해 준다는 것은 무척이나 신경 쓸 것이 많은 만큼 힘든 일이었다.

"…남 좋은 일만 했군."

혹시나 다른 사람이라도 올까 싶어 인은 은평의 옆을 지키기로 했다. 탁자 위에 마련되어 있던 차 주전자를 들어 찻잔에 차를 따랐다. 꽤 시간이 지난 것인지 찻물이 미적지근했다.

"후우~ 피곤해. 이건 정말 할 짓이 못 된다니까."

인은 금방 목욕을 했는데도 땀으로 질척거리는 몸이 못마땅한 듯 고개를 내저었다. 은평의 운기조식이 언제 끝날까 싶어 잠시 바라보던 인은 정말로 소스라치게 놀랐다.

"저, 저건……?"

은은한 빛이 뿜어져 나오는 둥근 구가 은평의 머리 위에 떠올라 있었다. 마치 그 안에 미지의 무언가라도 있는 듯 끊임없이 안쪽에서 구불거리며 변화가 일어났다. 세 개의 꽃봉오리가 피어난다는 삼화취정이라든가 다섯 개의 고리가 생긴다는 오기조원 역시 아니었다. 곧 오기조원의 경지를 뛰어넘을 것 같으니 그 위의 경지를 보게 되겠지만 자신의 기억을 아무리 더듬어 보아도 지금 은평의 머리 위에 떠오른 것은 들어본 적도 본 적도 없는 현상이었다.

인은 은평의 머리 위에 떠오른 정체 모를 구의 안에서 벌어지는 변화에 어느덧 넋을 빼앗겨 버렸다. 오묘하면서도 은근한 끌림이 도무지 눈을 뗄 수 없게 만들었다.

처음에는 영수를 데리고 있는 신기한 소녀라는 생각에 접근했었다. 하지만 시간이 갈수록 그 정체를 알 수 없는 모호한 소녀라는 생각이 들었다.

"혹 저것이 오기조원을 뛰어넘은 등봉조극(登峰造極)이나 육식기원의 경지가 아닐까?"

하지만 곧 설마 하는 마음에 인은 생각을 접었다. 어쨌든 운기조식에서 깨어나면 본인에게 묻기로 하고 말이다.

"한숨 자고 일어난 것처럼 개운해."

운기조식에서 깨어난 은평의 한마디였다. 은평의 발언에 인이 발끈한 듯 외쳤다.

"누구 덕분에 난 그 옆에서 한숨도 못 자고 호법을 서고 있었는데 퍽도 좋겠구먼."

그러고 보니 인의 눈가가 약간 붉어진 것도 같았다. 은평은 고개를 갸웃거리며 '어째서?' 라고 의문을 표했다.

"운기조식 중에 누군가가 옆에서 방해를 한다면 까닥 잘못하다간 주화입마에 빠진단 말이다!"

"주화입마가 뭔데?"

"…혈로 흐르던 진기가 역류해서 죽거나 운 좋으면 광인이 되거나 하는 거지."

"그런 위험한 걸 나한테 시켰단 말야?"

은평이 발끈한 듯 외쳤다.

"…할 말이 없다. 정말 할 말이 없어."

인은 내가 왜 계속 호법을 서고 있었을까 탄식하며 침상이 있는 안쪽으로 거칠게 걸어갔다.

"잘 자라. 벌써 사경(四更)이다."

"벌써 새벽이야?!"

밖은 벌써 어두컴컴해져 있었다. 운기조식을 시작했던 때가 이른 오후였건만 어느새 이렇게 시간이 흘러 버렸단 말인가?

유난히 몸 주위가 축축하다 싶었더니 땀으로 흠뻑 젖은 채였다. 거기다가 입고 있는 옷이 비단인지라 땀이 흐르는 몸에 치덕치덕 달라붙어 불쾌감을 조장하고 있었다.

"그나저나 그것… 뭐였지?"

약간 침중한 기색을 띠며 물어오는 인의 얼굴을 은평이 빤히 바라보았다. 자신은 인이 무슨 말을 하는 건지 모르겠다는 얼굴로.

"네 머리 위에 떠오른 것 말이다!"

"…머리 위?"

은평은 머리 위의 허공에 손을 휘적휘적 저어도 보고 고개를 들어 올려다보기도 했다.

"뭐가 떠올랐다는 거야? 아무것도 없잖아?"

"아까 운기조식 도중에 말야."

"눈 감고 있었는데 내가 그걸 어떻게 알아?"

가당치도 않은 소리를 한다는 듯 은평은 인을 뒤로 밀쳐 냈다.

"하루 중 운기조식을 하는 때가 언제냐?"

"…오늘 처음 해본 걸 언제 해보냐고 물으면 내가 무슨 수로 대답해?"

은평이 쾅 하는 소리와 함께 문을 닫고 사라졌다. 인은 우선 혼란스러운 머리 속을 정리하기 위해 그 자리에 우뚝 멈춰 섰다.

운기조식을 처음 해본다고 하는데 하는 짓을 보면 약간의 무공 정도는 익히고 있는 것 같기도 하다. 운기조식을 할 때 떠올랐던 둥근 구는 아무리 머리를 굴려도 본 적도 들은 적도 없는 현상이다. 무인이라면 하루에 한 번 정도는 운기조식을 거르지 않고 하는 것이 보통이자 기본 아닌가?

아무리 골똘히 몰두해 봐도 뚜렷한 결론이 나오질 않자 인은 포기하고 수면에 들기로 했다. 머리가 복잡할 땐 그저 아무 생각 없이 자는 게 최고니까 말이다.

물론 사경이 넘어서 잠이 든 인이 얼마 수면을 취하지도 못하고 누군가에게 두들겨 깨워지게 되는 것은 오경이 지나고 얼마 되지 않은 때였다.

"꼭 이렇게 데리고 다녀야 속이 풀리냐?"

"노인네처럼 잠만 자려고 하지 말고 좀 돌아다녀 봐."

아까 곤히 자던 잠을 억지로 두들겨 깨운 탓에 아직 그 분이 풀리지 않은 듯 인은 여전히 불만스런 얼굴이었다. 묶고 있었던 머리카락이 이곳저곳 삐죽삐죽 튀어나와 봉두난발(蓬頭亂髮)이 되어 있었지만 바로잡을 생각이 없는 것 같았다. 지금 걸어가고 있는 곳이 사람들로 북적이는 대로 변이었지만 전혀 그런 것에는 신경이 가질 않는 모양인지도 모르겠다.

"머리 좀 정리해. 그러고 있으니까 사람들이 다 쳐다보잖아!"

"…착각은 자유라지."

인은 사람들이 자신을 쳐다보고 있는 것이 아니라 은평을 쳐다보고 있는 것임에도 알고 그러는 건지 정말로 모르고 그러는 건지 오히려 자신보고 머리를 정리하라 성을 내는 은평 때문에 짜증이 치밀었다. 하지만 짜증이 치민다고 해서 마음대로 화풀이할 상대가 절대 못 되기 때문에 그저 조용히 입을 꾹 다물었다.

"안녕! 안녕! 안녕! 안녕!"

허공에다가 한 번, 땅바닥에다가 한 번, 지나가던 개에게 한 번, 이런 식으로 인사를 하자 인은 뒤따라가다가 고개를 갸웃갸웃거리며 미심쩍은 시선을 보냈다. '쟤가 뭘 잘못 먹었나? 왜 저럴까?' 라는 빛이 다분한 시선으로 은평에게서 최대한 슬금슬금 멀어지려고 했다.

"도무지 이해할 수가 없는 애로구만."

은평의 혼자서 하는 인사가 끝나자 그제야 인은 은평의 뒤로 와서 섰다. 그러다 문득 어수선한 주위로 고개를 돌려 살피던 은평은 어느 한 지점을 뚫어져라 바라보았다. 무언가를 느낀 것인지 약간 눈살을 찌푸린 채였다.

"뭘 보는 거야? 인상을 있는 대로 쓰고."

"아무것도 아냐."

하지만 은평은 한번 찌푸린 인상을 펴지 못했다. 오한과 함께 자꾸 좋지 않은 감이 몸을 엄습해 왔다. 불안한 느낌에 자꾸 주위를 두리번 두리번거리게 되었다.

한편 잔월비선과 잔혹미영은 사람들로 붐비는 거리를 걷고 있었다.

"이렇게 태평하게 돌아다녀도 되겠습니까, 오라버니?"

"오라버니 소리 좀 빼라. 소름 돋는다."

연한 망사가 달린 죽립으로 햇살을 가린 잔혹미영은 그 소리에 더욱더 콧소리를 내며 오라버니 소리를 연발했다.

"오라버니, 섭섭합니다."

"닥치라니까!"

잔월비선은 죽립을 가지고 나오지 않은 자신을 원망하며 섭선을 펼쳐 들어 햇빛을 막았다. 피부에 햇빛이 박혀드는 듯한 느낌이 너무 싫었다. 생각 같아서는 잔혹미영의 것이라도 빼앗아 쓰고 싶지만 순순히 뺏길 것 같진 않아 보였다.

"그나저나 조금 있으면 단주 취임식인데 참석하지 않으실 건가요?"

"아직 시간 있어."

입술을 꽉 깨물며 문득 고개를 돌리던 잔월비선은 아주 낯익은 얼굴을 보았다. 지나가던 행인들의 시선이 집중되어 있는데도 전혀 신경 쓰지 않는다는 듯한 태도의, 수없이 찾아헤맸던 바로 그 얼굴이었다.

"오라버니, 무슨 일이에……?"

의아한 표정으로 묻던 잔혹미영 역시 잔월비선의 시선을 따라가 보더니 이내 말을 멈추었다. 그 시선의 끝에는 그들이 그토록 찾아헤맸던 소녀가 있었다.

먼저 행동으로 옮긴 것은 잔월비선이었다. 행인들 사이를 비집고 들어가 은평의 팔목을 낚아챘다. 아니, 낚아채려고 했다.

"뭐냐, 넌?"

잔월비선의 손목을 도중에 낚아챈 사내가 내뱉은 말이었다.

"앗!!"

은평은 무슨 일인가 하고 고개를 돌리다가 잔월비선의 얼굴을 바라보
고는 경악성을 내질렀다.

"아는 놈이야?"

인은 은평과 자신이 손목을 붙든 놈과 안면이 있는 사이인 것 같아 붙
잡고 있던 손목을 풀었다.

"드디어 만났군."

은평은 벼랑 아래로 떠밀어진 기분으로 그, 아니, 그녀를 응시했다. 분
명 이 작자가 있다면 그 여장 태자도 있을 터, 절망(?)은 이렇게 어느 한
순간 찾아오는 것인가 보다.

여전히 시끄럽긴 했지만 대로의 한복판보다는 한결 덜한 어느 객잔의
한구석. 은평은 꿈에서라도 볼까 두려운 두 사람과 마주 앉았다. 밉살맞
은 인은 자신의 옆에서 희희낙락 구경 중이었다. 강 건너 불 구경 하는
듯한 태도로 얼굴에는 호기심이 가득 떠올라 있었다.

"보고 싶었어요, 은평."

죽립에 드리워진 망사를 걷어내며 그녀, 아니, 그가 은평을 향해 웃었
다. 은평은 할 말을 잃었는지 한숨만 내쉬었다.

"찾느라 고생했어. 정말 우연히 마주하게 되는군."

"할 일들이 그렇게 없어?! 그냥 거기에 처박혀 있지 금릉까진 왜 와 있
는 건데?!"

은평이 인상을 썼지만 별다른 효과는 없었다. 여장이 취미인 태자는
반가워 죽겠다는 듯이 생글거리고 있고 남장이 취미인 공주는 그 특유의
입꼬리를 비틀어 올리는 미소를 지으며 자신만 응시하고 있었다. 한술
더 떠 인은 아주 좋아 죽겠다는 표정으로 재미있어하고 있었다.

"악운이야, 악운."

은평은 탁자에 머리를 박으며 괴로워했다. 이제부터 어떻게 해야 이
두 남매를 떨쳐 낼 수 있을까 수없이 잔머리를 굴려보지만 특별히 떠오
르는 뾰족한 수는 없었다.

자객(刺客)과 은평이 만났을 때

15

자객(刺客)과 은평이 만났을 때

"건방지군. 단주가 취임식에조차 나타나지 않다니!"

자존심이 상했다는 듯 젊은 사내가 자신의 앞에 마련되어 있는 술상을 내려쳤다. 그 반동으로 술상이 흔들리며 갖은 안줏거리들과 술이 이리저리 튀었다. 조용하기 이를 데 없던 공간에 큰 소리가 나자 모두의 시선이 사내에게로 모아졌다. 그리고 사내가 늘어놓는 불평에 직접적으로 사내의 말에 동감을 나타내는 것은 아니었지만 그렇다고 반감을 나타내지도 않았다. 그저 지켜볼 따름이라는 자세들이었다.

벌써 반 시진이나 지났다. 단주의 취임식을 겸하는 의미로 조용히 마련된 자리였다. 그것도 특별히 맹주 헌원가진이 신경 써서 마련한 것이었다. 다른 단원들 역시 간단히 마련된 술상을 마주하고 앉아 있었고 제일 상석에 마련된 자리에 있던 맹주는 급한 공무로 잠시 자리를 비운 상태웠다.

새 단주가 될 자가 취임식에 나타나지 않다니 이게 말이나 될 법한 소리인가? 벌써 반 시진째였다. 자리를 얌전히 지키고 있던 맹주조차도 공무로 잠시 자리를 비운 상태인지라 마침내 단주들 사이에서 불만의 소리가 터져 나오기 시작했다. 물론 저렇게 상을 내려쳐 가며 밖으로 표출하는 자는 더 이상 없었지만.

"모두들 동감하시지 않는 거요?! 모두 자리를 뜹시다! 이렇게 기다리는 동안 차라리 검을 휘두르겠소!"

"자중하시오. 무인이 그리 참을성이 없어서야 원."

비웃음이 잔뜩 녹아든 말투였다. 같은 단원들이긴 했지만 내로라하는 명문파의 자제들에 실력도 비슷했고 그 자신의 기량이 뛰어나다는 것은 문파를 대표하는 일이기도 했기 때문에 자존심 싸움이 심했다. 물론 체면을 중시해 직접 치받고 하는 싸움은 벌이지 않았지만 지금처럼 상대방을 비꼬거나 비웃는 일은 비일비재했다.

"하지만 매화검수(梅花劍秀)의 말씀도 일리는 있소이다. 이건 참을성을 떠나 상대방에게 실례가 아닙니까? 통보도 없이 불참이라니요."

어느 한쪽에서 동감을 표하는 의견도 나오고 있었다.

"어찌 됐든 본인은 더 이상 앉아 있을 뜻이 없소."

매화검수라 불린 사내가 자리를 박차고 일어서 문을 향해 성큼성큼 걸어나갔다. 입 밖으로 꺼내진 않았지만 그가 직접 행동으로 옮기자 몇몇의 무리들이 따라 일어섰다.

이렇듯 단주의 취임식 자리가 엉망으로 변하고 있을 무렵 그 당사자는 한 소녀의 꽁무니를 졸졸 좇아다니고 있었다.

"할 일이 그렇게도 없어? 왜 사람 뒤를 졸졸 좇아다녀?!"

"그러니까 우리하고 같이 가면 될 것 아냐."

사실 잔월비선의 생각은 강제로라도 끌고 가고 싶었지만 생각지도 못한 두 방해꾼—아마도 인과 백호를 가리키는 것이리라—과 본인의 강한 거부로 살살 구슬리기로 방향을 전환했다. 하나 그마저도 쉽지 않았다.

"싫다지 않소. 그만 포기하는 게 어떻겠소?"

인은 딱하다는 시선으로 잔월비선과 잔혹미영을 응시했다. 서로 아는 사이임에는 분명했지만 은평이 끔찍이도 싫어하는 것 같으니 둘에 대한 경계도 늦추지 않았다. 그래서 은평과 바짝 붙어서 둘 중 어느 누구도 손끝 하나 대지 못하게 하고 있었다.

"당신은 빠지시오. 당신이 상관할 일이 아니오."

잔월비선이 인을 매섭게 노려보았다. 행색은 별 볼일 없었지만 자신의 손속을 번번히 막아내는 것으로 보아 얕볼 수 없는 상대임을 자각하고 그는 섣불리 행동하지는 않았다.

"과연… 마치 동자공을 연상시킬 만큼 강한 양기……. 무인들이 봐도 구분하지 못할 만하군. 하긴 설마 하니 양기를 풀풀 풍기는 자를 놓고 여자라고 생각하는 내 쪽이 더 이상한 건가?"

인의 중얼거림은 잔월비선의 경계심을 더 더욱 부추기는 말이었다. 자신의 겉모습과 풍기는 기를 보고 여자라고 처음부터 알아챈 자는 이자가 처음이었다. 의관에 따라서 목소리와 풍기는 분위기, 기가 확 달라지는 자신의 남동생과는 다르게 자신이 특별히 여장을 하고 있지 않은 한 절대로 알아채지 못하건만 도대체 이자의 정체는 무어란 말인가?

"여자인 거 알아보네? 대단해!"

자신이 남장 여자라고 특별히 밝히지 않았음에도 여자임을 알아챈 듯한 인의 말에 은평은 얼굴에 화색이 돌았다.

[확실히 특이한 자들입니다. 사람이 선천적으로 타고난 음과 양의 기

를 전혀 반대로 가지고 있다니……]

여태 잠잠했던 백호가 옆에서 한마디 거들었다.

"음… 선천적으로 이렇게 태어난 것 같지는 않고 후천적으로 영약을 이용해 체질을 바꿔 버린 것 같은데… 일부러 그런 것이라면 그렇게 바꾼 사람의 얼굴이나 한번 보고 싶군."

인은 혀를 찼다. 잘 어울린다고는(?) 하지만 남자가 여장을, 여자가 남장을 하고 있는 모습이 그의 시각으로는 과히 보기 좋지 않았던 것이다.

"아차, 오라버니! 취임식에 벌써 한 시진이나 늦었어요!"

"오라버니란 소리는 빼라고 했지?"

잠자코 있던 잔혹미영이 해를 한번 쳐다보더니 낭패한 기색을 드러냈다. 잔월비선 역시 어서 돌아가야 함은 알고 있었지만 영 내키지가 않는 눈치였다.

─난 돌아가 보겠다. 네가 따라붙어.

잔월비선은 잔혹미영에게 한줄기 전음을 날렸다. 그리고 은평과 인을 한번 훑어보더니 욕설을 내뱉으며 허공으로 신형을 날렸다. 그 일로 쾌재를 부른 것은 은평이었다.

"갑자기 어딜 저렇게 급하게 가는 거지?"

인은 인사도 없이 사라지는 잔월비선의 뒷모습을 흐릿하게나마 바라보며 어깨를 으쓱거렸다. 잔월비선이 사라졌지만 아직 여장 태자라는 눈앞의 상대가 마음에 걸린 은평은 '넌 왜 가지 않느냐'는 눈빛으로 잔혹미영을 쏘아보았다.

"전 급할 일이 없답니다. 끝까지 따라붙어 드리겠어요. 오라버니께서도 경신술만큼은 저에게 한 수 접어두고 있는 처지니까 섣불리 도망칠 생각은 말아주세요."

생긋 웃어 보이기까지 하는 그의 교태로운(?) 얼굴이 가증스럽기까지

했다. 인에게 무슨 방법이 없겠느냐는 표정을 해보였지만 인은 아무런 방도도 내놓지 않은 채 싱글벙글 웃기만 했다. 은평의 목숨을 크게 위협하는 대상이 아닌 이상, 그리고 자신이 옆에 있는 이상 굳이 줄행랑이라는 수단을 사용할 이유를 깨닫지 못했다.

"정말 재수 옴 붙었지."

"어머, 저와 다시 재회한 것이 반갑지 않으신 건가요?"

"콧소리 내지 마! 소름 돋아! 입 다물어!!"

은평은 백호가 누누이 이야기했던 것들을 진작에 배워두지 않은 것을 진심으로 후회했다. 하지만 후회는 아무리 빨라도 늦는 법이었다.

―도와줄까? 방법이 있긴 한데…….

귓전으로 들리는 한줄기 희망에 은평의 눈은 휘둥그레졌다. 분명 인의 목소리로 이 전음이 은평에게는 마치 천상의 목소리처럼 들려왔다.

―단, 어제 나에게 했던 소리는 취소할 거지?

인은 내색은 하지 않았지만 어제의 일로 많은 마음의 상처(?)를 입은 듯 보였다. 그 소리가 얼마나 큰 상처(?)가 되었던지 모르는 은평은 남자가 겨우 그런 것 같고 속 좁게 그러냐며 속으로 불평을 늘어놓았지만 지금은 어쨌든 이 상황을 모면하는 것이 더 중요했다.

인은 은평이 살며시 고개를 끄덕이는 것을 매우 만족스럽게 바라보았다. 이제 저 음기를 폴폴 풍기는 사내 녀석을 따돌리기만 하면 되는 것이다.

"앗! 거기 서!!"

잔혹미영은 갑자기 허름한 차림의 사내가 은평을 떠메고 허공으로 몸을 날리는 것을 포착했다. 겨우 찾아낸 은평인데 여기서 놓칠 수는 없는 노릇이었다. 만약 여기서 놓친다면 자신의 누이가 아마도 발광을 할 것이 틀림없었다.

"도망가게 놔둘 것 같아?"

주변 사람들의 시선에도 불구하고 경공을 시전한 잔혹미영은 소맷자락 속에 넣어두었던 천잠사를 풀어냈다. 실 끝에 추가 달려 있어 장거리 무기로도 유효 적절한 자신의 애병을 멀리 휘둘러 은평의 손목을 노렸다. 어차피 저 사내는 만만치 않으니 은평의 손목을 낚아챌 심산이었다.

"어딜!"

자신의 향해 날아오는 천잠사를 백호를 희생시켜 그 앞발에 손목 대신 감기게 만들었다. 백호는 그런 은평을 원망스런 시선으로 쳐다보았지만 백호의 앞발에 감긴 천잠사는 마치 보통의 실마냥 쉽게 툭툭 끊어져 버렸다.

'도대체 저 백호 새끼는……?'

최고의 강도를 자랑하는 천잠사가 백호의 앞발에 감기는 순간 툭툭 잘려져 나가는 것을 두 눈으로 목도한 잔혹미영은 기가 질렸다. '도대체 저 백호가 무엇이기에 천잠사를 잘라내는 것인가?'라는 의문에 휩싸여 잠시 주춤한 사이 인은 벌써 저만치 신형을 멀리 떼어놓고 있었다.

"거, 거기 서!!"

뒤늦게 경신술을 최고로 시전했지만 이미 놓쳐 버린 물고기는 다시 손 안으로 돌아와 주지 않았다.

*　　　　*　　　　*

"마교와 잔영문이 이번에 참석을 한다……?"

헌원가진이 믿기지 않는다는 듯 몇 번이나 반문했다. 보고하는 개방방주 주경(嗾梗)신개의 얼굴 역시 반신반의(半信半疑)하는 낯빛이었다. 개방은 이번 무림대전을 위해 무림의 각 대소 문파에 무림첩을 전하는 일과 이번에 참석을 하겠다, 안 하겠다의 의사가 담겨 있는 답신 받는 일을 담당하고 있었기에 주경신개는 이번 일을 맹주에게 알리고자 부리나케 맹으로 달려온 것이었다.

"그것뿐이 아니오이다. 천안이란 세력조차도 이번에 참가하겠다는 의사를 밝혀왔소이다."

"천안?"

개방 못지 않은 정보 단체라는 소문이 돌자 황급히 대략적인 것들을 파악하고 천안을 백의맹 쪽으로 끌어들이기 위해 백의맹은 무림대전을 열 때 일부러 천안의 자리까지 마련해 놓았었다. 그 실체가 분명히 있다는 것만은 확인했지만 소문만 무성할 뿐 본거지가 어디인지 몰라 무림첩을 보내지도 못했던 천안에서 이번에 처음으로 참가하겠다는 의사를 밝혀온 것이다. 또한 잔영문은 자객 집단으로 그 본거지가 어디인지 정확히 파악하지 못했지만 곳곳에 퍼져 있는 비밀스런 분타 덕택에 대충 그 규모가 어느 정도인지만 짐작하고 있었는데 이곳 역시 참가 의사를 밝혀왔다.

"마교가 오랜 봉문을 깼으니 많은 마도 세력들이 이번에 참가하리란 것은 대충 예상했었지만 천안과 잔영문이라니……."

무림의 두 신비 단체로 꼽히는 천안과 잔영문이 마교가 봉문을 깬 것과 동시에 모습을 드러내자 혹 그 두 단체가 마교에 속해 있는 것은 아닐까 하는 의문마저 들었다. 마교가 갑작스럽게 태동하고 있는 이 마당에 두 신비 단체마저 나오는 까닭이 무엇이란 말인가?

"소문만 분분하던 두 단체의 실체를 이번에는 보게 되겠소이다."

잘된 일인지 아닌지 구분이 잘 안 가는지 헌원가진은 쓴웃음을 지어 자신의 심정을 대변했다.

"그나저나 천안의 주인은 여성인 듯하외다."

"…여성이라……?"

개방방주는 아무 말 없이 품 안에서 고운 비단 천을 꺼내 들었다. 비단 천에는 검은색 실로 참석하겠다는 간단한 의사를 담은 참(參)이라는 글자가 수놓아져 있었다.

"흥미로운 사실이로군. 여성이라……."

개방방주는 잔영문의 문주가 비밀 분타를 통해 보내온 서찰 역시 품에서 꺼내놓았다. 서찰이라기보단 정교하게 글자가 새겨진 나뭇조각이었다.

"마교의 봉문이 풀림으로 인해서 이번에는 여느 때보다 마도에서 참가하겠다는 의사를 밝힌 곳이 많소이다. 아직 시일이 좀 남았지만 개방방주께서 좀 더 신경을 써주셔야겠소이다."

헌원가진의 말에 개방방주는 당치도 않다는 듯 손사래를 쳤다.

"별말씀을 다 하십니다. 당연히 해야 할 일인 것을……."

곧 개방방주가 물러나고 헌원가진 역시 자리에서 일어섰다. 잠시 개방방주와 면담하기 위해 나왔지만 정검수호단주의 취임식 자리 때문에 다시 돌아가야 하는 형편이었다. 벌써 한 시진이 넘게 흘렀으니 정검수호단원들 중 성질 급한 몇몇은 이미 자리를 떴을지도 모를 일이다. 도대체 무슨 이유로 늦는 건지 사람을 보내봐도 잔월비선과 잔혹미영이 아침 일찍 맹을 나갔다는 소리뿐이어서 답답하기만 했다.

서둘러 취임식 자리로 돌아갔지만 역시 예상대로 성질 급한 몇몇은 이미 자리를 비운 뒤였다. 예상했던 것과 한 치의 차이도 없자 헌원가진은 쓴웃음을 지으며 그들에게 다시 사람을 보냈다.

매화검수를 비롯한 단원들에게 사람을 보낸 지 얼마 지나지 않아 잔월비선이 그제야 자리에 나타났다. 아무런 연락도 취하지 않은 채 한 시진을 넘기고야 겨우 나타나 단원들의 비난 어린 시선을 한눈에 받으면서도 전혀 죄책감 따위는 갖고 있지 않은 얼굴로 아무렇지도 않게 자신의 자리에 주저앉는 그를 보며 헌원가진은 고개를 내저었다.

"본인이 늦었소이다."

한번 고개를 까닥해 보이는 것을 끝으로 그의 사과는 마무리 지어졌다. 잔월비선이 참석한 지 얼마 안 되어 매화검수를 비롯한 단원들 역시 모습을 나타냈다. 잔월비선이 온 것을 발견했는지 그들 역시 마땅찮은 표정이었지만 헌원가진이 있는 자리인지라 함부로 표출하지 못하고 자신들의 자리에 일제히 쿵쿵 소리를 내며 주저앉았다.

"예정된 시각보다 한 시진이나 늦게 지체된 이유에 대해서 단주께서는 해명해 주셔야 되겠소이다. 사과만으로는 끝날 일이 아니지 않소이까?"

불만이 터져 나올 듯한 단원들의 심중을 대신해 헌원가진이 약간 나무라듯 잔월비선을 질책했다. 잔월비선은 헌원가진의 얼굴을 빤히 바라보더니 이내 자리에서 일어서서 좌중을 향해 포권을 취해 보였다. 절도있는 동작이었지만 어딘지 모르게 거만함이 배어 나오고 있었다.

"늦은 것에 대해서는 본인이 입이 열 개라도 할 말이 없소이다. 늦은 사유는 매우 개인적인 일로 본인이 무림에 나오게 된 이유와도 무관하지 않소. 자세히 밝힐 수는 없소만 여러분들께서 해량(海量)해 주시기를 바라오."

하지만 좌중의 분위기는 싸늘하기만 했다. 눈빛이 모두 흉흉해 '네놈이 언제까지 단주로서 버티는지 두고 보자'라는 빛이 지배적이었다. 사실 잔월비선이 태어나 그 누구에게도 목례 이상의 예를 취해본 적이 없고 지금 취한 포권도 나름대로 최대한의 예의를 차린 것임을 전혀 모르는 단원들은 허리조차 깊숙이 숙이지 않는 그 거만함이 더욱 거슬렸다.

*   *   *

"도대체 어디로 사라져 버린 거야?"

잔뜩 당황한 목소리로 잔혹미영이 중얼거렸다. 자신의 누이가 지금 이 상황을 알면 아마도 자신을 죽이려고 달려들거라는 것도 문제였지만 겨우 해후(邂逅)한 은평을 놓쳐 버렸다는 상실감이 더 심했다.

확실히 은평의 옆에 있던 남자는 겉으로 드러나진 않았지만 대단한 무공의 소유자임에는 분명했다. 이 세상에서 경공으로 자신을 따돌릴 만한 자는 천하에 채 셋이 되지 못한다고 내심 자부했건만 보도 듣도 못한 떠돌이에게 보기 좋게 자존심을 짓밟힌 꼴이었다.

한편, 어느 정도 잔혹미영을 따돌린 인은 큰 대로 변에서 벗어난 조금은 한적한 골목에 떠메고 있던 은평을 내려놓았다.

"따돌려 준 건 고맙지만 꼭 그렇게 짐 다루듯이 해야 돼?"

"물에 빠진 사람 구해줬더니 고맙다는 소리는커녕 보따리 내놓으라고 시비 거는 거냐?"

"뭐, 어쨌든 고마워."

은평은 아직도 백호의 발에 감겨 있는 끊어진 천잠사 가닥을 풀어냈다. 백호가 원망스런 시선을 노려봤지만 효과가 있으리라고 기대하긴 너무나 요원(遙遠)한 일이었다. 순간적으로 털을 바짝 곤두세워 천잠사가 잘려 나가긴 했지만 백호가 슬픈 것은 너무도 태연하게 은평이 자신을 방패 삼아 썼다는 점이었다. 그러고서도 미안한 기색 하나 비치지 않는 것이 얄밉기까지 했다.

"X—심의 삭제—한 변태 남매 같으니라고! 기껏 구경 좀 해보려고 했더니만 이젠 마음대로 나돌아다니지도 못하겠네."

그들도 분명히 이곳에 있을 터였다. 오늘처럼 또 우연히 만날 사태가 무서워서라도 제대로 나돌아다니지는 못할 듯싶었다.

"이리저리 끌려 다니지 않게 됐으니 난 은혜를 입은 셈이로군. 그나저나 천하의 적수가 없을 듯한 너도 임자가 있긴 있었구나. 크하하하하!"

끝에 가서는 대소를 터뜨린 인 덕분에 은평은 눈을 부라렸지만 별다른 보복 조치(?)를 가하진 못했다. 우선은 빨리 난영이 마련해 준 자신의 방에 가서 곰곰이 생각해 보고 싶었다. 뭐, 이를테면 또다시 만났을 때 어떻게 줄행랑을 치느냐 하는 것을 말이다.

"인!"

"갑자기 그렇게 진지한 표정으로 부르니까 놀랐잖아!"

갑자기 진지해진 은평의 표정에 인이 기겁한 듯 외쳤다. 알 수 없는 열의에 불타오르는 은평의 눈에 왠지 모를 한기가 느껴져 인은 자꾸 옆으로 슬금슬금 몸을 피했다.

"나에게 날아다니는 법을 가르쳐 줘!"

"……?!"

은평의 뚱딴지 같은 소리에 잠깐 어리둥절한 표정을 지었다가 평소에 은평이 경공을 '날아다닌다'라고 표현하는 것을 깨닫고 이내 얼굴이 경악으로 바뀌었다.

"설마 지금 나보고 경공을 가르쳐 달라고 하는 건 아니겠지?"

"왜 아니겠어. 경공인지 머시긴지 얼른 가르쳐 줘."

"경공 정돈 너도 할 수 있잖아. 지금까지 펼치는 건 몇 번밖엔 못 봤지만."

인이 체감하기로도 그 여장 남자 쪽은 대단한 경공 실력을 갖고 있었다. 무공이야 직접 검을 맞대어보지 않았으니 무어라 단언할 수는 없지만 경공만큼은 대단했다. 자신이 따라잡힐지도 모르겠다는 생각을 일순 해야 할 정도였으니 경공 실력만을 놓고 보자면 무림에서도 다섯 손가락

안에 꼽힐지도 모를 일이었다.

"그건 경공이 아냐. 하여간 경공인지 뭔지 하는 것과는 좀 다른 거란 말야."

"그게 경공이 아니면 대체 뭔데?"

"이동을 할 수가 없다고. 공중에 뜨는 건 할 수 있어도."

인은 아무래도 오늘 일진이 굉장히 안 좋은 날인가 보다라고 생각하며 뒷머리를 긁적였다. 분명히 여기서 가르쳐 주겠다고 말하지 않으면 하루 종일 볶일 것은 당연지사였다. 하지만 자신은 수면을 취하고 싶었다. 수면을 취하거나 무언가를 섭취한다는 것에 대해서 이미 초탈했기에 하든 안 하든 상관은 없었지만 자신에게 있어서 그것들은 살아가기 위한 본능이 아니라 살아가기 위한 오락거리(?)였다. 잠을 자지 않거나 밥을 먹지 않으면 도대체 무슨 재미로 이 세상을 살아간단 말인가?

"난 돌아가서 잠이나 잘 테니까 귀찮게 굴지 마."

인이 매정하게 돌아서자 은평이 그 뒤를 졸졸 따랐다. 분명 가르쳐 줄 때까지 인을 귀찮게 하려는 심산임이 분명했다.

인은 금릉의 지리는 외우고 있지 않았지만 금황성을 찾기란 그리 어려운 일이 아니었다. 금빛으로 빛나는 휘황찬란한 장원만 찾으면 되니 말이다. 번잡함을 피하기 위해서 나올 때 봐둔 옆문으로 재빨리 발걸음을 옮겼다.

은평과 인이 옆문으로 들어서자 시종들 중 이미 안면이 있는 이들이 깍듯이 허리까지 숙여 보이며 지나갔다. 확실히 은평의 얼굴은 존재감이 강했다. 본인은 전혀 자각하고 있지 못하지만 말이다.

문에 들어설 때부터 방문 앞에 당도할 때까지 계속 뒤에서 '가르쳐 줘'란 말을 연발하는 은평을 조용히 무시한 채 재빨리 방으로 들어가 문을 닫았다.

"난 좀 자야겠어."

인이 안에서 문을 잠근 탓에 미처 방 안으로 들어가지 못하고 은평은 분해하며 발을 동동 굴렀다. 그 모습을 가만히 보고 있던 백호가 혀를 찼다.

[제가 입 아프게 가르쳐 드릴 때 배우셨으면 됐잖습니까?]

자신을 괄시하더니 잘됐다라는 심정도 조금은 들어가 있었다.

"네가 가르쳐 주는 것들은 전부 무언가를 외워야 하는 거잖아!

[저것들은 뭐, 안 외우는 건 줄 아십니까? 제가 가르쳐 드린 것들이 훨씬 더 쉬운 거란 말입니다!]

내공을 운용하는 것들이니만큼 혈도에 대한 해박한 지식이 밑바탕에 깔려 있어야 하고 구결을 외우고 그걸 몸이 익숙하게, 자유자재로 펼쳐 내기까지 자신이 가르쳐 준 술법보다 더 까다로우면 까다롭지 절대로 쉬운 게 아니라는 것을 은평은 아직 깨닫지 못하는 모양이었다.

"정말… 쉬워?"

[적어도 저자가 알고 있는 것들보단 훨씬 더 쉬울 거라고 자신합니다.]

백호의 말에 은평이 귀가 솔깃했는지 무언가 생각하던 눈치더니 이내 고개를 끄덕였다.

야심한 밤. 얼굴을 복면으로 가린 사내가 금황성 한쪽으로 깃들었다. 날랜 몸짓으로 순식간에 숨어든 그 복면사내는 이내 금황성의 빈객들이 묵고 있는 곳으로 이동했다.

원래 이런 밤에 나도는 자들은 딱 두 부류였다. 도둑이거나 자객이거나. 하지만 이 복면사내의 경우는 도둑이기보다는 자객일 듯싶었다. 엄청난 재화가 잠자고 있을 금황성의 비고와는 정반대인 곳으로 이동하고 있지 않은가?

'내 꼴도 우습게 됐군.'

복면사내는 내심 투덜거렸다. 오늘 내려진 임무는 코웃음이 절로 나올 만큼 쉬운 일이었기 때문이다. 무공도 못하는 어린 계집애 하나를 쥐도 새도 모르게 목을 베어오라니 자객 생활 십 년 만에 이렇게 쉬운 임무는 처음이었고 이렇게 높은 보수도 처음이었다.

고관대작의 여식도 아니고 무림세가의 여식도 아닌, 무공도 못하는 이제 스무 살도 안 된 계집애를 죽일 생각을 하니 오히려 자신이 우스워졌다.

'체면 구기는구만.'

능숙한 솜씨로 지붕을 타고 서까래에 박쥐처럼 거꾸로 매달린 복면사내는 품속을 뒤져 묘한 냄새가 나는 향을 꺼냈다. 그리고 불을 붙인 뒤 그것을 바닥으로 조심스럽게 떨구었다. 미혼향(迷魂香)이 다 타 들어갈 때까지 숨을 참으며 기다리면 그 뒤의 일은 일사천리(一瀉千里)일 터였다.

미혼향은 매우 빠른 속도로 타 들어갔다. 옅은 향기가 대기 중으로 모두 퍼졌을 무렵 복면사내는 서까래를 타고 이동을 시작했다. 침상이 있을 것으로 추정되는 내실은 쥐 죽은 듯 고요했다. 침상에는 짙은 색의 비단 장막이 쳐져 있어 안에 사람이 있는지를 확인할 수 없어 복면사내는 청력을 돋우고 규칙적인 숨소리가 들리는지를 확인했다.

'이상한 일이군.'

아무리 기다려도 숨소리가 잡히질 않자 복면사내는 조심스럽게 바닥으로 착지했다. 혹시나 싶어 주위를 둘러보아도 보이는 건 어둠과 방안에 놓인 집기들의 윤곽뿐 사람의 형체는 없었다.

품 안에 미리 넣어두었던 단도를 꺼내 들고 침상가로 다가가 쳐져 있는 장막을 걷어냈다.

"……?!"

순간 복면사내는 너무 놀라 숨을 크게 들이쉬려던 것을 간신히 참아냈다. 침상 위에 침의를 입은 소녀가 하나가 눈을 말똥말똥 뜬 채로 자신을 태연하게 응시하고 있는 것이 아닌가? 어둠에 휩싸여 있었지만 척 보기에도 오금을 저릴 만한 미녀였고 더구나 자신과 태연하게 눈을 맞추고 있는 것이다.

"저기요, 저… 뭐 하나만 여쭤봐도 되겠죠?"

아주 태연하게 자리에서 부스스 일어난 소녀는 그 얼굴에 걸맞는 조용하면서도 아름다운 음색으로 복면사내에게 말을 걸었다.

"아저씨가 자객이란 사람이에요?"

들킨 이상 어서 빨리 죽이든지 도망을 쳐야 하겠지만 너무 황당한 소녀의 질문에 복면사내는 할 말을 잃었다. 정확히는 소녀와 이미 눈을 마주쳤을 때 이유는 알 수 없지만 도망칠 생각 따위는 잊어버린 지 오래였다. 그리고 무공을 모른다고 했으니 그다지 자신이 위급하다는 생각이 들지 않는 것도 문제라면 문제였다. 더구나 자객을 만난 사람치곤 너무도 태연자약해서 오히려 이쪽이 무안할 지경이었다.

"밤에 찾아든 걸로 봐선 도둑인가요?"

"……?"

얼굴을 복면으로 모두 가리고 있어 그나마 표정이 보이지 않는 것이 그에게는 다행일지도 모른다. 도대체 뭘 먹으면 담이 저리 커질 수 있는가 심각한 고찰을 하기도 전에 소녀는 고개를 갸웃갸웃거렸다.

"음… 백호가 그러는데 아저씨가 자객이래요. 절 죽이러 온 사람이라는데요? 아저씨한테서 살의 어쩌고라는 게 느껴졌다고 죽이든지 사로잡든지 해야 한다고 난리예요."

마치 오래전부터 알던 사람에게 말을 걸 듯 소녀의 목소리는 평안하고 다정했다. 그 목소리는 복면사내로 하여금 더욱더 도망갈 의지를 빼앗는 효과로 작용했다. 사실 소녀가 하도 황당한지라 이미 그 생각은 잊어버린 듯하지만.

"자객이면 밤에 스르륵 나타나서 사람 죽이고 스르륵 사라지는 거 하는 사람이죠? 와, 낭만적이에요."

복면산내는 자신이 죽이러 온 대상과 이런 황당무계한 대화를 나누어 본 적이 없어서 그런지 차마 뭐라 대꾸할 말을 찾지 못하고 있었다. 복면사내가 마음속으로 우왕좌왕하는 사이 소녀의 수다는 계속되었다.

"그럼 아저씨는 절 죽이러 오신 거네요? 음… 보통은 제가 살려달라고 소리를 지르거나 두 손을 모아 싹싹 빌고 아저씨는 절 쫓아와서 칼로 푹 찔러 죽이는 거죠? 그럼 전 아저씨한테 살려달라고 빌어야 하는 거예요, 소리를 질러야 하는 거예요?"

아주 작정을 했는지 침상에서 벌떡 일어선 소녀는 무슨 놀이라도 하듯 외쳤다.

"음… 살려달라고 비는 건 제 적성이 아니니까 그럼 저 소리를 지를게요. 그래도 되죠?"

복면사내는 눈앞의 소녀를 죽여야 할지 아니면 그냥 도망가야 할지에 대해서 계속 우왕좌왕하다가 목덜미에 느껴지는 섬뜩한 칼날의 감촉에 그제야 정신을 차렸다. 어느새 접근했는지 젊은 사내가 자신의 목에 검을 겨누고 있었던 것이다.

'대단한 고수다.'

바로 뒤로 다가와 검을 목에 겨눌 때까지 그 기척을 알아차리지 못했다는 것에 등골에 식은땀이 흘렀다. 자신을 죽이려고 했다면 얼마든지 죽일 수 있었을 노릇이 아닌가?

"어? 인, 언제 왔어?"

"네가 이놈한테 '아저씨가 자객이래요' 라고 말한 무렵에. 검고 커다란 쥐새끼가 시끄럽게 서까래 위를 지나다니는 통에 잠이 깼지."

"어라? 정말로 쥐? 이 주위에 쥐는 없는 것 같은데? 커다란 쥐가 산단 말야? 음, 그럼 얼마나 큰 거야? 팔뚝만해?"

"사람이 비유를 하면 좀 제대로 알아들을 수 없나?"

인은 기가 막히다는 듯 혀를 차면서도 복면사내의 수혈을 짚는 것을 잊지 않았다. 복면사내는 자신의 수혈이 짚이는 것을 느끼며 이 소녀와 눈이 마주쳤을 때 진작에 도망가지 못한 것을 깊이 후회했다.

"그리고… 너 말이지……."

"왜?"

"제정신이냐? 세상에 자객한테 '저 아저씨한테 살려달라고 빌어야 하는 거예요, 소리를 질러야 하는 거예요?' 라고 묻는 사람이 세상천지에 어디 있어?"

복면사내는 점점 혼미해지는 정신으로 젊은 사내의 말에 깊은 동감을 표했다.

"너, 어디 짐작 가는 곳 없냐?"

"짐작 가는 곳이라니?"

"참 한심하긴 하지만 널 죽이려고 자객까지 보냈잖아. 무슨 원한 진 거 없느냐 이거다."

인은 저런 대상을 죽이려고 비싼 돈을 들여가면서 자객을 보낸 상대에게 깊은 애도를 보내고 싶었다. 저건 정말로 번지수가 틀렸다. 어디 들일 돈이 없어서 저런 애를 죽이려고 자객까지 보낸단 말인가?

"난 아는 사람도 드물고 거기다가 원한을 살 만한 짓도 한 적 없어."

'너도 모르는 사이에 넌 사람들에게 원한을 뿌리고 다닌단 말이다' 라고 소리치고 싶은 것을 간신히 눌러 참은 인이었다. 은평은 모르는 모양이지만 연다향이라는 계집애도 은평에게 별로 좋지 않은 감정을 품고 있다.

인은 은평에게 차마 덤빌 수도 없는 노릇이었고, 또 야밤에 자다가 깨어난 분풀이를 수혈이 짚어 있는 자객의 등을 발로 퍽 차버리는 것으로 대신하여 다리 한 쪽을 붙잡고 땅에 질질 끌며 방 밖을 나섰다.

"어디 가?"

"이 녀석을 밤새도록 이곳에 놔둘 심산이었냐? 어디든 데리고 가서 처리를 해야 할 거 아냐!"

"웅, 불쌍하니까 죽이지는 마."

"내가 어딜 봐서 자객을 죽일 것처럼 보여?"

"아까 발로 찰 때 무지 감정이 담겨 있는 것 같아서 죽일지도 모른다고 생각했어."

유구무언(有口無言). 인은 하루이틀 일도 아니고 그냥 다시 잠이나 자두는 게 훨씬 더 건설적이고 생산적인 일이라 단정 짓고는 방으로 돌아왔다.

돌아오는 사이 바닥에 질질 끌려 옷은 흙투성인 자객을 기둥에 기대어 눕히고 얼굴 복면을 조심스럽게 벗겨내 보았다. 자잘한 흉터가 가득한 험상궂은 사내의 얼굴이 나타났다. 제법 젊어 보여 인은 한번 더 혀를 찼다. 어쩌다가 저런 애가 대상으로 걸려 신세를 망치는지 한편으로는 안타깝기도 했다. 그저 전생의 업보라고 생각하라며 인은 사내의 어깨를 다독여 주었다.

하지만 공은 공이고 사는 사. 우선 사내의 입을 벌려 이빨 사이에 끼워둔 독단이 없나 검사했다. 역시 예상대로 어금니 사이에 검은 것이 박혀 있었고 인은 아무런 주저 없이 입으로 손을 넣어 독을 빼냈다.

"흠… 냄새로 보아선 학정홍(鶴頂紅) 같군."

정확한 것은 맛을 보아야 알겠지만 다른 사람의 입, 즉 이 사이에 끼워져 있던 것에 대해서 차마 맛을 볼 용기는 없었던 듯 그냥 소매 속에 집어넣었다. 그리고 벗겨낸 복면을 길게 찢어 자객의 입에 재갈을 물렸다.

'혈도가 짚였으니 내일 아침까지는 깨어나지 못할 테지만 아예 도망칠 요소를 제거해 두는 게 좋겠지?'

발목을 손에 쥐고 관절이 꺾어지는 부분과는 반대로 아무런 주저 없이 비틀었다. 이내 우드득 하고 뼈가 부러지는 소리와 함께 왼쪽 발이 기묘한 모양으로 뒤틀린 채 힘없이 바닥으로 떨어졌다. 남은 오른쪽 발도 주저없이 부러뜨린 뒤 이번에는 손목을 집어 들었다. 굳은살이 박힌 손가락을 한번에 쥐고 손에 힘을 주었다. 이리저리 비틀린 손가락 마디들을 마음에 든다는 듯 보더니 마저 남은 한쪽 손 역시 비슷한 꼴로 만들었다.

'당분간은 무공과는 거리가 먼 생활을 하겠군.'

힘줄까지 끊어놓을까 하다가 그건 너무 심한 처사라 생각해 그만 잠을 청하기로 마음먹었다.

16

청룡현신(青龍現身)

청룡현신(靑龍現身)

"그런 일이 있었어?"

마침 찾아온 난영에게 어젯밤 자객이 든 것을 대략 이야기했지만 그녀는 아주 태연스러웠다. 마치 매일매일 반복되는 일인 양 지겹다는 기색마저 감도는 음성이었다.

"네, 인이 그 자객 아저씨를 잡아두고 있을 텐데……."

그때 마침 인이 은평의 방으로 걸어 들어왔다. 한 손에는 백호가 목덜미만 꽉 쥐어진 채 덜렁덜렁 들려 있었다.

"왜 백호를 네가 들고 와?"

"범 주제에 나무 위에 기어올라 가서 끙끙대고 있길래 주워왔다. 관리 좀 잘해."

은평의 품에 백호를 던지듯이 내려놓은 인은 난영을 향해 가볍게 목례를 했다. 어차피 그다지 친근한 사이도 아니었기 때문에 소리 내어 인사하는 것도 우스운 일이었다.

"어제 자객이 들었다고요? 자객에게 추궁은 하셨던가요?"

옅게 분을 바른 얼굴에 미소가 가득했다. 인은 가만히 난영의 얼굴을 바라보고 있더니 나지막하게 대꾸했다.

"추궁은 했었습니다만 스스로 기도를 막아 자살했습니다. 소지품을 뒤져서 알아본 바로는 잔영문 소속이더군요."

어젯밤 자신이 잠든 사이 자살을 꾀한 자객을 떠올려 보았다.

"…그 제일의 자객 집단이라는 잔영문? 그들은 철저히 비밀에 싸여 있는 단체이거늘……."

"예전에 약간 얽힌 일이 있었던지라 그 단체에 대해 조금 알고 있습니다."

뺨에 그어진 한줄기 검상을 보며 난영은 문득 이 사내가 잔영문의 살수였던 것은 아닐까 하는 생각에 잠겼다. 확실히 살수라기엔 얼굴에 나 있는 한줄기 검상 외엔 너무도 깨끗했고 전문적으로 사람을 죽이는 자에게서 자연스레 풍기는 살기 같은 것도 없었다. 은평을 제쳐 놓고서라도 이자의 정체는 도대체 무엇일까 상상해 보다가 인이 빤히 자신을 바라보고 있는 것을 깨닫고는 이내 현실로 되돌아왔다.

"제가 너무 태연한 게 이상하신 모양이군요."

확실히 난영의 태도는 조금 문제가 있어 보였다. 너무도 넓어서 개념이 안 잡혀 있는 것인지 자신의 집에 간밤에 자객이 들었다는데도 강 건너 불 구경 하는 듯한 태도이지 않는가?

"아시겠지만 저희 부친께선 금황성의 성주시죠. 금황성이 이만큼이나 성장하는 데 깨끗한 방법만 썼을 거라고 생각하시나요? 저희 조부님께 물려받은 평범한 전장 하나로 저희 부친께서 지금의 금황성을 세우신 겁니다. 금전적인 문제로 원한 관계가 생기지 않을래야 않을 수 없지요."

여기까지 말한 난영은 잠시 무언가를 회상하듯 먼 허공을 바라보았다.

"무가(武家)와는 아무런 연관성도 없는 상가(商家)의 여식이 어째서 무공을 지니고 있을까 정도는 생각해 주셨으면 좋겠군요."

난영은 여전히 웃는 낯으로 자리에서 일어섰다.

"이곳에까지 자객이 들 거라고는 생각하지 못했던 게 실수네요. 오늘 밤부터는 보표들을 시켜 보초를 서게 하겠어요."

가벼운 경장 차림이었던 그녀는 무공 수련을 위해서 나왔다가 은평에게 들렀던 듯 허리춤에는 가벼운 목검이 걸려 있었다.

"잠시 수련을 위해서 나가는 길인데 같이 가지 않을래?"

난영이 나갈 의향이 없느냐고 의중을 묻자 은평은 고개를 저었다. 마침 생각해 보니 어제저녁에 경공인지 뭔지를 가르쳐 준다고 해놓고서 백호가 아무런 행동도 취하지 않고 있던 참이었다.

"아쉽네. 실력을 한번 보고 싶었는데……."

"실력이라뇨?"

난영은 알 듯 모를 듯한 말을 남기고 서둘러 방을 나섰다. 남겨진 은평은 아무리 생각해 봐도 이해가 안 가는 듯 인에게 고개를 돌렸다. 하지만 인은 어느새 먼 산을 응시하며 방을 빠져나가고 있는 중이었다.

"그나저나 백호야, 어째서 나무에 기어올라 갔던 거야?"

[누군가를 부르고 있었습니다.]

"누구를?"

[사신(四神)의 우두머리 격인 분이시지요.]

백호는 자신이 오늘 부른 그 사람이라면 분명히 은평에게 무언가를 전수시켜 줄 수 있을 것이라 굳게 믿었다. 오백 년 전 이후 만난 적이 없었지만 이번 일을 계기로 겨우 얼굴을 마주치게 되었다.

[아마 오늘이나 내일 사이에 오실 겁니다.]

하늘이 맑고 청명하기까지 해서 아직 오고 있는 중은 아닌 듯싶었다. 그가 온다는 표식은 하늘을 보면 금방 알 수 있었다. 갑자기 맑던 하늘에 먹구름이 끼고 천둥 번개를 동반하며 비가 올 것 같은 날씨가 되면 십중팔구 그가 오고 있는 증거였다.

한편으로는 오백 년이란 긴 시간 동안 그가 어떻게 변했을지도 궁금했다. 오랫동안 숙면에 들어가 있으면서 시공을 초월한 능력을 통해 미래와 과거 이곳저곳을 여행했을지도 모를 일이었다. 사신들 중 유일하게 인간으로 변할 수 있는 능력의 소유자이기도 했고 말이다.

사신들과의 추억에 잠겨 있던 백호는 은평이 꼬리를 힘껏 잡아당기는 통에 추억에서 깨어나야만 했다. 아픈 꼬리를 잡고 원망스런 시선을 은평에게 건넸지만 은평은 발로 백호를 밀쳐 내며 명령했다.

"갑자기 비가 오려고 하네? 가서 창 좀 닫고 와."

[비요?]

백호는 은평의 말에 놀라서 하늘을 바라보았다. 잠시 전만 해도 청명했던 하늘이 짙게 깔린 먹구름과 천둥을 동반한 채 금방이라도 비가 내릴 듯 어두워져 있었다. 하지만 신기한 것은 금황성 바로 위의 하늘만 그런 현상을 보이고 있다는 점이었다. 멀리 보이는 하늘은 변함없이 맑고 깨끗하다.

백호의 머리 속은 까맣게 변해 있었다. 절대로 그렇지 않을 거라고, 청룡이 그렇게 생각이 없을 리 없다고 자신을 안심시켰지만 눈앞의 현상은 뻔하지 않은가? 지금의 이 현상은 눈앞에서 청룡이 현신하려 하기 때문에 벌어지는 것들이었다.

백호의 예민한 청각에는 사람들이 눈앞에 벌어진 기현상 때문에 혼란스러워하고 있는 소리가 생생히 들려오고 있었다.

"얘가 갑자기 더위를 먹었나? 왜 사시나무 떨 듯 떠는 거야?"

백호의 걱정 따위는 전혀 아랑곳하지 않고 백호가 일어나지 말았으면 했던 현상은 일어나고야 말았다.

콰앙!

번개가 내리치는 듯한 굉음과 함께 한줄기 빛이 지면으로 내리꽂혔다. 그리고 눈부신 광채와 함께 그 자리에는 어디선가 초록색의 긴 거체가 나타나 있었다. 온통 눈부신 푸른빛으로 가득한 몸체. 수(繡), 혹은 서(書), 화(畵) 등에서나 볼법한 전설상의 신수인 청룡이 말이다.

[청룡님! 도대체 생각이 있으신 겁니까, 없으신 겁니까?]

백호는 절규하고 싶었으나 그럴 처지도 아니었다. 이 일을 어떻게 수습하느냐가 더 큰 문제였던 것이다. 사람들 사이에서는 전설의 신수라고 일컬어지는 청룡이 직접 모습을 드러냈으니 큰 소동이 일 것이다. 어떻게 하면 무마할 수 있을까 백호가 염두를 굴리고 있을 무렵 청룡은 큰 거체를 움직여 얼굴을 금황성 앞으로 디밀었다. 용의 얼굴이 지면으로 내려오는 듯하자 사람들 사이에서는 무릎을 꿇고 마치 기원하듯 비는 무리가 있는가 하면 어찌할지 갈피를 잡지 못하고 갈팡질팡, 혹은 멍하니 구경하는 무리들도 있었다. 하지만 대부분은 마치 숭배하듯이 무릎을 꿇고 손을 싹싹 비비는 이들이었다.

하지만 그것도 잠시, 다시 한 번 빛나기 시작한 광채와 더불어 하늘에 깔려 있던 먹구름은 사라지고 이내 다시 청명한 하늘로 되돌아가 있었다. 커다란 청룡의 거체 역시 온데간데없이 사라져 마치 아무 일도 없었다는 양 밝은 햇살만이 비추고 있었다.

[청룡님!]

"자기, 나 괜찮았어?"

어느새 들어왔는지 안쪽에 있던 탁자 위에 다리를 꼰 채 앉아 있는 젊은이가 보였다. 탈색한 듯이 보이는 새하얀 금발은 무스가 발라져 빳빳이 서 있었고 팔뚝에 박힌 'Fuck'이라는 큼지막한 문신이 돋보였다. 귀에 박혀 귓불을 꿰뚫고 있는 커다란 금 귀고리, 잔뜩 찢어진 더러운 청바지, 그와 비례해 깨끗한 하얀 민소매가 도저히 이 시대의 사람이라고는 생각할 수 없게 만들었다. 목에 걸린 금빛 체인 목걸이와 손가락에 끼어 있는 커다란 해골의 형상을 한 반지, 팔목에 껴 있는 수많은 팔찌들은 분명 그가 이 시대 사람이 아니라고 증명하고 있었다. 은평의 표현을 빌리자면 완벽한 뒷골목 양아치랄까?

[도대체 왜 그렇게 변하신 겁니까? 그런 괴상한 몰골로! 더군다나 사람들 앞에서 현신하다니!!]

백호의 말은 다른 사람들은 들을 수 없지만 그에게는 들리는 듯 백호의 절규에 화답해 청룡은 싱긋 미소까지 지었다.

"호출한 건 네 녀석이야. 어떻게 오라고는 말하지 않았잖아?"

[그건 인 녀석이 절 붙잡아 내리는 바람에…….]

"네 녀석이 부르는 바람에 한참 일 치르다가 바로 날아온 거라구. 지금 열 내야 할 쪽은 네가 아니라 나란 말이다!"

말을 잇다 보니 짜증이 솟구쳐 오르는 듯 청바지의 주머니에서 은색 담뱃갑을 꺼내 든 청룡은 담배 한 개피를 입에 물고 손가락 끝에서 불을 일으켜 불을 붙였다. 이내 뿌연 연기가 청룡의 주위로 흐르고 담배 특유의 매캐한 냄새가 퍼져 나갔다.

약간 삐딱한 자세로 담배를 입에 문 청룡의 자세는 그야말로 양아치 중의 양아치라 불릴 만했다. 청룡은 담배를 한 모금 빨더니 백호의 앞으로 다가가 입에서 나오는 연기를 뿜어내며 눈을 가늘게 떴다.

"한동안 아무런 연락도 없다가 갑자기 무슨 바람이 불어서 호출이냐? 게다가 형님께서 한참 재미보던 참에 불러내다니 이걸 뭘로 보상할 거야?!"

백호가 담배 연기 때문에 콜록거리자 은평이 나섰다. 이런 곳에서 자신이 살던 곳의 흔적을 우연하게 조우하게 되어 반갑기도 했지만 백호를 괴롭히는 것 같은 이 사내를 가만히 두고 볼 수 없었던 것이다.

"이 생 양아치 같은 놈이 어디서 남의 애완 동물을 학대하고 있는 거야?"

은평의 앙칼진 음성에 청룡이 고개를 돌렸다. 아직 많이 남아 있던 장초를 손가락에 힘을 주어 반으로 부러뜨리고 은평의 얼굴을 찬찬히 둘러보았다.

"뭐냐, 이 털 보송보송한 애송이 계집애는?"

[처, 청룡님!! 시, 신선께 그 무슨 무례를!!]

"이게 새로 뒤를 이은 신선? 참내, 그 할망구, 뽑아놔도 어디서 저런 털도 안 난 계집애를 뽑아놓고 뒈진 거야? 기왕 뽑을 거면 주작처럼 나올 곳은 나오고 들어갈 곳은 들어간 걸로 뽑든가 하지. 가슴도 밋밋, 허리는 일 자, 아주 웃음만 나오는구만. 그렇다고 각선미가 죽이는 것도 아니고 저런 거 따먹었다간 입맛만 버리겠… 억!!"

청룡은 말이 채 끝나기도 전에 '억' 하는 소리와 함께 바닥에 주저앉았다. 그 앞에 선 은평이 사악한 미소를 지으며 한쪽 다리를 처든 상태였다. 청룡은 차마 비명도 못 지르고 바닥에 주저앉아 아랫도리를 두 손으로 꽉 붙잡고 있었다. 동공은 점점 풀려가고 이마에는 식은땀이 맺히는 듯 보였다.

고통에 비명도 제대로 내지르지 못하는 청룡에게 눈높이를 맞추느라 은평 역시 같이 쭈그리고 앉았다. 탈색되어 윤기 하나 없는 청룡의 금발을 쓰다듬으며 은평은 생글생글 웃었다.

"지렁아, 많이 아프니? 함부로 주둥아리를 놀리면 그렇게 되는 거란다. 오늘 좋은 거 배웠으니 앞으로는 조심해야 돼?"

마지막으로 청룡의 양 볼을 잡아 늘리면서 은평은 깔끔하게 마무리 지었다.

[누울 자리를 봐가며 덤벼셔야죠. 쯧쯧…….]

백호의 딱하다는 듯한 음성에 청룡은 아무런 대꾸도 하지 않고 입을 꾹 다물고 있었다. 청룡의 등에는 백호의 앙증맞은 앞발이 대어져 있는 상태였다. 마치 토닥거리듯이 백호 나름대로는 위로해 주겠다고 한 행동이었지만 청룡에게는 더욱 짜증만 불러일으킨 꼴이 되었다. 청룡은 백호의 팔을 잡아 확 비틀어 버린 후 이를 부득부득 갈아댔다.

"저런 애송이 계집애 따위에게 걷어차이다니, 체면이 아주 떡 되는구만."

"누가 애송이 계집애라고?"

침상에 앉아 있던 은평이 침상에 쳐진 휘장을 걷어내며 고개를 빼꼼히 내밀었다. 생글생글 웃는 얼굴과 분노로 약간 상승된 눈동자는 여차하면 한 대 더 걷어차 주겠다는 의지가 비치고 있었다.

"아, 아니요. 누가 그런 소리를 했나? 백호야, 네가 그랬냐? 안 했다고? 안 했다는데요."

청룡은 손사래까지 쳐 가며 고개를 내저었다. 괜히 옆에 있는 백호의 옆구리까지 찔러가며 아양을 떠는 모습이 마치 꼬리를 흔드는 한 마리의 강아지를 연상시켰다. 순식간에 돌변하는 청룡의 태도에 백호는 사신 중 우두머리의 체통은 도대체 어디로 갔냐며 한숨만을 내쉬었다.

은평이 휘장 속으로 다시 사라지자마자 청룡의 얼굴은 다시 뭐 씹은 표정으로 되돌아왔다. 그야말로 놀라울 정도의 표정 관리라고밖에는 말할 수 없었다.

[도대체 그동안 어디에 가 계셨기에 위엄이 넘치셨던 그 모습이 이렇게 타락해 버린 겁니까?]

백호는 정말 울고 싶은 심정이었다. 이래서야 다른 사신들과 전혀 다를 바가 없지 않은가? 자신과 청룡만은 제정신(?)일 거라고 굳게 믿고 있었는데 이래서야 정상인 존재는 자신밖엔 없게 생겼다. 노출광 주작과 자살광 현무, 거기다가 까질 대로 까진 청룡까지 합세했다. 이러고 보니 자신이 너무 불쌍했다.

"그나저나 난 왜 부른 거지?"

그랬다. 자신이 청룡을 부른 것은 목적이 있어서였던 것이다. 겉모습이 어쨌든 이 사람이라면 은평을 한층 더 신녀로 거듭나게 도와줄 수 있을 거라고 생각했다.

[저는 두 손, 두 발 다 든 상태입니다. 행동이 너무 엉뚱해서 감당하기가 심히 어렵습니다. 도와주실 분은 오직 청룡님뿐이십니다!]

"나 말고도 주작이라든가 현무도 있는데 왜 하필이면 나야?"

[틈만 나면 어린애들 덮칠 생각밖에 없는 주작님과 매일 구석에 처박혀서 삽질이나 하는 게 일인 현무님한테 과연 도움을 받을 수 있을 거라고 생각하십니까?]

청룡은 평소의 주작과 현무의 모습을 떠올려 보고는 고개를 끄덕였다. 지독한 바람둥이인 데다가 노출광, 게다가 조그맣고 어린 여자 아이들만 보면 사족을 못 쓰는 주작과 지독한 자살광이며 사신 주제에 어떻게 하면 쉽고 효과적으로 죽을 수 있을까만을 연구하며 구석에서 쪼그리고 앉아 삽질이나 하는 것이 일인 현무. 확실히 어느 쪽을 보아도 좋은 영향을 주리라고는 도저히 생각되지 않았다.

"그래, 까짓것 요즘 할 일도 없었는데."

백호를 향해 히죽 웃는 청룡의 얼굴을 보며 백호는 왠지 모를 불안감을 지울 수 없었다. 너무 쉽게 승낙한 것도 왠지 미심쩍을 뿐만 아니라 속으로 음모를 꾸미고 있는 것처럼 히죽대질 않는가? 자신이 아무래도 고양이에게 생선 가게를 맡긴 것 같다는 생각이 드는 것은 왜일까?

＊　　　　＊　　　　＊

인기척과 함께 인이 은평의 방 안으로 들어섰다. 침상이 놓여진 안쪽과 문이 있는 바깥쪽과는 약간 거리가 벌어져 있었기에 백호는 허둥대며 청룡에게 모습을 바꾸라는 듯 눈치를 주었다. 청룡이 어째서 저렇게 기묘한 꼬락서니를 하고 있는지는 나중에 들어도 될 문제였으니까.

청룡은 맘에 차지 않는다는 듯 혀를 차면서도 손을 들어 정수리부터 시작해서 자신의 몸을 찬찬히 쓰다듬었다. 스치는 듯 보이는 움직임으로 그의 손이 지나갈 때마다 윤기없이 새하얗게 탈색되었던 머리가 윤기 넘치는 흑발로 돌아오고 양아치라 명명할 수 있을 만한 옷차림이 헐렁하고 풍성한 이 시대의 옷으로 돌아오는 모습은 꽤나 기묘한 것이었다.

요란한 장신구들이 사라지고 어디서나 볼 수 있을 법한 풍성한 포를 입은 청룡의 모습은 조금 전과는 분위기가 너무도 달랐다. 조금 전은 가볍고 요란스러우며 불량스러움이 조화된 양아치였다면 지금의 모습은 위엄있고 장중하면서도 자못 침착해 보이기까지 했다. 문사건을 쓰고 손에 섭선이나 서책을 든다면 문인이라 해도 믿을 정도였다.

"어색하군, 몇백 년 만에 이런 차림을 하려니."

[이겁니다! 예전에 마지막으로 봤던 청룡님의 모습!!]

백호는 붉은 눈에 눈물까지 그렁그렁했다.

"저 형씨는 누구……?"

어느새 안쪽까지 들어온 인이 침상에 앉아 있던 은평에게 건넨 질문이었다. 하지만 은평의 대답은 더없이 허무했다.

"글쎄, 누구지?"

방금 전까지 투덜투덜대고 있던 양아치 지렁이는 어디론가로 사라지고 전혀 다른 분위기의 사내가 나타나 은평도 머리를 긁적이고 있던 중이었다.

"엑?! 저게… 그 양아치?!"

백호의 입가를 잠시 바라보고 있던 은평이 자신도 모르게 소리 내어 외쳤다. 어딜 봐서 저자가 아까의 그 양아치 지렁이란 말인가?

"야… 우아찌? 그게 뭐지?"

인의 의문에 일일이 답해 줄 수 없는 은평은 조금 착잡한 심정이 되었다. 비록 양아치의 모습이었다고는 하더라도 살던 곳의 흔적을 조우하게 되어 기뻤는데 어느새인가 다시 사라져 버린 것 같아서 말이다.

"저 형씨, 강하군."

"에?"

은평은 자신의 귀에 대고 속삭이는 인의 말에 눈을 동그랗게 떴다.

"어디서 굴러먹던 작자야? 기를 갈무리하고 있지만 분명히 느낄 수 있어."

인의 목소리에는 약간 흥분의 기색마저 어려 있었다. 왠지 그가 기뻐하고 있다고 느낀 것은 은평만의 착각일까?

"어디서 굴러먹던 작자라니? 말이 심하군, 자네."

모습을 바꾸더니 말투도 바뀌었다. 여전히 능글거리는 말의 분위기는 다르지 않았지만 말이다. 청룡은 인을 향해서 손을 내밀었다. 인은 잠시 청룡의 속셈을 살피는 듯하다가 은평에게 다시 한 번 물었다.

"저 친구, 누구야?"

"백호 친구."

은평으로서는 최대한 알아듣기 쉽도록 설명해 준 것이었지만 인은 더욱더 어리둥절해져 버렸다. 백호라면 항상 은평이 안아 들고 다니는 범상치 않던 새끼 호랑이가 아닌가? 한데 호랑이와 친구라……?

"내민 손을 계속 이렇게 내버려 둘 참이오?"

청룡이 그렇게까지 말해 오는데 하는 수 없어서 인은 손을 내밀었다. 손을 맞잡는 순간 몸 안으로 흐르는 짜릿한 전류. 정수리에서 발끝까지 짜릿한 무언가로 내려치는 듯한 감각에 자신도 모르게 몸서리가 쳐졌다.

눈앞의 시야가 일그러지며 귓가로 공기를 가르는 묘한 감각의 소리가 들려오며 방 안의 정경은 사라지고 넓은 대해가 펼쳐졌다. 말 그대로 망망대해(茫茫大海)였다. 파도가 쓸려오는 소리 외엔 아무것도 들리지 않는 고요한 바다. 하지만 곧 대해에서 하얀 물기둥이 솟아오르며 바다의 푸른 빛과는 또 다른 청색의 거체가 수면 위로 떠올랐다가 사라졌다. 마치 아주 예전 바다에서 보았던 고래들마냥 바닷속을 헤집으며 수면 위로 뛰어오르는…….

"인?"

은평이 자신을 부르는 소리에 비로소 정신을 차리고 보니 대해는 어느새 사라지고 방 안의 정경으로 다시 돌아와 있었다.

"본인은 성명을 댔소만 어찌해서 그대는 대지 않는 것이오?"

"아, 미처 듣지 못했소이다. 다시 한 번 들려주시오."

"청룡이라 합니다."

그의 이름을 듣는 순간 인의 머리 속으로 아까 보았던 거대한 용의 환상이 스쳐 지나갔다. 너무도 순식간에 나타났다 사라져 버린지라 환상일지도 모른다고 생각했건만 혹시 눈앞의 이자가 용이 화한 모습은 아닐까 하는 의심도 들었다.

하지만 용이 일개 인간의 모습으로 화할 리 없지 않는가? 과민이라 생각하며 인은 고개를 내저었다.

"본인은 인이라 하오. 편하게 불러주시오."

악수를 마친 인은 자신의 손을 가만히 들여다보았다. 손을 마주 잡았을 때 느낀 찌릿찌릿한 감각은 아직도 생생했다. 손을 폈다 쥐었다 하며 감각을 되새겨 보던 인은 문득 청룡의 눈동자와 마주쳤다. 자세히 보니 눈동자의 색이 약간 검푸른 빛이었다.

─장난치지 말고 똑바로 대답해. 저자 정체가 뭐야?

은평에게 전음을 보냈지만 은평은 눈치없게도 그 답을 말로 되돌려 주었다.

"말했잖아. 백호 친구라고!"

범과 사람이 친구라는 것은 민담의 소재로는 쓰일 수 있을지 몰라도 현실에 적용시키기엔 아무래도 무리였다. 인은 뒷머리를 긁적이며 석연치 않은 기분에 휩싸였지만 곧 피식 웃어버렸다. 여태껏 살아오면서 그보다 더 황당한 일도 여러 번 겪었으면서도 상식에 얽매여 있던 자신이 우스워졌다. 저자가 백호의 친구면 어떻고 백호의 조부면 또 어떤가? 자신에게 별다른 해만 없다면 아무래도 좋았다.

그건 그렇고 아까부터 자신의 귀를 희미하게 간질이던 소리가 점점 커져 와 인은 바깥쪽으로 고개를 돌렸다. 발바닥의 감각으로 느끼고 있던 누군가 달려오는 소리가 점점 커지는 것으로 보아 곧 이곳에 당도할 듯싶다.

'나름대로 신법은 가볍지만 기척을 숨기지 못하는 것이 흠이로군.'

그와 동시에 문이 벌컥 열리고 잔뜩 흥분한 모습의 난영이 뛰어들어왔다. 약간 땀에 젖은 머리카락과 상기된 뺨을 보아하니 잔뜩 흥분한 것처럼 보였다.

"너도 봤겠지?"

"뭘요?"

"이곳 바로 앞에 나타났으니 분명히 보았을 테지? 청룡!"

은평은 그제야 '아아' 하다가 백호 옆에서 건들대고 있는 청룡을 빤히 바라보았다. 어느새인가 양아치 티를 벗긴 했지만 그 분위기가 어디가랴. 은평의 눈에는 여전히 건들거리고 있는 것처럼 보였다.

"저기 있… 아니아니… 네, 봤어요."

'저기 있잖아요' 라고 손가락으로 청룡을 가리키려다가 입을 다물었다. 백호가 자신을 노려봤기 때문이기도 했지만 '저기 서 있는 놈이 아까 나타났던 푸른 지렁이에요' 라고 말해 봤자 별로 믿어줄 것 같지 않아서였다.

"어디로 사라졌는지 알아?"

"아뇨. 너무 갑자기 사라져서 자세히는……."

은평의 대답에 난영은 붉은 입술을 꼭 깨물었다. 낭패했다는 표정과 고심하는 듯한 표정이 적당히 뒤섞인 얼굴이었다.

"안타깝네. 아버지가 몸보신으로 드시고 싶다고 해서 서둘러 달려왔는데."

"에? 몸보신?"

가장 큰 소리를 낸 건 백호 옆에 서 있던 청룡이었다. 아연실색(啞然失色)한 얼굴로 눈에는 흉흉한 살광마저 어려 있다. 견공이라 해도 바로 옆에서 보신탕을 해먹겠다는 소리를 들으면 기분이 나쁜 법이거늘 청룡이야 오죽하겠는가? 그나마 자제하고 있는 것은 청룡의 한쪽 다리에 대롱대롱 매달려 있는 백호 때문이었다. 백호가 필사적인 목소리로 청룡을 뜯어말리고 있었기에 망정이지 그렇지 않았다면 청룡은 벌써 이 일대를 초토화시키고도 남았을 것이다. 하지만 청룡을 더 화나게 한 것은 무감동한 인과 은평의 대답 때문이었다.

"꿈이 크시오이다, 용을 먹겠다니. 뭐, 상당히 몸에 좋을 것 같기도 하지만 잡을 자신은 있으시오?"

"호호홋! 돈이면 안 될 일이 어디 있겠습니까?"

"고기가 몇만 근은 나올 터인데 잡게 되면 맛이나 보게 해주십시오."

"이를 말씀입니까?"

쿵짝이 잘 맞는 인과 난영 옆에서 은평이 조그맣게 중얼거렸다.

"저런 양아치 지렁이 따위 먹어봤자 오히려 몸에 안 좋을 텐데……."

청룡은 혈압이 올라 쓰러지기 일보 직전의 상태였다. 본인을 바로 옆에 두고 인과 난영은 찜을 해먹겠다느니 튀겨서 먹겠다느니 볶아서 먹겠다느니 하며 요리법에 대해서 토론 중이고 백호는 여전히 청룡의 다리에 대롱대롱 매달려 청룡에게 간청하는 중이었다.

[은평님, 제발 저 둘이 더 이상 청룡님에 대해서 왈가왈부하지 못하도록 도와주십시오. 이러다간 이 일대가 정말로 초토화되어 버리고 맙니다!]

더 이상 청룡의 화를 억누를 수 없었는지 백호가 은평에게 도움을 청해왔다. 다리에 매달려 있는 모습을 보자니 딱하기도 해서 은평은 백호를 도와주기로 마음먹었다. 하지만 은평은 인과 난영의 대화를 말리는 것이 아니라 잔뜩 열을 내고 있는 청룡에게로 저벅저벅 걸어온다.

"지렁아! 지렁아!"

"지렁이라고 부르지 마!"

"어쭈? 이게 어디서 반말이야? 존대 써!"

"올해로 내가 이 세상에 살게 된 지 정확히 칠천 오백 구십 일 년째 된다. 누가 더 나이가 많다고 생각하나?"

"서열은 내가 더 높잖아!"

어차피 저런 미개하고 오만방자한 것들이 뭐라고 지껄이든 자비심 높고 고결하신 자신이 일일이 화를 내서야 그게 더 우스운 일이라고 생각하며 청룡은 애써 화를 참아냈다.

"그래, 그래… 니 맘대로 하세요."

청룡은 자리에 털썩 주저앉아 뭘 할까 잠시 고민을 해보았다. 미래에서 갑자기 되돌아온 탓에 뭘 할지 적응이 되지 않았다.

"아, 그렇지! 그게 있었어! 백호야, 판 깔아라!"

[판이라 하심은?]

허공 속에서 무언가를 집어 드는 듯한 동작을 취하자 청룡의 손에는 무언가가 들려져 있었다. 백호는 그게 무엇인지 몰랐지만 은평은 알 수 있었다. 명절, 혹은 초상집 등지에서 끊임없이 사랑받는 동양화가 아닌가?

"너, 화투 할 줄 알아?"

"이 세상 도박이란 도박은 모조리 꿰고 있지. 화투라 해서 모르리……."

[지금 은평님께 도박을 가르치시겠다는 소리입니까?]

"당연하잖아. 패든 뭐든 좀 알아야 같이 하지."

기겁하는 백호에게 능글능글 웃으며 뭘 그런 걸 갖고 소리까지 지르느냐는 투로 청룡은 대꾸했다. 백호는 기가 막혀서 말이 안 나오는 것인지 무어라 할 말을 찾아야 하긴 하겠는데 하지 못하고 어버버거렸다.

"자, 판 깔고 어디 한 번 해보……."

청룡이 말이 채 끝나기도 전에 은평은 그의 손에 들려 있던 붉은 화투를 빼앗았다. 그리고는 코웃음을 치더니 청룡이 보는 앞에서 아주 능숙한 솜씨로 화투를 섞었다. 착착거리는 화투 맞부딪치는 소리가 매우 경쾌하게 들릴 정도로 훌륭한 솜씨였다.

"좋아, 나도 화투라면 어디 가서 빠진다는 소린 들어본 적 없어."

청룡은 아주 만족스러운 미소를 짓더니 손가락을 튕겼다. 딱 하는 소리와 함께 허공에서 돌연 나타난 것은 짙은 녹색의 까칠까칠한 화투판의 필수품 군용 담요였다. 은평 역시 고개를 끄덕거렸다. 군용 담요 없는 화투판은 판이라고 불릴 수도 없는 것이다.

[으, 은평님!!]

"백호야~ 너도 할래? 가르쳐 줄게. 이거 의외로 재밌어."

[제발 고정하십시오! 도박이라니 말이 될 법한 소리입니까?]

만류하는 백호의 앞발을 뿌리치고 은평은 군용 담요를 바닥에 넓게 펴 깔았다. 그리고는 손에 들려 있던 화투를 나누며 패를 돌렸다.

한참 동안 시간 가는 줄도 모르고 청룡을 어떤 요리법으로 조리해야 가장 효과적이고 성능 뛰어나며 몸보신에 좋을 것인가로 토론을 벌이고 있던 난영과 인은 옆에서 들려오는 은평의 깔깔대는 소리에 고개를 돌렸다.

알 수 없는 푸른색의 두터운 천을 바닥에 깔아놓고 붉고 조그마한 직사각형의 무언가를 든 채 은평은 박수까지 쳐 가며 깔깔대고 있었다.

"너, 쌌다. 캬하하하하! 자, 이번 판은 내가 이겼지?"

난영은 몸보신 이야기에 열중하느라 있는 줄도 몰랐던 낯선 사내가 은평과 마주 앉아서 조그만 그림 조각을 내던지며 거친 욕설을 내뱉는 것을 보고 도대체 무슨 일인가 하여 은평의 뒤로 다가섰다.

"제기랄!"

"나 이것만 먹으면 오광이야. 너 되게 못하는구나?"

"네가 너무 잘하는 거라니까!"

청룡은 거칠게 손에 들고 있던 화투 몇 장을 내던졌다. 은평은 뭐가 그리 좋은지 싱글벙글하며 화투를 둥글게 돌려 섞으며 한데 모아서 가지런히 정리했다.

"패 또 돌려?"

"돌려!"

은평이 패를 섞으려고 하자 청룡이 급하게 빼앗아 들었다. 이번에는 자신이 섞을 참인 모양이었다. 약이 올라서 씩씩대는 지렁이가 왠지 모르게 귀여워서 은평은 고소를 머금었다.

"도대체 그게 뭐냐?"

인이 옆에서 둘이 하는 양을 지켜보다가 도저히 궁금증을 감출 수 없었던지 의문을 표해왔다. 얼굴에 '궁금하다'라고 쓰여진 것은 난영도 마찬가지였다. 은평은 둘이서 하는 것보단 넷이서 하는 게 더 재미있을 것이므로 아주 친절하게 설명을 시작했다.

"화투라는 거야. 인, 너도 해볼래?"

저 멀리 동영(東瀛)에도 가보았지만 저런 것은 금시초문인 인은 고개를 끄덕였다. 궁금한 것은 뭐든지 해보아야 하는 호기심이 발동한 듯 보였다.

은평은 군용 담요를 좀 더 넓게 펴고 난영과 인이 끼어들 자리를 마련했다. 인과 난영까지 합세하려 드는 것을 본 백호는 한숨을 내쉬며 자신의 신세를 한탄했다. 정말이지, 옥황상제가 원망스러워지는 순간이었다.

사신들 중 가장 능력도 미진하고 벽창호 같으며 규정대로 해야 하는 성실 그 자체인 데다가 인간으로 몸을 변화시킬 수 있으려면 아직도 이백 년 정도를 더 수행해야 하는 자신이건만, 엉뚱하다 못해 괴짜인 주작과 현무도 모자라 그동안 시공의 어디를 돌아다닌 것인지 청룡마저 발라당 까져서 돌아왔다. 게다가 전혀 나아질 기미라든가 성실해질 기미 따위는 천 년이 지나도 생기지 않을 것 같은 은평까지… 일일이 열거하다 보니 열거하고 있던 자신이 비참해질 만큼 한심스러웠다.

백호가 이렇듯 신세 한탄을 하고 있는 와중에도 뒤에서는 희대의 도박

단이 될 조짐이 보이는 네 사람의 화투 돌리는 소리는 깊어만 가고 있었
다.

*   *   *

챙! 챙! 챙!

보통 때라면 목검으로 대련하겠지만 오늘은 웬일인지 모두 진검을 손
에 쥐고 있었다. 검날은 그다지 날카롭게 세우지 않은 무딘 것들이었지
만 지금 검을 휘두르고 있는 모두는 이미 검날 때문에 지고 이기고의 경
지를 떠난, 소위 말하는 고수들이었다.

매화검수. 화산에서 제일 뛰어난 젊은이에게 내려진다는 칭호를 사용
하는 청년은 한참 대련 중이었다. 건장한 체격에 검에도 적당히 힘이 실
려 있고 발전의 가능성은 많아 보이지만 한 가지 흠이라면 눈빛에 흐르
는 일종의 야심이랄까?

매화검수와 대련하고 있는 상대는 자그마한 체구의 청년이었다. 사실
청년이라고 하기엔 너무 앳되고 어려 보였다. 소년과 청년의 중간에 서
있다고 하는 것이 어울릴 것 같았다. 흰 바탕에 검은색 실과 녹색 실로
무늬가 놓아진 무복 차림이었지만 무인이라 하기에는 어색한 감이 있었
다. 무복보다는 문사의를 입히고 서책을 한 권 들리는 것이 나을 듯했다.

매화검수는 상대의 급소를 공격하기에 바빴고 자그마한 체구의 이 청
년은 방어해 내기도 급급한지 땀을 뻘뻘 흘리고 있었다. 약소하다는 것
은 아니었지만 매화검수의 건장한 체격에 비교하면 다소 떨어지는 감이
있었다.

"하앗!!"

이번에야말로 무릎을 꿇리겠다는 듯 기합 소리와 함께 서로 맞대어진

검을 위로 꺾어 올렸다. 청년의 손에 들려 있던 검은 매화검수의 검을 이기지 못하고 청년의 손에서 떨어져 나가 땅바닥을 나뒹굴었다.

청년은 자신의 손에서 벗어나 땅바닥을 나뒹구는 검을 주울 생각도 못하고 잠시 망연자실해 있다가 매화검수를 향해서 포권지례를 해 보였다.

"가르침 감사드립니다."

"저야말로."

매화검수가 응대를 해오자 그제야 바닥에서 나뒹구는 검을 집어 들었다. 검을 놓쳤을 때 손목을 접질렀는지 손목에 통증이 느껴졌다.

공기를 가르는 파공성과 함께 바로 옆에서 대련하고 있던 조 역시 승부가 났다. 이 조는 새로 임명된 단장의 여동생으로 알려진 잔혹미영 주옥이 대련하고 있던 조였다. 승리한 쪽은 볼 것도 없이 잔혹미영 쪽으로 검을 사용하는 것은 아니었지만 천잠사로 이루어진 추를 다루는 솜씨는 일품이었다.

새로 임명된 단장인 잔월비선 쪽은 단원들 모두 거만하다느니 출신 성분이 의심스럽다니 하는 이유로 알게 모르게 배척하는 분위기였지만 잔혹미영은 상반되게도 환영받는 입장이었다. 물론 남성 단원들에 한해서였지만.

확실히 잔혹미영은 아름다웠다. 무림삼미에 그녀가 들어가도 무리가 없을 정도로. 그녀를 볼 때마다 가슴이 두방망이질 치고 얼굴에 피가 쏠리며 말을 더듬게 되는 것은 이 청년도 마찬가지였다. 다른 남자 단원들보다 그 도를 더해서 지금까지 말 한 번 못 걸어봤을 정도였다.

대련한 상대에게 포권지례를 취하고 무기를 챙겨 걸어오는 그녀. 흘러내리는 땀과 약간 상기된 붉은 뺨을 보자 청년은 숨을 크게 들이쉬며 침을 꼴깍 삼켰다. 다시 쥐어 든 검을 어찌 처리하지도, 조금씩 부어오르고 있는 손목을 어찌하지도 못할 정도로 심장이 쿵쾅쿵쾅대었다.

"괜찮나요?"

차마 말도 걸어보지 못했는데 그녀가 청년에게 돌연 말을 걸어왔다. 청년은 순식간에 얼굴로 피가 몰려 새빨간 홍당무가 되고 귓가에 자신의 심장 뛰는 소리가 들릴 만큼 당황했다.

"손목이 부은 것처럼 보이는데 처치 같은 거 안 해도 되겠어요?"

"아, 아뇨. 괘, 괘, 괘, 괘, 괜찮습니다."

평소와는 달리 말을 심하게 더듬거리는 청년은 잔혹미영이 자신을 이상하게 생각할까 봐 가슴이 조마조마했다.

"잠시 손 좀 줘보세요."

잔혹미영은 다짜고짜 청년의 손목을 붙잡더니 허리의 요대(腰帶)에 끼워두었던 손수건을 꺼내 잘 동여매 주었다. 하지만 잔혹미영의 손이 자신의 손을 맞잡는 순간 청년의 혼은 저 멀리 날아가 천국을 헤매고 있었다. 이 순간 청년의 심정을 문장으로 옮기자면 '이대로 눈을 감아도 여한이 없다'가 될까나?

"아, 오라버니!"

청년이 천국을 헤매던 것도 잠시, 잔혹미영은 마치 한 마리 새처럼 훌쩍 날아가 버렸다. 어느새 나왔는지 연무장을 바라보고 있던 신임 단장 때문으로 평소 다른 단원들처럼 그를 배척해 왔던 것은 아니지만 지금 이 순간만큼은 진심으로 원망스러웠다.

─가증스러운 놈!

─어머나! 뭐가 가증스럽다는 거죠?

─너한테 반해 있는 걸 뻔히 알면서 그렇게 굴어야겠냐?

그랬다. 황궁에서 지낸 경력 약 이십 년. 그 세월 동안 꼬셔본(?) 금의위가 몇 명인데 상대가 자신에게 반해 있다 아니다 정도도 모르겠는가? 잔혹미영 그녀, 아니, 그는 이미 도사의 경지였다.

—제가 꼬신 것도 아니고 그가 일방적으로 반한 거라구요.

겉으로는 사이좋은 남매인 양 생글생글 웃고 있었지만 전음으로 나누는 대화는 전혀 아니올시다였다.

—왠지 겉도는 녀석이라 딱하기도 하고 그래서 일부러 잘 대해주는 선행까지 베풀고 있는데……

—이름이 뭐지?

—듣기로는 제갈호연(諸葛好演)이라고 하던데 아마도 제갈세가(諸葛世家)의 둘째 자제라나 봐요.

제갈세가는 무림사대세가 중의 하나로 무공보다는 기관진식(機關陣式)과 지략, 또는 천문에 밝다고 알려진 곳으로 신진사군 중의 하나인 만학신귀(萬學神鬼) 제갈묘진(諸葛昴陣)은 이곳 제갈세가의 첫째 자제였다. 제갈세가라는 것을 감안하면 무공도 빼어난 편이고 특히 지략에서는 당할 자가 몇 없다는 제갈묘진에 비해 둘째인 제갈호연은 명성이 넘치는 형에 비하자면 어딘가 조금 모자라 보였다.

—그럭저럭 정검수호단에 있을 정도의 실력은 되지만 무공에 별로 연연하지도 않고 관심도 없어 보여요. 허공에 붕 떠 있는 구름 같다고나 할까? 아직 별호도 붙여지지 않은 듯하고 유일하게 오라버니를 배척하지 않는 자이니까 잘해봐요.

—오라버니란 말… 하지 말라고 하지 않았던가?

잘생긴 눈썹을 일그러뜨리는 잔월비선을 코웃음으로 넘긴 잔혹미영은 여봐란 듯이 오라버니 소리를 연발해 댔다.

—아직 총단에서는 연락없지?

—있을 리가 있나요. 금릉으로 향하고 있다는 소식 이후론 감감무소식이잖아요.

뜻 모를 대화를 나눈 두 사람은 서로를 잠시 마주 보더니 싱글싱글 웃었다. 사실 주옥이 황태자의 이름으로 황군동원령을 내리기만 한다면 아마 명 전역에 걸쳐서 은평에 대한 수배문이 붙을 터이지만 둘은 그러기를 꺼려 하고 있었다. 왜냐하면 종이에 글 한 줄 달랑 남겨놓고 가출했다는 전적이 있는데다가 자신들의 위치가 파악되기라도 한다면 아마 황제가 쫓아올지도 모를 일이었다.

─이미 연락은 했겠지?

─글쎄요. 애석하게도 금릉에는 큰 지부가 없어서 시간이 조금 걸릴 듯싶네요. 사람을 풀어 금릉을 수색하라고 연락은 취해놓았지만…….

잔혹미영이 말꼬리를 흐렸다. 아마도 불같이 화를 낼 잔월비선 때문이었지만 예상과는 달리 잔월비선은 덤덤했다. 속으로 화를 삭이는 듯 눈이 분노로 가득 차 있었지만 어쨌든 밖으로 표출되는 별다른 반응은 없어서 다행이라고 잔혹미영은 가슴을 쓸어 내렸다. 자신이 은평을 놓친 일로 잔월비선에게 얼마나 시달림을 당했는가? 누구는 아쉽지 않은 줄 아는가? 잔월비선 못지 않게 은평을 찾고 싶어하는 것이 자신인데 말이다.

"잘난 단주께서 오셨군. 오늘은 어쩐 일로 얼굴을 내미셨나?"

무공을 익힌 고수들 사이에서, 그것도 겨우 이 정도 거리에서 그 목소리를 듣지 못할 리 없는데도 저렇게 나온다는 것은 명백히 상대를 도발하는 행위였다. 주동지는 매화검수인 듯 그 주위로 과격파 단원 몇이 모여 있었다.

"여럿이 모여 있지 않으면 제대로 말도 하지 못하는 쥐새끼들 주제에 시끄럽군."

물론 가만히 당하고만 있을 잔월비선이 아니었다. 모략과 음모가 판치는 황실에서 이십여 년이란 세월을 버티려면 보통의 정신 갖고는 어림도 없었다.

매화검수는 거만한 잔월비선이 마음에 들지 않았다. 모든 사람들의 위에 있는 것이 당연하다는 듯 내려다보는 듯한 저 시선도, 반반한 면상도, 그리고 무엇보다도 비슷한 나이임에도 비교도 되지 않을 듯한 무공까지. 시기, 질투, 부러움이 뒤섞여 미움이라는 형태로 표출되고 있는 것이지만 잔월비선은 그런 매화검수를 즐기기라도 하는 듯 아주 즐거운 마음으로 상대해 주고 있었다.

─총단에 전해라. 무림대전이 열리기 전까지 모든 소재를 파악하라고.

잔월비선의 명령에 잔혹미영은 고개를 끄덕였다. 이제 무림대전까지는 약 칠 일 정도가 남아 있었다.

17

대전의 서막

대전의 서막

금릉에 있는 객잔은 발 디딜 틈 없을 만큼 붐비고 있었다. 전국 각지에서 몰려든 강호인들 덕분에 짭짤한 수입을 올리고 있는 객잔의 주인들은 기쁘면서도 한편으로는 칼부림이라도 벌어지지 않을까 전전긍긍했다. 강호인들끼리 객잔 안에서 칼부림이라도 나서 기물이 파손되지는 않을까 그것이 걱정이었던 것이다.

이제 막 금릉에 당도한 듯 보이는 한 무리가 있었다. 객잔마다 사람이 꽉 차서 미처 방을 못 잡은 모양이었다. 게다가 무리는 꽤나 특이한 조합이었다. 죽립을 눌러씀으로 해서 얼굴을 가린 듯한 자들도 있었지만 풍기는 분위기라든가 각각의 특징은 아주 뚜렷이 드러나 보였다.

죽립을 푹 눌러써 얼굴은 보이질 않지만 옷깃 사이로 드러난 곳은 모두 붕대가 감겨 있는 듯한 여인, 그리고 역시 죽립을 눌러쓰고 있지만 단정한 의관을 갖춘 문사, 죽립이 아닌 면사를 써 얼굴을 가렸지만 희미하게 드러난 윤곽만으로도 빼어난 미인일 듯한 여성, 활동하기 편하도록 머리카락을 꽁꽁 싸매고 요대에 채찍을 둘둘 말아 매달고 있는 소녀와 남청색의 문사의를 입은 아직 앳되어 보이는 냉막한 얼굴의 미소년, 마지막으로 흑의 무복을 입은 말쑥한 용모의 청년……. 확실히 어디를 가도 시선이 집중될 만한 일행이었다. 어차피 지금은 강호인이 많이 모인 때라 특이한 자들이 워낙에 많다 보니 그 특이함이 많이 희석되어 있었지만 말이다.

"송구스럽습니다, 객잔에 도저히 자리를 잡을 수가 없어 주군을 이렇게 모시게 되어……"

"됐다. 어차피 조용하게 움직이자고 한 것은 내가 아니더냐?"

이들은 마교에서 무림대전에 참석키 위해 온 단화우 일행이었다. 교주인 단화우가 최소한의 인원만으로 움직이길 원했기 때문에 호위 무사조차 대동하지 않았다. 따라온 것은 천안의 주인인 섭능파와 화우의 동생인 단운향, 그리고 마교의 장로 천음요희 관유란의 딸인 혈수비연 냉옥화, 그리고 백발문사와 밀랍아 등이었다. 마교 교주의 일행이라 한다면 누가 거짓말하지 말라며 비웃을 정도로 단출했다.

"백의맹으로 가시면 그쪽에서 숙소를 마련해 줄 것입니다만… 가지 않으시겠습니까?"

백발문사가 조심스럽게 물어왔다. 자신의 주군이자 마교의 교주인 그를 누추한 곳에서 지내도록 한다는 게 마음에 걸렸다. 하지만 화우는 고개를 저었다. 마교에서 폐관 수련에 임했을 때는 좀 덜했건만 금릉으로 떠나오면서 더 더욱 기분이 착잡해졌다. 한동안 마도인들에게 현상금까지 내걸어가며 은평을 찾았건만 그나마도 요즘은 어디어디에서 발견됐다더라라는 소식마저 뜸했다.

"시끄러운 곳이든 누추한 곳이든 상관 없네. 우리가 묵을 수 있는 객잔을 좀 찾아봐 주겠나? 맹은 대전이 열리기 전에 들어가도 될 일이니……."

"예."

대답은 했지만 지금 객잔에서 방을 구하기란 여간 어려운 일이 아니었다. 더구나 한 사람도 아니고 여섯 명이나 되는 인원이 묵으려면 최소한 방 두 개가 필요할 터였다. 그렇지 않다면 일행은 모두 흩어져 이미 사람으로 꽉 차 있는 곳에 끼어들어 가 새우잠을 자야 할지도 몰랐다. 하나 그에게 구세주가 나타났으니 바로 섭능파였다.

"모두들 불편하시지 않다면 기루(妓樓)로 가는 것은 어떤가요? 마침 금릉에 천안의 지부 격인 기루가 있답니다."

호화롭기로 따지자면 객잔보다는 기루였다. 돈 많은 자들을 상대하는 기루의 경우일수록 화려하게 꾸미는 것이 다반사로 기루에 오는 손님들의 눈도 있으니 함부로 나돌아다니지는 못하겠지만 교주를 모시기엔 그곳이 더 좋을지도 모른다는 생각이 들어 백발문사는 쉬이 승낙했다.

"저는 상관없습니다만 주군의 의향이 어떠실지……."

"능파, 나 역시 별 상관은 없소."

"형님이 가시겠다면 저 역시 상관없습니다."

화우의 대답에 운향이 그 뒤를 이었다. 냉옥화 역시 고개를 끄덕이며 찬성하고 있었고 밀랍도 가볍게 손을 들어 찬성을 표했다.

"그럼 결정난 거군요. 제가 앞장서지요."

*   *   *

한번 빠져들면 가장 무서운 것이 도박이라고 누가 말했던가? 만고불

변의 진리를 몸소 체험하고 있는 사 인이 있었으니 바로 난영과 인, 그리고 은평과 청룡이었다. 밤새는 줄 모르고 화투를 친 이들의 눈가에는 거뭇거뭇 기미마저 서려 있었다. 항상 이기는 쪽은 은평이었고 청룡을 비롯한 인과 난영은 매번 깨지고 있는 중이었다.

"꺄하하하! 청단에 흑싸리도 먹어야지."

"아주 다 가져가라!"

"은평이 싹 쓸어가서 먹을 게 하나도 없네."

"너, 무슨 화투를 이렇게 잘 쳐?!"

사람들의 반응은 모두 가지각색이었다. 청룡은 무슨 신선이 저렇게 화투를 잘 치느냐고 광분했다가 은평에게 그러는 너는 용 주제에 무슨 도박이냐고 구박을 먹으며 구석에 찌그러졌고 이제 막 배우는 참인 인과 난영은 패 외우기에도 정신이 없었다. 고로 지금은 은평의 독무대였다. 좋은 패는 전부 쓸어가 은평의 앞에는 패들이 수북했다. 속으로 지금까지 딴 것들의 점수를 계산해 보며 해죽거리는 그녀가 청룡은 적잖이 아니꼽고 얄미웠다.

"에……."

내놓을 패가 없는지 바닥을 보고 한참을 고심하던 난영은 울상이 되었다. 하지만 난영은 곧 어떠한 타개책을 생각해 냈는지 손에 들려 있던 패를 바닥에 내려놓고 일어섰다.

"벌써 야심한 밤이 됐네요. 이만 돌아가야겠어요."

난영은 약간 어색한 웃음을 짓더니 경신법을 사용해 순식간에 방에서 사라져 버리고 말았다. 인 역시도 그런 난영을 보더니 방으로 돌아가 봐야겠다며 슬금슬금 사라져 갔다.

남겨져 버린 청룡과 은평, 그리고 도박판을 말려보려다 지친 백호. 은평은 청룡을 힐끔 바라보더니 이내 히죽대며 웃었다.

"계속할 거야?"

"당연하잖아!"

은평이 이렇게나 동양화를 잘할 줄은 생각도 하지 못했던 청룡은 최후의 수를 꺼내놓기로 마음먹었다. 이른바 속임수라는 것이었다. 패를 내려던 은평의 눈에 이채가 잡혔다. 아주 부지불식간의 일이었지만 흐릿한 무언가가 청룡의 소매 속으로 빨려 들어가는 것 같은 잔영이 보였기 때문이다. 게다가 그 잔영의 색은 붉었다.

"잠깐! 너, 소매 속에 감추는 게 뭐야?"

"뭐가? 아무것도 감춘 적 없는데?"

신속, 정확, 시침 뚝이라는 속임수의 삼 대 원칙에 따라 청룡은 아무것도 모른다는 표정으로 시치미를 뚝 떼고 있었다.

"분명히 감췄잖아! 모를 줄 알아?"

'생각보단 천안통(天眼通)이 잘 발달했는걸?'

청룡은 내심 만족스런 얼굴이었다. 보통 사람, 아니, 무공의 고수라 할지라도 발견하기 어려운 속도였는데 은평이 발견해 냈다. 분명 어딘가 힘은 잠재되어 있지만 그 자신이 돌파구를 막아놓고 있는 것일 터다. 자신이 해줄 역할은 그 돌파구를 뚫어주는 것이었다.

'매우 즐거워지겠군.'

청룡의 눈에 드리워진 즐거운 기색을 읽고 바닥에 축 늘어져 있던 백호는 의아해했다. 발랑 까져 버리기 전의 그 엄하고 침착하던 과거의 모습에서도 발견할 수 없던 것이기에 더욱 그러했다. 간단히 말하지만 얼굴은 웃고 있어도 그 눈만은 결코 웃지 않던 청룡이었다. 거의 만 년에 가까운 시간을 살아왔고 별다른 이변이 없는 한 앞으로도 영겁의 시간을 살아갈 그였기에 그 눈은 늘 허무에 깊이 빠져 들어 있었던 것이다. 그것은 자신을 제외한 다른 사신 모두 그러했고 표면적으로는 웃고 떠들고 있을지 몰라도 엉겁을 시간을 살아가야 한다는 것 자체가 그들에겐 고문이요 악몽이었다.

"…은평."

"왜, 지렁아."

"앞으로 잘 부탁해. 부디 날 즐겁게 해줘."

"갑자기 무슨 헛소리야? 어떤 속임수를 썼는지나 빨리 불어!"

은평의 눈이 가늘어졌다. 능청스럽게 웃는 청룡의 얼굴이 못내 알미웠다. 분명히 소맷자락 속으로 빨려 들어가듯이 사라진 패 한 조각을 본 듯한데 이 녀석은 시치미를 뚝 떼고 있질 않은가?

범인이 시치미를 뗀다면 발뺌할 수 없는 증거를 들이밀어 줘야 했다. 은평은 화투판 옆에서 가만히 누워 있는 애꿎은 백호를 붙잡아 번쩍 들어 올렸다.

"백호야, 너도 봤지?"

[뭘 말입니까?]

"저 지렁이 녀석이 화투를 소매 속에 감췄단 말야! 너도 봤지?"

백호는 고개를 저었다. 뭘 볼 게 있다고 그런 것을 뚫어져라 바라보고 있었겠는가? 백호는 지금 자신의 신세 한탄 하기에도 바빴다.

"분명히 저 녀석이 화투를 한 장 감췄단 말야! 백호 너, 정말로 못 본 거야?!"

청룡은 소맷자락 속에 자신이 감춘 화투를 한번 만져 보고 입가에 미소를 피워 올렸다. 저렇게 일일이 반응해 주면 자신이야 즐거운 일이었으니까 말이다. 백호 녀석은 나가떨어졌을지 몰라도 자신에게는 어림도 없다. 살아온 연륜이 있지 아무리 신선이라 해도 저런 애송이 계집애에게 당한다는 건 체면이 서질 않는 일이었다.

은평은 잔뜩 약이 올랐는지 청룡의 손목을 향해 손을 뻗었다. 자신이 직접 뒤지겠다고 생각한 것이었지만 손목에 손가락이 닿는 순간 느껴지는 짜릿거리는 감각에 놀라 황급히 손을 뗐다.

마치 전류가 흐르는 듯이 찌릿하면서도 따가운 느낌은 손을 떼고 나서도 여전히 손가락에 생생한 감촉으로 남아 있었다. 아니, 오히려 그 감각이 더 진해지는 것 같은 느낌이었다. 그런 은평에게 청룡이 친절하게 설명을 곁들여 주었다.

"난 청룡이야. 기상을 조종하는 것은 나에게 주어진 능력 중 일부지. 그래서 내 신체에는 뇌전(雷電)의 기운이 흐르고 있어. 범인들이 내 몸을 함부로 건드렸다가는 벼락에 맞은 꼴이 돼서 죽고 말아. 그나마 너니까 그 정도지."

그리고 '아까 그 인이라는 녀석도'라고 덧붙이고 싶었지만 관뒀다. 그 정체를 좀 더 주시해야 할 필요가 있기 때문이었다. 자신과 악수까지 하고서도 그저 잠시 몸이 움찔한 것에 멈추다니 결코 범인은 아니었다.

"백호 역시도 마찬가지고. 범인이 함부로 백호를 안았다가는 날이 선 털에 베어 죽기 십상이야. 느끼지 못했나?"

그러고 보니 예전에 변태 남매에게서 도망칠 때 자신을 붙잡기 위해서 여장 태자가 날린 실이 백호의 앞발에 감긴 적이 있었다. 한데 마치 날카로운 것에 베인 것처럼 썩둑썩둑 잘려 나가 버렸었다.

"걸어다니는 폭탄들이네. 아, 잠깐! 이런 이야기 듣고 있을 때가 아니지. 너, 분명히 소매 속에 화투 감췄지? 어서 내놔!"

"감추지 않았다니까 그러네. 정 못 믿겠으면 뒤져 봐."

하지만 은평은 다시 청룡의 몸에 손을 대고 싶지 않았다. 몸에 전류가 흐르는 것 같은 느낌은 그다지 좋은 게 아니었다. 자신이 건전지도 아니고 그런 경험은 한 번이면 족했다.

"됐어. 네가 감췄든 말든 화투 그만 할래."

은평은 손을 탁탁 털고 일어났다. 청룡은 자신이 예상했던 바와 은평이 지금 행동하는 바가 전혀 달랐기 때문에 잠시 당황했다가 이내 그 기색도 감추었다.

'강적이로구면.'

자신이 예상했던 바는 은평이 화투를 뒤지기 위해 자신에게 달려드는 것이었지만 은평은 찌릿거리는 감각이 싫었는지 미련없이 자리를 털고 일어나지 않는가?

이제부터 어떻게 해야 은평을 자신이 생각했던 대로 끌어들일 수 있는지를 고심하는 청룡의 귀로 은평의 중얼거림이 들려왔다.

"아, 그리고 보니 저 녀석을 어떻게 한다지……?"

은평은 은평 나름대로 청룡이 고민이었다. 화투 때문에 어영부영 넘어가 버렸지만 청룡 녀석의 앞으로의 거취를 생각해 봐야 했다. 백호야 애완동물 삼아, 그리고 쓸모 많은 일꾼 삼아 데리고 다닌다고 치지만 청룡은 아무리 생각해 봐도 쓸 데가 없었다.

"지렁아, 너 백호가 불러서 왔다고 했지? 앞으로 어떻게 할 생각이야?"

"뭐가 말인가?"

"날 따라다닐 건지 아니면 다시 돌아갈 건지 묻고 있는 거야."

이 녀석이 백호마냥 잔소리쟁이로 귀찮게 할 거라면 다시 돌려보내고 싶었다. 잔소리꾼은 백호 하나로도 넘칠 만큼 충분했다. 그리고 만약 백호처럼 따라다닐 거라면 이것저것 문제되는 게 많았다. 자신은 어쨌거나 현재는 난영에게 들러붙은 식객의 입장이고 백호야 동물의 모습이니 넘어가지만 저놈은 남들이 보기에는 엄연한 사람의 형상이 아닌가?

"나야 백호가 불러서 불원천리(不遠千里) 달려온 거니 내 거취에 대한 문제는 백호에게 물어보도록."

청룡은 교묘히 은평의 시선을 자신으로부터 떼어놓고 백호 쪽으로 돌렸다. 은평의 시선이 청룡에게서 이번에는 백호 쪽으로 움직이자 백호는 이미 예상이라도 했다는 듯 해탈한 모습으로 조용히 말했다.

[은평님의 돌출 행동이 한두 번이라야 말이죠. 저 혼자는 더 이상 은평님을 모시기가 힘이 들어서 불렀습니다.]

"하지만 저 녀석, 날 도와주고 모시러 온 놈 맞아?!"

[맞을 겁니다, 아마도.]

백호는 자신 역시도 별로 믿음이 가지 않는다는 표정으로 청룡을 물끄러미 바라보았다. 은평 역시 마찬가지였다. 청룡은 안면에 어색한 웃음을 띠며 뒷머리를 긁적였다.

"아하하하! 왜 나름대로 도움 주고 있잖아. 화투 상대도 해주고."

"화투 먼저 시작하자고 한 건 지렁이 너잖아! 에이, 몰라! 어쨌거나 자세한 이야기는 내일 하기로 하고 옆방으로 가."

은평은 귀찮다는 듯이 손을 내저었다. 얼른 가버리라는 손짓이었다.

"…옆방?"

"응, 둘이 같이 자. 그럼 설마 이 방에서 자려고 했던 거야?"

청룡은 군소리없이 일어났다. 그리고 오른손을 앞으로 뻗어 소맷자락을 흔들자 바닥에 어지러이 흩어져 있던 화투들이 소매 속으로 빨려 들어가듯이 사라지고 군용 담요는 어느새인가 사라져 버렸다.

"헤에, 신기하네. 메리 포핀스 같아."

"그게 뭐야?"

"몰라도 돼."

청룡은 어깨를 으쓱해 보이며 천천히 방을 나섰다. 인의 방은 그다지 어렵지 않게 찾을 수 있었다. 아직 잠자리에 들지 않았는지 방이 훤하게 밝았기 때문이었다.

조용히 문을 열고 안으로 들어서자 막 자려던 참이었는지 입고 있던 낡은 무복을 벗고 있는 인을 발견할 수 있었다. 청룡이 안으로 말도 없이 들어섰는데도 인은 한번 힐끔 바라볼 뿐 별다른 관심을 보이지 않았다.

　청룡은 구석에 놓여져 있던 의자에 몸을 묻었다. 그리고 뚫어져라 인을 관찰하기 시작했다. 상대방이 자신을 탐색하듯이 보고 있음에도 인은 별다른 동요 없이 옷을 갈아입었다. 게다가 풀어놓고 있던 머리를 위로 쓸어 올려 헤집음으로써 봉두난발(蓬頭亂髮)의 형상을 만들어 버렸다.

　"본인을 바라보는 게 즐거운 모양이오?"

　인이 처음으로 입을 열었다. 웃는 낯빛이어서 청룡 역시 웃는 얼굴로 응대했다.

　"그저 어떤 존재인가 관찰해 보았을 따름이오."

　"그래, 관찰 소감은 어떻소?"

　자신이 어찌 보였느냐는 인의 질문에 청룡은 단 한 마디를 내뱉었다.

　"무(無)."

　그랬다. 인은 아무것도 느껴지지 않는 무 그 자체였다. 마음도, 일신에 지닌 능력도, 그 무엇도 자신이 느낄 수 없었다. 이것은 인간들이 해탈(解脫), 득도(得道)라 부르는 경지에 도달해야만 가능한 것이다.

　하지만 완벽한 무는 아니었다. 무이기는 하되 간간이 섞여 나오는 번뇌(煩惱)는 지울 수 없었다.

　"분명한 것은 지금 하고 있는 모습만큼의 나이는 아니라는 점이오."

　"그렇소이까?"

　인의 입가에 걸린 웃음은 지워지지 않았다. 청룡의 말은 계속됐다.

　"어느 경지까지는 올라선 듯싶으나 마음속의 번뇌가 짙소. 그 번뇌를 완전히 해소시키지 못한 것 같소이다, 그대는."

　일순 인의 입가에서 미소가 지워지고 눈에서 차가운 한광이 흘러나왔다. 보통 사람이라면 그 한광만으로도 얼어붙어 제대로 말도 꺼내지 못할 정도였다. 하지만 청룡은 여전히 태연자약했다.

"나는 오늘 당신을 처음 보았고 당신에 대해서는 아무런 것도 알지 못하오. 괜한 위협은 그만두시오. 아무것도 알지 못하는 자에게 내가 무얼 할 수 있겠소?"

과연 청룡의 말대로 단순한 위협이었는지 인의 눈에서 흘러나오는 한광이 순식간에 가셨다. 그리고 다시 싱긋 웃는 낯으로 되돌아왔지만 대신 경계하는 빛이 역력했다.

"아까는 흐지부지 넘어갔소만 대체 어디서 불쑥 나타난 게요?"

"우선은 은평을 가르칠 사람 정도로 해둡시다. 하루 종일 앉아서 화투만 쳤더니 피곤하구려. 먼저 자겠소."

인이 뭐라 말을 붙여볼 새도 없이 청룡은 재빠르게 움직였다. 침상 쪽에 있던 침구(寢具)들을 내려서 바닥에 깔고 어느새인가 잠자리를 만들어 버린 것이다.

"……."

잠을 청하려는 듯 보이는 청룡을 위해 켜져 있던 등잔들을 모두 지풍(指風)을 날려 꺼버렸다. 이내 방 안은 깊은 어둠이 내려앉고 인은 어둠 속에서도 아무렇지도 않게 몸을 움직여 의자에 몸을 눕혔다.

'추하구나, 서화린(瑞嬅璘). 바짝 신경을 곤두세운 꼴이라니…….'

한순간이었지만 저자가 자신의 과거를 알고 있는 것이 아닌가 의심을 하고 만약 알고 있다면 죽여 버리리라 결심했던 자신이 한심스러워졌다. 사부의 마지막 숨을 자신의 손으로 끊어버리고 그 시체를 입에 댔던 먼 과거에서부터 자신의 어깨에 드리워진 깊은 번뇌. 그 번뇌로부터 헤어나지 못하고 더 높은 경지에 이르지 못하는 것도 어쩌면 당연했다. 하지만 자신은 두려웠다. 세상이 자신의 죄를 알게 되는 것이 더없이 두려웠다.

청룡은 조용히 감았던 눈을 떴다. 어차피 본래의 육신이 아닌 이상 지금의 육체로 잠을 잔다는 것은 그저 흉내 내기에 불과했다. 잠을 자고 있어도 주변에서 일어나는 일은 전부 느낄 수 있는 것이다.

아직 주위가 어스름한 것으로 보아 새벽인 듯했다. 청룡은 자리에서 일어나 주위를 훑어보았다. 탁자에는 밤새 한숨도 자지 못한 듯 어두운 안색의 인이 앉아 있었다. 인 역시 청룡이 깨어난 것을 느꼈는지 조용히 고개를 돌려 청룡에게로 시선을 주었다.

"깨어나셨구려."

인은 한마디뿐이었다. 자리에서 몸을 일으킨 그는 문을 활짝 열었다. 새벽 특유의 차갑고도 산뜻한 공기가 밀려들어 와 방 안을 가득 메워갔다. 청룡은 대기 중에 기운을 실어 주변의 기색을 살폈다. 숨소리로 보아 은평은 아직 자고 있는 듯했고 백호는 깨어는 있지만 움직일 수 없는 듯한 기운이 전해져 왔다.

청룡은 몸을 일으켜 기지개를 켰다. 온몸 구석구석으로 기가 흩어져 나가는 것이 느껴졌다. 기 그 자체인 지금의 육체는 기의 운용이 아주 자유로웠다. 기를 흡수하는 것도 흡수한 기를 밖으로 다시 내보내는 것도 말이다.

"새벽 공기가 아주 좋소이다."

"그렇구려."

"아직 아무도 깨어나지 않은 듯싶은데 대련 한번 해보지 않겠소?"

청룡의 말에 인이 의외라는 표정을 지었다. 그다지 내키지는 않았지만 마음대로 검을 휘둘러 본 것이 언제인가 생각해 보니 까마득한 듯싶어 승낙의 표시로 고개를 가볍게 끄덕였다.

"먼저 나가 기다리겠으니 천천히 준비하고 나오시오."

인이 먼저 밖으로 나갔다. 밖으로 나오자 대련하기에 부족함이 없는,

담을 경계선으로 꾸며진 넓은 화원이 있었다.

　격렬하게 싸울 것도 아니니 이 정도 넓으면 됐다 싶어 인은 주위를 둘러보았다. 지면의 고른지 발로 짚어가며 살펴보고 있는데 뒤에서 청룡의 기척이 들려왔다.

　"벌써 오셨소?"

　"기다리게 하는 것은 실례지 않소."

　인은 청룡의 행색을 보다가 눈살을 찌푸렸다. 대련하러 나온 사람이 무기로 보이는 그 어떤 것도 지니지 않고 있었기 때문이다.

　"가볍게 대련하는 데 그런 무기가 꼭 필요하겠소?"

　인의 생각을 꿰뚫어 보았는지 청룡은 담 자락 옆에서 소담스럽게 자라나고 있는 이름 모를 나무의 가지를 꺾어 그중 한 개를 인에게 내밀었다. 나뭇가지는 손가락보다는 약간 더 굵은 굵기로 길이는 팔 길이보다 약간 짧았다.

　'하긴……'

　그저 가벼운 대련일 뿐인데 무기를 휘두를 필요까진 없었다. 나뭇가지를 휘둘러도 그 효과는 충분할 것이다. 인은 장검을 한쪽에 조심스럽게 내려놓고 청룡에게 받은 나뭇가지를 이리저리 휘둘러 보았다.

　"그럼 어디 한 번 해봅시다."

　나뭇가지를 몇 번 휘둘러 본 인은 청룡에게 이제부터 시작하자는 표시로 눈짓을 했다. 신호가 떨어지기 무섭게 청룡이 나뭇가지를 휘두르며 돌진해 왔다. 하지만 진심 어린 공격은 아니었고 그저 탐색하기 위한 과정인 듯 강한 공력은 실려 있지 않았다. 인 역시 화답의 의미로 가볍게 공력을 실어 청룡의 공격을 맞받아주었다.

　'웃!'

　청룡과 자신의 나뭇가지가 맞닿는 순간 어제 청룡과 악수를 했을 때 느낀 짜릿한 감각이 몸에 흐르는 것 같은 착각이 들었다. 하지만 인은 기묘한 감각에 대해서 깊이 생각해 볼 틈도 없이 가슴을 향해 들어오는 나뭇가지를 피해 허리를 뒤로 눕혔다. 청룡이 자신을 향해 공격해 들어간 사이 텅 비어버린 허리와 다리를 파고들자 예상대로 청룡은 보법을 시전해 순식간에 이 장가량을 뒤로 물러났다.

청룡의 몸은 아주 가벼웠다. 조그맣고 날렵해 보이는 체구도 아니건만 운용하는 보법의 움직임이라든가 검을 휘두른 속도는 믿어지지 않을 만큼 빨랐다. 빠르다고 해서 힘이 없는 공격은 절대 아니었다. 적당한 힘과 공력이 가미된, 말 그대로 쾌검(快劍)이었다.

푸른 잔영이 자신의 목을 향해 치고 들어오는 것 같은 착각에 인은 헛바람을 내뱉었다. 자만은 아니었지만 강호에는 자신을 당할 상대가 거의 없을 것이라 생각해 오고 있던 차에 절대로 자신에게 꿀리지 않는 실력을 지닌 상대인 듯싶어 호적수를 만난 것이 기쁘기도 하고 당혹스럽기도 한 애매모호한 기분이 들었다.

인은 지금이 가벼운 대련 중이라는 사실을 망각한 채 온몸의 혈도 곳곳으로 천천히 공력을 퍼뜨렸다. 손에 꽉 쥐고 있던 나뭇가지에도 천천히 공력을 실어 넣었다. 이자의 실력을 알아보고 싶었다.

"천청멸절(天聽滅絶)! 폭쇄(瀑碎)!"

청룡은 인이 나뭇가지에 주입한 공력을 보고는 빙긋이 웃었다. 시큰둥하던 기분에서 싸울 마음이 들었다는 의미였으니 말이다. 어쩌면 그 안에 깃들어 있는 번뇌가 무엇인지 잠시 엿볼 수 있을지도 몰랐다.

청룡이 이런 생각을 하고 있는 틈에 인이 치고 들어왔다. 비스듬히 옆으로 베어내는 듯한 인의 공격을 피하기 위해 허리를 옆으로 숙이자 그 바람에 청룡의 뒤에 있던 나무가 서걱하는 소리와 함께 반쯤 베어져 나갔다. 이제 막 성장기를 맞아 한창 자라던 나무였지만 반쯤 베어져 뒤로 꺾일 듯 말 듯 위태위태해 보였다. 청룡은 위태한 나무를 붙잡고 뒤로 둥글게 돌 듯이 물러났다.

하지만 인은 틈을 주지 않겠다는 듯 청룡이 걸음을 옮기는 보법을 따라 지풍을 날렸다. 청룡의 발자국을 따라 푹푹 패인 지공 자국이 지면에 새겨지고 고르게 다져져 있던 지면이 점점 울퉁불퉁하게 변해갔다. 지공 때문에 지면이 흔들린 충격으로 위태롭던 나무가 급기야는 뒤로 넘어가기 시작했다. 그다지 큰 크기는 아니었지만 주위에 자라나고 있던 화초를 깔아뭉개기엔 충분해 보였다.

나무가 지면에 쓰러지는 것을 신호로 청룡이 지면을 박차고 뛰어올랐다. 실력을 뽐내기라도 하듯 공중제비까지 돌며 지붕 위까지 날아오르자 인 역시 놓치지 않겠다는 듯 지붕으로 올라섰다.

인이 지붕에 발을 내리기가 무섭게 청룡이 훌쩍 뛰어올라 그의 가슴을 노리고 찔러 들어갔다. 공력을 주입한 것은 아니지만 청룡 특유의 기운과 동화되어 푸르스름한 기운을 내뿜는 청룡의 나뭇가지는 무림인이 보았다면 공력을 주입한 것이리라 착각하기 좋은 터라 인 역시 그리 여기고 있었다.

청룡은 인의 손속을 피해 뒤로 훌쩍 날아올라 기와의 끝에 착지했다. 아슬아슬해 보였지만 기와는 용케도 부서지지 않고 버티고 있었다. 하지만 사실은 청룡의 몸 자체에 무게라는 것이 없기 때문이었다.

"계속 피하기만 할 작정이오?"

여차하면 청룡이 서 있는 가장자리의 기와 자락을 날려 버릴 참으로 인은 나뭇가지를 잡은 손에 힘을 주고 있었다. 그때,

"야! 거기 지붕 위의 미친놈 둘! 너희들은 포위됐다! 순순히 투항하라! 투항하면 목숨만은 살려주겠다!"

은평의 목소리였다. 그 목소리에 서로 공격해 들어가려던 두 사람의

신형이 모두 휘청거렸지만 어쨌거나 두 사람은 기와 끝으로 몸을 옮겨 아래를 내려다보았다. 지면은 울퉁불퉁했고 정원수들은 모두 사이좋게 땅바닥에 누워 있었으며 담도 금이 가 있다. 그리고 그 아수라장 한가운데에 은평이 그 둘을 바라보며 얼굴에 생글생글 미소를 짓고 있었다.

"우리가 시위 중인 범인이냐? 투항이 뭐냐, 투항이!!"

청룡과 인은 말을 하다가 몸이 오싹해지는 것을 느꼈다. 순간 은평이 웃는 얼굴로 이를 부득부득 갈고 있는 것처럼 보였기 때문이다.

은평은 여전히 생글생글 웃으며 두 번째 손가락을 들어 까닥거렸다. 아마도 내려오라는 뜻인 것 같아 두 사람은 신형을 날려 가볍게 지면에 착지했다. 착지하고 보니 주변에 웅성거림이 이는 것으로 보아 담 바깥 쪽으로 사람들이 많이 모여 있는 듯싶었다.

"은평아, 이게 무슨 소란이니?"

때맞춰 난영이 뛰어왔다. 어지간히 급하게 달려온 듯 침의 위에 두터운 겉옷만을 두른 차림이었다.

"언니, 죄송해요. 제가 단단히 교육시켜 놓을게요."

은평이 미안해 죽겠다는 표정으로 허리를 숙여 인사했다. 난영은 주변을 홱 둘러보더니 이내 경악하는 표정으로 입을 쩍 벌렸다. 주로 금황성의 손님들이 묵는 건물임을 고려해 특히 신경 써서 아름답게 꾸며놓았던 뜰이 난장판―이라 쓰고 개판이라 읽는다―이 되어 있는 탓이었다.

누가 삽질이라도 했는지 화초들이 자라던 땅은 움푹움푹 군데군데 들어가 있고 정원수는 사이좋게 땅바닥에 누워서 하늘을 바라보고 있었으며 눈요기로 설치해 둔 바위는 두 동강이 나거나 혹은 원래 놓여져 있던 자리에서 저만치 멀어져 있었고 연한 황톳빛이었던 담벼락은 금이 쩍쩍 가 있었다.

"누, 누가 이런 거니?"

난영은 쓰러질 것 같은 몸을 간신히 다잡고 질문을 던졌다.

"저기 있는 두 놈이 그런 것 같아요. 제가 일어나서 보니 두 놈이 대련 한답시고 지붕 위에 올라가 있었어요."

"대련 두 번만 했다가는 집 무너뜨리겠네."

난영의 어이없는 중얼거림에 은평은 죽을 죄를 지었다는 듯 고개를 푹 숙였다. 난영은 관자놀이를 꾹꾹 누르며 등을 돌렸다.

"있다가 정원사 보낼게."

기왕 아수라장이 된 거 화를 낸다고 다시 돌아올 것 같진 않아서 난영은 못다 잔 잠이나 잘 생각으로 발걸음을 돌렸다. 난영이 돌아서자 무슨 일인 가 하고 몰려들었던 금황성 사람들도 모두 제 할 일을 찾아 걸음을 돌린다.

은평은 난영이 시야에서 사라지자 인과 청룡에게로 고개를 돌렸다. 얼 굴에는 웃음을 띠고 있었지만 눈은 이글이글 타오르고 있는 이 기묘한 표정에 인과 청룡은 온몸에 소름이 돋는 것 같은 착각에 몸서리를 쳤다.

"더 하지 그랬니? 겨우 이것 갖고 건물이 무너지겠어?"

인은 뒷머리를 긁적였다. 나름대로 힘 조절을 한다고 했는데 이 정도 까지 될 줄은 몰랐던 것이다. 청룡은 주위가 엉망이 돼가고 있다는 자각 은 있었지만 인이란 놈을 좀 더 알아볼 요량으로 수수방관하고 있었기 때문에 입이 열 개라도 할 말이 없는 처지였지만 가만히 있으면 중간이 라도 간다는 옛 명언을 무시하고 은평의 말에 대꾸해 주었다.

"이곳의 뼈대가 되는 나무는 쇠보다도 단단하다는 남만 지방의 추양 목(楸壤木)이기 때문에 어지간해선 무너지지 않아. 담도 추양목이 자라 나는 토질을 물에 개어 진흙으로 만들어 빚은 것이기 때문에 금만 가는 정도에 그쳤잖……"

청룡의 말은 끝까지 이어지지 못했다. 은평의 응징이 뒤통수에 가해졌 기 때문이었다. 마치 수박을 치는 것 같은 소리와 함께 청룡은 뒤통수를 붙잡고 인상을 찡그렸다. 어지간한 아픔은 느끼지 않는 청룡이었지만 이건 정말로 아팠다.

"왜 때려? 네가 모르는 것 같아서 친절히 설명까지 해주면서 가르쳐주......"

이번에도 끝까지 말이 이어지지 못했다. 궁극의 비기 '때린 곳 또 때리기'가 펼쳐졌기 때문이다. 거기다가 비기의 효능 극대화를 위해 은평의 손에는 주먹보다 좀 더 큰 화강암 덩어리가 들려 있었다.

"돌머리 같으니라고. 돌로 쳤더니 돌이 부서지네."

은평이 손을 펴자 한 덩어리였던 화강암이 두 덩어리가 되어 땅바닥으로 떨어져 내렸다. 맨 처음 청룡의 뒤통수를 가격했던 오른손은 벌겋게 부어 있었다. 청룡이 엄청난 돌머리(?)임이 판명나는 순간이었다.

인은 속으로 혀를 차며 뒤통수를 붙잡고 쭈그려 있는 청룡을 동정의 눈길로 바라보았다. 자신처럼 가만히 있으면 중간이라도 갈 것이 아닌가. 왜 괜히 나서서 매를 자초하는지 신기할 따름이었다.

"네놈들 때문에 하도 시끄러워서 깼단 말야! 식물들이 비명을 지르면 얼마나 시끄러운지 알기나 해?!"

"식물들이 비명을 질러?"

"그래! 지금도 지르고 있단 말야! 히스테릭하게 '꺄아아아아' 하고 소리를 질러대서 귀머거리가 될 것 같단 말야! 지들이 빼순이야? 왜 '꺄아아아아' 거리는 거냐구!!"

은평의 중얼거림—이라기보단 혼자 발작하듯 외치는 비명—에 인은 어리둥절할 뿐이었다. 청룡은 뒤통수를 붙잡고 쭈그려 있고 인은 혼자 투덜대는 은평을 이리저리 한번씩 바라보다가 한숨을 내쉬었다.

'나도 아직 멀었군. 한순간 자제를 못해서 주변을 이렇게 엉망으로 만들다니......'

어쨌거나 자신 때문에 엉망이 된 것들이니 대략 정리를 해야 할 듯싶었다. 어디서부터 손을 대야 할지 막막해서 우선 연장이 될 만한 것들이 없나 찾아보기 위해 안으로 들어갔다.

"지렁아, 제발 이 소리 좀 어떻게 해봐. 시끄러워서 견딜 수가 없단 말야. 꺄아악대는 이 소리."

높은 고음의 비명 소리가 주위에서 동시 다발적으로 들려오니 견딜 수가 없었다. 처음 어느 정도는 견딜 만했는데 계속 듣고 있다 보니 구토감을 느낄 만큼 거북했다. 게다가 그 소리의 여파가 시간이 지날수록 점점 더 커지고 있었다.

"아우, 머리야! 아직도 머리가 울리네."

청룡은 뒤통수를 문지르며 은평을 노려보았다. 은평은 그 눈초리에 발끈했는지 청룡을 향해 발길질을 해댔다.

"그러니까 누가 맞을 짓을 하래? 적당히 했으면 이런 일도 없잖아! 으… 어쨌거나 이 시끄러운 소리 좀 어떻게 해봐."

"차단하면 되잖아."

"그러니까 무슨 수로 이 시끄러운 소리를 안 들리게 하냐고!!"

"그거야 네가 생각하기 나름이지. 너의 신체적인 부분은 나로서도 어쩔 수 없어."

청룡은 우선 임시 방편으로 손을 휘저어 은평 주위의 기를 살짝 흩뜨려 놓아 소리를 차단시켰다. 하지만 이것은 잠시일 뿐이고 근본적으로는 은평이 자기 자신을 다스려야 하는 일이었다. 식물들이 자신들이 상처 입은 것에 대해 주변으로 음파를 쏘아보내는 것이니 주변을 정리하는 것도 방편이라면 방편이겠지만……

기를 흩뜨려 놓은 것이 그나마 효과가 있었는지 찡그린 은평의 얼굴이 한결 밝아졌다. 신선 주제에 저런 간단한 것도 못해서 자신의 손을 빌리는 것이 한심했지만 별 내색은 하지 않고 주변 정리를 시작했다.

청룡은 잠시 눈을 감고 잠시 전의 모습을 머리 속으로 구체화시켜 그려본 다음 허공으로 손을 뻗었다. 마치 시간을 거슬러 올라가듯 주변의 모습이 빠른 속도로 회복되기 시작했다. 쓰러졌던 정원수가 다시 세워지고 잘려졌던 부분이 감쪽같이 붙는가 하면 푹푹 패였던 지면이 원래대로 편편하게 되고 금이 갔던 담벼락이 다시 이어 붙었다.

"와, 대단해!"

은평의 감탄에 청룡은 어깨가 으쓱해졌다. 이제야 자신의 위대함(?)을 알아보는 듯해서 뿌듯하기까지 했다.

"비디오 뒤로 돌리는 걸 보는 거 같아."

순수한 감탄사라고 하기에는 조금 무리가 있어 보이는 은평의 발언에 청룡은 뒤로 고개를 돌렸다.

"마치 비디오를 뒤로 돌리는 거 같아! 대단해!"

"그걸 감탄이라고 하는 거냐?"

자신의 이 뛰어난 능력을 보고도 저 따위 저급한 표현이라니 청룡은 새삼 은평과 자신의 수준 차(?)를 느꼈다. 대충 주변 정리가 끝나자 청룡은 손을 털고 물러났다. 때마침 청룡이 뒤로 물러나자마자 인이 다시 밖으로 나왔다.

"에?"

인은 연장으로 쓸 만한 것을 찾으러 들어갔다가 별 수확 없이 터덜터덜 돌아오는 중에 문득 위화감을 느꼈다. 눈앞에 펼쳐진 뭔가가 굉장히 눈에 거슬렸던 것이다. 잠시 전만 해도 전쟁터를 방불케 했던 현장이 어제 그랬냐는 듯 멀쩡하게 복원되어 있는 것이다.

"이게… 도대체 어떻게 된 일이야?"

외 전 - 인 지 소 전 (璘之小傳)

贈花卿 (증화경)

화경에게

ー*杜甫* (두보)

錦城絲管日紛紛 (금성사관일분분)

금성의 풍악 소리 분분히 들려

半入江風半入雲 (반입강풍반입운)

반은 강 바람에 반은 구름 속에

此曲기應天上有 (차곡기응천상유)

이 가락 분명 하늘의 음악이니

人間能得幾回聞 (인간능득기회문)

인간이 살아 몇 번이나 들을까.

설중지한(雪中之恨)

스스스스—

　차디찬 바람이 은삼(銀杉) 자락 사이를 훑고 지나갔다. 훤한 대낮부터 시작된 살육은 끝도 없이 이어져 황혼녘까지 이르렀다. 긴 장검의 날에서는 끈적끈적한 피가 방울져 흘러내리고 그 핏물과 함께 차가운 흙바닥에 점점이 떨어져 있는 것은 인간의 살점이었다.

　반듯한 문사건과 은잠(銀簪)으로 마무리한 깔끔한 머리를 바람결에 휘날리고 은삼(銀杉)을 걸친 중년인이 아래로 내렸던 피가 흐르는 검을 들어 올렸다. 흡사 아수라지옥도(阿修羅地獄圖)를 떠올리게 하는 주위의 풍경에 전혀 어울리지 않는 고아(高雅)한 분위기의 중년인은 소맷자락 안에서 손수건을 꺼내 검날에 덕지덕지 붙은 핏물들을 닦아냈다.

　오래전에 묻은 피는 이미 굳어져 얼룩이 졌고 새로 묻기 시작한 듯한 피는 방울져 흘러내리는 검을 지니고 있는 것으로 보아 이번 살육의 장본인은 은삼중년인인 듯했다. 하지만 그의 무공이 고강하다는 것을 증명이라도 하듯 은잠에는 피 한 방울 묻어 있지 않았다.

"네 이놈! 천무존(天武尊)!!"

은삼중년인에게서 조금 떨어져 서 있던 노인이 입술을 악물었다. 눈에는 흉흉한 살광이 묻어나고 피로 얼룩지다 못해 본래의 색을 잃어버린 옷자락, 그리고 손에 쥐어진 도가 그의 상황을 대변해 주고 있었다.

"비아부화(飛蛾赴火)라 하였네. 딱 지금 자네의 모습을 뜻하는 말일 테지."

은삼중년인은 피 묻은 손수건을 바람에 날려보냈다. 너울너울 날아간 손수건은 은삼중년인의 앞에 반쯤 쓰러질 듯 간신히 몸을 지탱하고 서 있던 노인의 곁까지 날아갔다. 노인의 몸에 닿는 순간 불꽃이 일어 인간의 피를 듬뿍 머금은 손수건이 순식간에 불타 버렸다. 몸 전체에서 일어나고 있는 노인의 내공 때문이었다.

"클클클, 덤벼라. 너에게 나의 식솔들과 부하들을 전부 잃어버렸다고는 하나 아직 쓰러질 본좌가 아니다."

"쯧쯧… 끝까지 입만 살았군."

확실히 노인의 지금 모습으로 보아 허세라고밖에는 보이지 않는다. 하지만 노인은 끝까지 자존심을 앞세웠다.

"살려서 보내주겠다고 하는데 어째서 무모하게 본좌에게 덤비는 것인가?"

은삼중년인은 내심 혀를 차며 검을 허리춤에 달린 검집에 집어넣었다. 어차피 그의 마음속에서 전의(戰意) 따위는 없어진 지 오래였다. 식솔들과 부하들을 모조리 잃어버리고 자존심마저 구겨진 노인에겐 차라리 전력으로 겨뤄 목숨을 거둬주는 것이 자비이리라. 하나, 그가 지은 죄의 대가로 앞으로 죽을 때까지 괴로워해 보라는 뜻으로 검을 집어넣었다. 그러자 노인은 그것을 거절했다.

"그 정도의 내력을 일으키고 있는 것을 보니 아직 죽을 정돈 아니겠군."

은삼중년인은 노인으로부터 미련없이 돌아섰다. 그 모습을 본 노인의 눈가에 붉은빛이 일었다. 마치 피눈물을 흘리는 듯 벌게진 눈으로 몸을 기대 지탱하고 있던 도(刀)를 지면에서 뽑아내며 발작적으로 외쳤다.

"천무존, 덤비지 않을 셈이냐?! 네놈이 본 장과 본좌에게 이런 수모와 치욕을 주고도 무사할 성싶으냐?"

"본 장? 이미 폐허로 변해 버린 육가장을 일컬음이더냐?"

은삼중년인은 주위를 가리키며 비웃음을 떠었다. 그의 비웃음을 본 노인의 몸이 분노로 부들부들 떨리고 벌게진 눈에서는 피눈물이 흘러내렸다.

"가라! 상대하기 귀찮다!"

손을 내저으며 경공을 시전하려는 은삼중년인의 등 뒤로 노인의 피맺힌 분노의 목소리가 내리꽂혔다.

"그래, 어차피 지금의 본좌는 네 상대가 될 수 없다. 네놈은 천하제일인(天下第一人)이라고 칭해지는 놈이 아니냐. 어차피 이기지 못할 것이라면 본좌는 살아남겠다. 살아남아서 꼭 네놈의 등 뒤에 내 비수를 꽂아주마."

"잘 생각했다."

은삼중년인은 대소를 터뜨리며 천마행공(天馬行空)을 시전해 순식간에 폐허로부터 떨어져 나왔다.

몇 시진 전만 해도 사도의 거파로 불렸던 육가장의 폐허에서 얼마 떨어지지 않은 곳. 은삼중년인은 그 짙은 푸른색의 수풀가에 몸을 내렸다.

그가 땅에 발을 딛기가 무섭게 수풀 사이에서 다섯의 인영이 그 모습을 드러냈다. 불자를 든 도사와 짙은 마기(魔氣)를 풍기는 마인 등 그 모습과 연령이 가지각색이었다. 은삼중년인에게 처음으로 말을 건넨 것은 불자를 든 도사였다.

"어찌하여 후환을 남겨두셨습니까?"

하지만 은삼중년인은 빙긋이 미소만 지을 뿐 별다른 말은 하지 않았다. 불자를 든 도사 뒤에서 나타난 매우 앳되어 보이는 소년이 볼멘소리를 했다.

"저에게 맡겨주셨으면 한 시진 안에 모든 후환거리를 없애 버렸을 것을 괜한 수고를 하시는 까닭이 무엇입니까?"

어찌 보면 자신의 실력을 발휘해 볼 기회가 사라졌다는 투의 불평에 은삼중년인이 껄껄 웃음을 터뜨렸다. 다섯의 인물들 줄 가장 어렸지만 무공만큼은 누구에게도 뒤지지 않는 소년이었다. 자존심도 높고 아직 소년인 만큼 강한 자를 동경하는 마음도 깊었다. 그렇기에 자신을 따르고 있는 것이지만······.

"남궁율(南宮率), 네 실력을 뽐낼 기회가 사라져서 토라진 것이냐?"

"우리 다섯 중 아무에게나 맡기셔도 될 일, 굳이 왜 수고로움을 감수하시는 건지 이해할 수가 없습니다."

은삼중년인의 손이 남궁율의 머리를 쓰다듬었다. 하지만 어린애 취급을 한다고 생각했던지 남궁율은 표정이 불만으로 얼룩졌다.

남궁율. 그의 성(姓)에서도 대충은 짐작할 수 있는 바였지만 그는 남궁세가의 소가주였다. 일찍이 강호에 출두했다가 천무존의 신위를 보고 그에게 감탄해 스스로 집을 나와 그를 찾아왔다. 찾아온 이들 중에서도 가장 나이가 어린 십육 세의 나이였으니 왠지 그가 귀엽기도 하고 손자 같기도 해 그냥 곁에 데리고는 있었지만 언젠가는 그는 남궁세가로 돌아가 가주를 맡을 인물이라는 생각이 천무존의 머리 속에는 깊숙이 박혀 있었다. 그래서 가능하면 그에게 이런 일을 시키고 싶지 않은 것이었다.

"율아, 굳이 저분께서 너에게 일을 맡기지 않으시는 까닭이 무엇인지 모르는 것이냐?"

불자를 든 도사가 소년의 어깨를 자신의 쪽으로 잡아끌며 물어왔다.

"…저는 잘 알 수 없습니다. 아니, 이해할 수 없습니다. 제가 제 스스로 나온 것인데 어째서 그리 신경을 써주시는 것인지 도무지 이해가 가질 않습니다."

자신은 마도의 인물도 그렇다고 해서 정도의 인물도 아니다. 그저 원하는 것이 있으면 취할 뿐이고 자신에게 거스른다면 없애 버린다. 물론 피에 미친 광인은 아니었기에 웬만하면 살인은 피하는 편이었으나 이래저래 남궁율이 자신과 너무 깊숙이 관련되어 버린다면 후에 그의 앞날에 지장을 줄 수 있으리란 생각에 어지간하면 그를 끌어들이지 않았다. 은삼중년인의 그런 태도 덕분에 다른 인물들 사이에서도 남궁율은 보호의 대상이었다. 하지만 본인은 특별 취급이 싫다고 불평을 해대는 중이었다.

"전 주군을 처음 보았을 때 내 목숨을 내던져도 결코 아깝지 않을 분이라 확신했습니다. 저에게는 남궁세가의 가주 직위는 필요없습니다. 그저 언제까지나 이렇게 네 분 선배님들과 함께 주군의 곁에 머물고 싶을 따름입니다."

사실 이 다섯 명의 신분과 강호에서의 신분은 가지각색이었다. 남궁율의 경우 남궁세가의 소가주, 불자를 든 도사의 경우 별호는 헌공 진인(獻供眞人)으로 무당파의 도사였다. 그 역시 다음 대 장문인으로 내정되어 있었으나 그 자리를 스스로 박차고 나왔다. 그외에도 마영노(魔鈴老) 그는 일세의 마두였으나 스스로 천무존의 수하되기를 자처한 자였고, 사황

거극(邪皇ㅌ克) 역시 세수 백을 바라보는 전대의 거마였다. 하소군(夏素珺)은 다섯 중 유일한 여성이면서 녹림도들을 이끄는 지도자 같은 존재였다.

"내가 아무 말도 없이 사라진다면 자네들은 어찌할 텐가?"

은삼중년인, 아니, 천무존의 뜬금없는 질문에 모두가 의아한 표정들을 지었다.

"내가 어느 날 갑자기 사라진다면 어찌하겠냐고 묻고 있지 않은가?"

"어찌하다니요?! 온 천하를 뒤져서라도 찾아내겠지요."

제일 먼저 냉큼 대답한 것은 하소군이었다. 도발적인 눈빛으로 교태롭게 웃으며 아무렇지도 않게 가공할 언사를 내뱉었다.

"녹림도들을 풀어 천하를 뒤지겠습니다. 만약 주군께서 그래도 정 아니 보이신다면 다시 강호에 모습을 보이실 때까지 수절하겠어요."

"수절? 내가 네 부군(夫君)이라도 된단 말이냐?"

천무존의 얼굴에 고소가 떠오르고 다른 네 명은 얼빠진 얼굴로 하소군이 뭐라 답을 하는지 기다리고 있다.

"당연하지요. 주군으로 점찍은 동시에 제가 제 부군으로 낙점했습니다. 이렇게 따라다니고 있는 것도 다른 계집들이 눈길 주는 것을 막아보기 위해서라는 것을 정녕 모르신 건가요?"

천무존은 어이없는 얼굴을 했다.

"소군아, 내 나이가 이제 백이십을 넘어간다. 말이 되는 소리라고 생각하느냐?"

"제 나이가 이제 삼십이지요. 구십 차이군요. 딱 좋지 않습니까?"

소군의 능청스런 대답에 모두의 입에서 박장대소가 터져 나왔다. 하지만 소군만은 왜 웃느냐는 듯 당당하기 이를 데 없었다.

"크하하하하핫! 주군을 단단히 점찍은 모양입니다?"

"그렇게 우스운가, 마영노?"

마영노의 짓궂은 놀림에 천무존은 한숨을 내쉬었다.

"슬슬 움직여 볼까?"

"어디로 가실 작정이십니까?"

"숭산(嵩山)에 한번 가볼까 하네."

천무존이 허공으로 떠올랐다. 그것이 신호라도 된 듯 다섯 인영들 역시 일제히 경공을 시전하기 시작했다.

"…한데 그 말씀, 그저 해보신 말이겠지요?"

어느새 천무존의 뒤로 바짝 따라붙은 헌공 진인이 의미심장하게 물어왔다.

"글쎄… 내가 무슨 말을?"

천무존은 확실한 답을 내려주지 않고 은근히 회피하면서 천마행공으로 다섯 인영들보다 훨씬 더 앞질러 가기 시작했다.

"기다리세요!"

하소군의 앙칼진 음성이 뒤를 이었고 다섯 인영들 역시 발에 더욱더 힘을 가했다.

'…사부님…….'

그랬다. 헌공 진인에게 했던 말은 거짓이 아니었다. 언젠가부터 쭉 생각해 오고 있던 바였으니. 사부의 원수도 갚았고 강호도 떠돌 만큼 떠돌았다. 이제는 조용히 은거에 들어가 마음속의 번뇌를 잠재우고 싶었다.

'사부님… 요즘 들어 더욱더 사부님의 마지막 모습이… 눈에 밟힙니다. 더불어 제가 저질렀던 천인공노할 짓거리도 말입니다…….'

매일 밤 자신의 잠자리를 괴롭히는 악몽 같은 기억들이 다시금 선명히 머리 속에 떠오르고 있었다.

                    *   *   *

　이곳은 언제나 눈으로 덮여 있었다. 하절이 찾아온다고 해도 그저 해
가 떠 있는 낮 시간이 조금 더 길다는 것뿐인 설산이었다. 봉우리를 따라
위쪽으로 올라갈수록 그 추위는 더해와 옷 틈으로 파고들었다.
　'으, 추워.'
　아쳰은 몸을 부르르 떨며 동물가죽으로 얼기설기 엮은 가죽옷을 여몄
다. 몇 겹이나 옷을 껴입어도 춥기만 했다. 자신은 이런 지경일진대 정작
자신의 사부는 언제나 하절에나 입는 홑옷인 진삼(裖衫) 하나만 걸치고
다녔다. 그렇게 입고도 춥지 않느냐고 물으면 사부는 언제나 웃으며 고
개를 젓기만 했다. 그런 옷을 입고 이 설산을 나돌아다닌다면 바로 동사
해 버릴 것 같은데 말이다.
　그나마 겨울보단 형편이 나은 계절이라 아쳰은 그동안 모아둔 동물가
죽을 팔기 위해 무려 삼 일이나 걸려 산 아래 작은 촌락에 다녀오는 길이
었다. 식량을 사올 때도 있었고, 종이를 사올 때도 있었다. 가끔은 사부
가 일러주는 대로 책을 구해오기도 했다. 외딴 촌락이라 책이 있을 리 만
무하지만 가끔 설산을 지나가는 상단(商團)에 부탁해 한 권 두 권 모으기
시작한 책들이 벌써 동굴에 가득 쌓여 있었다.
　산을 오르려면 사부가 일러준 경신법을 사용해야 하는데 그러자면 이
제 갓 무공이란 것에 입문한 자신으로선 턱도 없는 소리였다. 아니, 쓸
수는 있지만 공력를 끌어올려 몸을 뜨끈하게 데우는 것까지 하자면 터무
니없이 부족해진다고나 할까.
　"후우……."
　조금 늦게 가더라도 공력으로 몸을 데우는 것을 택하기로 한 아쳰은
몸 구석구석에 진기를 퍼뜨렸다. 이내 몸이 훈훈해지고 감각이 없던 손

을 조금이나마 굽혔다 폈다 할 수 있을 정도가 되었다.

산을 오르고 있는 아쳰의 눈가로 융족이 자리를 잡고 있는 산기슭이 눈에 들어왔다. 자신이 나고 자란 고향이자 부모와 형제들이 있는 곳. 하지만 아쳰은 저곳으로 돌아갈 수 없었다. 산제물로 바쳐져 부모들이 자신을 내다버렸다는 것을 알게 된 것은 약 이 년 전쯤이었다.

처음에는 분노했고 절망했다. 자신의 부모가 자신을 제물로 바쳤다는 사실은 아직 열세 살이었던 자신에게는 너무도 큰 충격이었다. 그 충격과 분노를 이겨낼 수 있었던 데에는 사부의 덕이 컸다. 절대적으로 자신들의 신을 숭상하는 융족에게 있어서 산 제물의 의미는 야만함과 잔인함이 아니라 그들 나름대로의 믿음이며 자신들이 할 수 있는 가장 성스러운 대우가 아니겠는가.

그래서… 잊기로 했다. 자신이 융족이었다는 사실도 부모에 의해 산 제물이 되었다는 사실도 말이다. 자신은 이제부터 융족이 아닌 한족으로 살기로 했다. 하지만 가끔 융족의 부락을 스칠 때마다 가슴 한구석을 스치는 씁쓸한 느낌은 아직도 완전히 떨쳐 내버릴 수 없었다.

눈에서 뜨거운 것이 치미는 것을 꾹 눌러 참고 발걸음을 채근했다. 진기를 몸으로 돌렸음에도 오늘따라 얼어버린 발은 무겁기만 했다.

컹컹!

륜 특유의 울음소리였다. 이내 그 울음소리를 알아들은 아쳰은 소리가 나는 방향을 향해 고개를 돌렸다. 아마도 자신을 마중 나온 것이리라.

"륜……!!"

륜의 커다란 몸체가 아쳰을 덮쳤다. 어지간한 장정들보다도 몸집이 큰 륜인지라 아쳰의 작은 몸이 휘청거렸지만 용케 쓰러지지 않고 버텼다. 추위에 견딜 수 있도록 발달되어 이중으로 덮인 털이 손 가득 잡혀왔다.

"그동안 잘 있었어?"

류의 얼굴을 뜯어보던 아첸은 뭔가 이상하다는 것을 깨달았다. 눈은 마음의 창이라고들 하지 않던가. 평소에 보던 류의 맑은 눈동자가 아니라 마치 무언가에 쫓기는 듯한 다급한 눈초리로 류은 자신을 재촉하고 있었다.

　"무슨 일이야?!"

　웬만한 범도 물리쳐 내는 류이 다른 산짐승에게 쫓겼을 리도 없다. 오히려 이 설산의 제왕으로 군림하질 않던가.

　류은 아첸의 옷자락을 물고 갑자기 내달리기 시작했다. 방향이 항상 기거하고 있는 동굴과 정반대였다.

　"류!! 어디 가는 거야?!"

　항상 주고받던 장난 같은 것이 아니었다. 그 모습에서 아첸은 불안한 그림자를 읽어 내릴 수 있었다. 다급함에 섞여 나오는 위기감이랄까, 류의 이런 모습은 그로서도 처음 보는 것이었다. 언제나 의젓한 모습으로 유일한 동무가 되어 주었던 류이 이럴 정도가 되었다면 필시 사부에게 무슨 일이 생겼으리라.

　"사부님께 무슨 일이 생긴 거지?! 그렇지?!!"

　더 이상은 지체할 수 없다는 듯 류이 아첸의 옷자락을 물고 질질 끌고 가기 시작했다. 아첸은 끌려가지 않으려고 최대한 버티려는 모습이 역력하지만 순수한 힘으로는 류을 당해내긴 역부족이었다.

　"어디로 가는 거야?! 거긴 반대 방향이잖아……!!"

　사부에게 무슨 일이 생겼는지 확인을 하기 전에는 절대 갈 수 없었다. 유일한 가족이자 자신의 사부였고 은인이었다. 아첸은 끌려가지 않으려고 다리에 힘을 주고 버텼다. 적어도 연유는 알아야 했다.

　"어딜 부리나케 달려가나 했더니 이런 이유였군? 켈켈켈……."

　음산한 목소리가 공중에서 거친 바람과 함께 맴돌았다. 목소리가 들리자 몸이 굳어지는 것이 역력히 느껴질 정도로 류은 잔뜩 긴장하고 있었다. 류이 털을 잔뜩 곤두세우는 것을 느낀 아쳰은 위를 올려다보았다.

새하얗게 샌 백발을 거친 바람에 날리며 한 노인이 아쳰의 앞으로 떨어져 내렸다. 항상 보아왔던 사부와 마찬가지로 추위를 타지 않는 듯 걸치고 있는 것은 거칠고 얇은 마의 하나였다. 거기다가 온몸이 깡말라 있고 눈은 움푹 들어간 채여서 절로 소름이 돋을 만한 모습이었다.

"그놈의 제자로군⋯⋯?"

주위에 몰아치고 있는 칼바람보다 더 냉랭한 목소리가 울렸다. 아쳰은 본능적으로 이 노인이 말하고 있는 그놈이 자신의 사부임을 깨달을 수 있었다. 무어라고 대답해야 할지 몰라 우물쭈물하고 있는 사이 류은 아쳰의 앞으로 나와 하얀 이를 드러내며 노인을 향해 위협을 가했다.

"가소로운 것! 본 궁을 상징하는 수호 짐승이기에 봐주려 했건만 그놈이 나쁜 물을 잔뜩 들여놓은 모양이구나!!"

노인의 쌍장이 류을 향해 내리 뻗었다. 류은 그 손길을 피하고자 눈밭을 데굴데굴 굴렀다. 그리고 도약해 노인을 향해 살기 어린 이빨을 드러내며 노인의 좌수를 노렸다.

"류!!"

"케케, 가소롭다 하지 않았느냐! 예전의 그 날카롭던 살기는 다 어디로 내다버린 것이더냐?!"

노인은 코웃음을 치며 소맷자락을 휘둘러 가볍게 류의 앞발을 쳐냈다. 그 손속에 나동그라져 눈밭을 뒹굴었지만 류은 소리 한번 내지 않았다. 오히려 노인을 향해서 흰 이를 드러내며 더욱더 위협을 가하고 있었다.

"⋯뉘신지는 모르겠으나 류을 핍박하는 것은 그만두시오."

노인이 누구인지는 알 수 없으나 계속 두고볼 수만은 없어 아쳰은 앞으로 나섰다. 뒤에서 류의 만류하는 눈초리가 뒤따랐으나 보아하니 이 노인 역시 무림인. 아무런 이유 없이 자신에게 해코지를 하진 않으리라 여겨졌다.

"나를 모르겠다……? 네놈의 사부가 이야기하지 않더냐?"

침침하던 노인의 눈에서 매서운 안광이 뿜어져 나왔다. 이제 막 무공에 입문하다시피 한 아첸은 그 안광을 마주하는 순간 몸이 떨려왔으나 애써 나타내지 않으려 애썼다.

"…들어본 바 없습니다. 그리고 노인장께 함부로 불릴 정도의 분이 아닙니다."

부모에게 버림받은 자신을 거둬준 사부였다. 지식과 한족의 문자를 알려주는 것뿐만 아니라 부모와도 마찬가지 존재인 사람이었다. 평소에 봐온 인품이나 성격으로 보아 눈앞의 이 노인에게 큰 죄를 지었다 해도 그것은 이유나 사정이 있어서일 것이라 믿어 의심치 않았다. 그러므로 이 노인이 자신의 사부에게 그놈 이놈하며 함부로 칭하는 것은 참을 수 없는 처사였다.

"역도(逆徒)의 제자답구먼. 크크……."

노인의 손이 섬광처럼 움직여 아첸의 목을 죄어왔다.

"큭… 놓으시오!!"

숨이 막힌 아첸이 버둥거리자 그것이 귀찮았는지 노인은 아첸의 혈도를 짚었다. 그리고는 그 빼빼 마른 몸 어디에서 힘이 솟아나는지 아첸의 몸을 옆구리에 가볍게 끼웠다.

"상대해 주고 싶었지만 애석하게도 시간이 얼마 없구나."

륜은 아첸이 괜히 나서다가 노인의 손에 잡히자 낭패한 눈빛을 했다. 이렇게 되면 자신이 아무리 용을 써봐야 저 노인을 당해낼 수 없지 않은가.

"네놈도 이리 오너라."

거친 마의 자락이 휘둘러지는가 싶더니 자락에서 검은 그물이 튀어 나와 륜의 몸을 뒤덮었다. 륜이 뒤늦게 발버둥쳐 보지만 그럴수록 그물은 더욱더 륜의 몸에 감겨왔다. 설상가상으로 추위를 이기기 위해 이중으로 발달된 두터운 털이 그물 사이에 엉겨 붙고 있었다.

"끌끌… 지체하고 있을 시간이 없느니."

노인이 허공으로 날아올랐다. 노인의 신법은 실로 절묘하여 아쵄이 몇 시진이나 걸렸을 거리를 단숨에 이동하고 있었다. 아쵄은 입술을 깨물었다. 자신보다는 사부에게 무슨 일이 생겼을까 그것이 걱정되었다. 그리고 사부와 이 노인의 관계는 무엇이란 말인가. 사부를 거론할 때마다 뿜어져 나오는 살기 어린 안광이 못내 마음이 걸려왔다.

"클클, 이제야 오는군."

"그러게나 말일세."

동굴 앞에는 두 명의 노인이 서 있었다. 평범한 체구에 꼿꼿이 허리를 세운 백발의 노인과 난쟁이에 왜소한 체구의 노인이었다. 백발의 노인은 단정한 학창의를 걸쳐 무림인이라기보다는 학자에 더 가까운 풍모였다.

"사, 사부님!!"

자신의 사부는 두 노인들과 대치한 채 힘없이 주저앉아 있었다. 피로 얼룩진 배 부분을 손으로 움켜쥐고 창백한 안색이었다. 이미 피를 많이 흘린 듯 흰 눈 위로 붉은 피가 점점이 흩어져 있었다. 거기다가 움켜쥔 손가락 사이로 내장 덩어리가 삐죽이 보이고 있어 상세가 위중하다는 것을 알 수 있었다. 아쵄은 사부의 모습을 보는 순간, 뜨거운 무언가가 눈가로 치밀어 올라 두 노인을 노려보았다.

"우리들한테도 눈을 부라리는 것을 보니 성깔 하나는 나무랄 데 없구면."

비꼬는지 칭찬인지 모를 말을 내뱉은 세 노인은 아쵄과 륜을 거칠게 바닥에 던져 놓았다. 혈도를 점한지라 아쵄은 사부에게 가까이 다가가지도 못하고 눈동자만 굴려대는 수밖엔 없었다.

'…아쳰과 륜은 끝까지 도망치길 바랬거늘…….'

아쳰과 륜은 도망치게 하려 했었건만 결국 이렇게 잡혀오고 보니 아쳰의 사부인 서화린은 눈앞이 깜깜했다. 자신은 죽든 말든 별 상관이 없지만 아쳰과 륜만은 그러게 하고 싶지 않았다. 더구나 아쳰은 자신의 부족으로부터도 산제물로 버림받질 않았는가. 어쩌면 그 신세가 자신과 매우 비슷했다.

부모에게 죽으라고 버림받은 아쳰이나 자신을 죽이기 위해 쫓아온 매정한 아비를 마주한 자신이나 말이다.

"…이 아이와 륜은… 살려주시지요. 죄인은 저 한 사람 아닙니까."

자꾸만 목구멍으로 치미는 핏물을 애써 삼키며 담담히 말을 이어 나갔다. 하나, 노인들에게는 그런 말이 먹히지 않는 모양이었다.

"화근의 싹은 남김없이 뽑아내 버려야 한다는 것을 모르느냐?"

제일 왼쪽에 서 있던 난쟁이 노인이 일갈했다. 난쟁이 노인을 비롯해 세 노인에게서 뿜어져 나오는 살기는 어린 아쳰으로서는 차마 감당하기 힘든 것이었지만 서화린은 아무렇지도 않은 듯 담담하게 말을 이어 나갔다.

"…아직 어립니다. 그리고 저의 내력 역시 알지 못하는 아입니다. 그곳의 무공 역시 하나도 전수치 않았습니다. 그런데도 살려주시기 어렵다는 것입니까?"

"닥쳐라! 내력을 알든 모르든 네놈의 제자라는 사실만으로도 이미 찢어 죽여도 시원치 않을 놈이거늘……!!"

노인들의 목소리에 실린 분노는 산을 쩌렁쩌렁 울렸다. 노인들이 뭐라 소리를 치던 서화린의 음색은 담담하기만 했다. 체념의 태도라기엔 너무도 당당해 노인들 마음 한구석으로 침음성이 울렸다. 저놈이 자신들 앞에서 살려달라 애걸복걸(哀乞伏乞)하기라도 바랬으나 저 고고한 태도는 예나 지금이나 변한 게 없어 보였다. 어쩌면 그런 점이 더 마음에 들지 않는지도 몰랐다.

"저는 제가 한 일이 잘못된 일이라는 생각해 본 적이 없습니다. 어리디어린 동녀들을 취해야만 연성할 수 있는 무공이라면 차라리 없어져 버리는 것이 낫다고 생각했습니다……."

"그것이 있어야만 본궁이 흥할 수 있거늘. 그런 것을 네놈의 독단으로 훔쳐 달아나 버렸으니 본궁의 사조께 어찌 얼굴을 들 수 있겠느냐?!"

아첸은 세 노인과 대화를 나누고 있는 사부의 상태가 걱정되어 견딜 수 없었다. 얼마만큼 다친 것인지 알고 싶었다.

"사부님……!!"

사부를 불렀지만 사부는 아첸의 목소리를 외면했다. 자신이 저 아이를 중히 여긴다는 것을 알면 해코지를 할 수 있다는 생각에서였다.

"네놈과 말대작하면서 더 이상 시간을 낭비할 수 없다. 어서 내놓아라."

"이미 그것은 없애 버렸습니다."

"갈! 그것이 네놈이 없앤다고 없앨 수 있는 것이더냐?!"

내공을 주입하면 오히려 그 배의 반탄력으로 시술자를 덮쳐 오는 기물이었다. 쉽사리 없앨 수 있는 물건이 아닌 것이다.

"설사 제게 있다 해도… 드릴 수 없습니다."

말을 마친 서화린은 기침을 하며 피를 토했다. 내장 부스러기가 섞여 나오는 것으로 보아 이제 얼마 남지 않은 듯했다. 저 두 노인만 있었다면 오히려 있는 힘껏 저항했을지도 몰랐다. 하나, 이번에는 그의 아버지가 끼어 있었다. 백발의 머리를 휘날리며 자신을 향해 싸늘한 시선을 주고 있는 아버지가 말이다.

"그래……? 그렇다면 어쩔 수 없지."

백발의 노인이 아첸의 손목을 잡아챘다.

"이놈의 심맥을 가닥가닥 끊어놓는 수밖에!"

심맥을 끊어놓는다는 소리에 아첸은 온몸에 소름이 돋았다. 이제 막 무공에 입문해 있는 상태였다. 심맥을 끊어놓는다는 소리는 앞으로 무공을 못하게 된다는 소리와도 일맥상통(一脈相通)하는 것이 아니겠는가.

게다가 노인은 경고라도 하듯 아첸의 왼쪽 얼굴을 손톱으로 내리그었다. 단지 손톱으로 내리그었을 뿐인데도 붉은 피가 솟아나며 깊은 상처가 생겨났다.

"흐으으……."

아첸이 얼굴을 찡그리며 고통의 신음 소리를 냈다.

"…그리하셔도 없는 것은 없는 것입니다, 아버님."

자식은 그 아비가 가장 잘 안다고 했던가. 노인은 서화린에게 있어서 아첸을 살려주려는 것이 단순히 어린 생명 하나를 구제하자는 것이 아니라 깊은 정을 주고 있음을 직감적으로 알아차렸다.

서화린은 쓰게 웃었다. 자신에게 단전에 치명상을 준 것 역시 아버지, 자신의 제자를 향해 마수를 뻗치고 있는 것도 아버지… 어린 누이를 죽인 것 역시 아버지…….

"…끝까지 잔인하십니다. 당신에겐 부정(父情)이란 것도 존재치 않…습니까?"

점점 더 숨이 가빠왔다. 자신이야 여기서 죽어도 별 상관은 없지만 아첸과 륜은 저 잔인한 노인들의 손속 아래서 어찌 될지 그것이 오직 걱정이었다.

"닥쳐라! 너 같은 아들은 둔 적이 없느니라."

서화린의 몸이 휘청거렸다. 이제 얼마 남지 않은 모양이었다.

"네놈에게서 알아내지 못한다면 네 제자 놈에게라도 알아내겠다."

아췐은 잡혀진 손목으로부터 기이한 진기가 흘러 들어옴을 느꼈다. 그리고 그와 동시에 온몸의 심맥이 가닥가닥 끊어지는 듯한 고통이 전신을 덮쳐 왔다. 뼈 속에서 아주 작은 벌레들이 요동을 치는 듯한 아픔은 아직 어린 아췐이 견디기에 힘든 고통이었다.

"크아아아아악……!!"

입에 거품을 물고 괴성을 내지르는 아췐을 바라보며 서화린은 입을 앙다물었다. 아췐에게는 미안했지만 절대로 그것의 행방을 알려주어선 아니 되는 일. 그는 또다시 목구멍을 치밀어 오르는 피를 입가로 쏟아냈다.

깡마른 노인에게 붙잡혀 있던 륜은 연신 낑낑거리며 구슬픈 울음소리를 울렸다. 아췐의 고통스러워하는 모습과 자신의 주인이 피를 토하는 모습만이 시야로 다가왔다.

"네 제자의 심맥이 전부 끊겨 폐인이 되는 꼴을 보고 싶은 게냐?"

깡마른 노인의 입가에서 기괴한 웃음소리가 흘러나왔다.

"…마음대로 해보시오… 절대 내 입은 열리지 않을 터이니."

귀를 틀어막고 싶었다. 어린것의 입에서 나오는 비명 소리가 온 산을 메아리쳐 울리는 듯한 기분에 서화린은 눈을 감았다. 이대로는 더 이상 버틸 수가 없었다.

"사부나 제자나 전부 하나같이 독한 것들투성이일세."

백발의 노인은 아췐이 기절해 버리자 혀를 몇 번 차고는 진기를 이용해 아췐의 심맥을 가닥가닥 끊어놓았다. 이제 아마 이 소년이 무공을 펼치는 일은 다시 없을 터였다.

"정녕 그 물건은 찾을 수 없단 말인가."

"필사본이 있으니 무공을 익히는 데 지장은 없으나 그 물건이 없으면 십이 성을 이룰 수가 없거늘 애석한 일이오."

"어쨌거나 본궁의 수호수(守護獸)는 되찾았지 않소?"

깡마른 노인은 자신의 손에 잡힌 류을 내려다보았다. 류은 노인의 눈과 마주치는 순간 흰 이를 드러내며 으르렁거렸지만 덤비지는 않았다. 자신이 노인들을 당해낼 수 없음을 알기 때문이었다.

노인들은 자기들끼리 말을 나누었다. 더 이상 이들에게서 얻어낼 것이 없었다. 한 놈은 곧 죽을 터이고 또 한 놈은 병신이 되어 평생을 살아가야 할 테니 말이다.

백발의 노인은 거의 죽어가고 있는 서화린을 질질 끌어다가 동굴 안으로 내팽개쳐 놓았다. 입에 거품을 물고 기절해 있던 아쳰 역시 그 옆에 던져 놓고 장력을 이용해 동굴 입구 주변의 암석들을 내리쳤다. 암석들이 동굴의 입구를 가리고 그 여파로 주변에 쌓여 있는 눈들마저 우르르 무너져 내렸다.

"싹은 완전히 제거해 버리는 것이 낫지 않소?"

백발의 노인은 둘의 목숨을 완전히 제거해 버리지 못한 것이 못내 찜 찜한 듯 얼굴을 찌푸렸다. 깡마른 노인은 기괴하게 웃으며 백발문사의 등을 툭툭 쳐댔다.

"케케케, 걱정을 마시오. 어차피 그놈은 채 한 시진을 버티지 못하오이다. 그리고 어린놈은 심맥을 가닥가닥 끊어놨으니 산다고 해도 평생 누워서 지내야 할 판이오. 이런 두 놈이 설산에서 배겨낼 것 같소? 설혹 산다고 해도 동굴 안에 갇혀서 아사하는 고통을 맛보게 하는 것이 더 통쾌하오이다."

백발노인은 고개를 끄덕이면서 못내 기분이 이상해 무너진 동굴 입구를 잠시 바라보았다.

"어서 오시오!"

벌써 두 노인은 경공으로 저 멀리 나아가고 있었다. 백발노인은 불안한 마음을 접고 두 노인의 뒤를 따랐다.

'…사부… 사부…….'

몸을 일으키려 엎치락뒤치락 별수를 다 써보았으나 효과가 없었다. 몸을 움직이려 할 때마다 사지가 몸에서 절단된 듯한 고통이 뒤따랐지만 이대로 주저앉을 순 없었다. 목소리는 목구멍 밖으로 나오지 않고 사부라는 외침은 마음속에서만 울릴지언정… 절대로 포기할 수 없었다.

서화린은 점점 흐릿해지는 시야를 애써 고정시켰다. 아마 이대로는 채 한 시진도 버티지 못하고 절명(絶命)할 터였다. 하나, 이대로 죽을 순 없었다. 원한보다도, 죽는 것보다도, 여기서 자신이 죽으면 꼼짝없이 죽게 될 어린 아첸이 마음에 걸렸다.

서화린은 마음을 굳히고 소맷자락에 숨겨놓았던 단약을 씹어 삼켰다. 잠시 동안이지만 신체의 진기를 격발시키는 독단(毒丹)이었다. 달디단 물이 목구멍을 통해 넘어가고 이내 몸에 힘이 돌았다.

"많이 고통스러우냐……?"

금방이라도 죽을 것 같던 사부가 갑자기 입을 열자 아첸은 눈을 크게 뜨고 사부를 바라보았다. 뭐라도 입을 열어야 할 것 같은데 입 밖으로 말은 나오지 않고 입만 벙긋거릴 뿐이었다.

"…되었다. 입을 열려고 들지 마라……."

서화린은 배를 움켜쥐고 있던 손을 뗐다. 피가 말라붙어 검붉은 피딱지가 손바닥 가득 올라앉아 있었지만 상처에서 피는 멈춘 상태였다.

"가만히 앉아서 듣기만 하거라. 시간이 없구나……."

자신의 안에 남아 있는 진기를 가늠해 보던 서화린은 한숨을 쉬었다. 이걸 전부 이 아이에게 준다면 독단으로 벌은 두 시진이 한 시진으로 줄게 되겠지만… 그래도 이 아이를 살릴 수만 있다면 무엇이 문제가 되겠는가.

"힘들겠지만… 몸을 일으켜 세우마."

조심스러운 동작으로 아첸의 상체를 일으켜 세웠다. 몸이 움직여질 때마다 격통이 뒤따랐지만 아첸은 아픈 내색을 할 수 없었다.

상체를 일으켜 세우긴 했으되 자꾸만 앞으로 쓰러지려 했다. 서화린은 아첸을 벽을 마주 보고 앉게 한 뒤 머리를 벽에 기대게 했다. 진기를 전해 심맥을 다시 이어주려면 이 방법밖엔 없었다.

"고통스럽더라도… 참거라……."

서화린의 손이 아첸의 등에 닿았다. 미적지근한 온기가 등을 통해 자신의 내부로 유입되는 것이 생생히 느껴져 왔다.

"……!!"

하나… 이루 말할 수 없는 고통이었다. 비명조차 나오지 않을 만큼 심한 고통에 입만이 벌어지고 온몸은 벌벌벌 떨렸다. 벌어진 입가로 침이 흘러내리는 것이 느껴졌지만 온몸을 달구는 고통은 사고마저 마비시켜 갔다.

"…고통 속에서 내가 이 이야기를 들을 수 있을지는 의문이지만… 그래도 말하지 않을 수 없구나. 나는 본디 춥디추운 북해(北海)에서 나고 자랐단다… 내 사문(師門)이자 가문(家門)은 북해빙궁(北海氷宮)이란 곳으로……."

멍한 귓가로 사부의 음성이 들리고 있었다. 아첸은 자신을 옭아매는 고통 속에서 벗어나기 위해서라도 필사적으로 사부의 이야기에 귀를 기울였다.

"너의 심맥을 끊어놓았던 이가 바로 나의 아비란다. 북해빙궁을 대대로 모셔온 서화일족의 장(長)이자… 북해빙궁에 절대 충성하는 이… 하나, 아비로서의 정을 나는 한 번도 받아본 적 없었다. 오히려 원망과 증오로 이를 갈았지."

담담히 말은 하곤 있지만 지나온 세월을 다시 뒤돌아보니 회한(悔恨)으로 얼룩진 삶이었다. 그리고 얼마나 부질없이 살아왔는지도 생생히 와 닿았다.

"무공을 익히긴 했으되 아비에 대한 원망으로 나는 자연스레 반골이 될 수밖에 없었다… 모두에게 배척(排斥)당하는 가운데 나의 누이와 륜만이 유일한 동무였단다. 그러던 차에 누이가 자살(自殺)을 했지. 아니… 자살이긴 했지만 실제로는 나의 아비가 죽인 것과 다를 바가 없었다."

북해빙궁의 무공은 강한 음기를 필요로 하는 것으로 남자보단 여인들이 익히기 더 적합한 무공이지만, 언젠가부터 그것이 이상한 방향으로 변질되어 버렸다. 여인들의 음기를 취해서 보충하는 방법으로 남성들 역시 무공을 대성하기 시작한 것이다. 특히 자신의 누이는 날 때부터 음기가 강한 체질이었다. 태음지맥(太陰之脈)이란 것으로 북해빙궁의 무공을 익히기 너무도 적당한 몸이었다.

"나의 누이는 태음지맥을 지니고 태어나 음기가 강한 여인이었다. 그것을 알아본 북해빙궁주가 아비에게 나의 누이를 요구했지… 아비는 그대로 따랐고 나의 누이는 절망했지. 다른 자도 아니고 자신의 아버지가 자신을 바쳤다는 사실을 납득할 수 없었던 게지… 그리고는 결국 자살로 생을 마감해 버렸단다. 이때부터 아버지에 대한 원망과 증오는 살기로 변해 버렸지. 그렇게 가슴속에 살기를 묻은 채 살아오던 중, 북해빙궁 조사들의 유해를 모셔둔 곳에서 기물(奇物)하나가 발견되었단다."

서화린의 기억 속의 그날이 생생히 떠올랐다. 평범한 옥환(玉環)처럼 보였으나 실제로는 깨알 같은 무공의 구결이 담긴 비급이나 다를 바가 없었다. 북해빙궁은 흥분에 휩싸였다. 저 무공을 익힌다면 중원으로 진출 할 수 있을지도 모른다는… 하나, 무공을 익히기 위해서는 동녀들의 피와 옥환이 꼭 필요했다. 이 두 개가 하나라도 빠져서는 절대 무공을 대성할 수 없었다.

　"…그것은 무공의 구결이 적힌 옥환이었다. 하지만 그 안에 있는 무공을 익히기는 어려웠단다. 동녀들의 피를 요구했으니 말이다… 그래도 나의 아비는 실행에 옮기려 들었다. 북해빙궁 사람들이 전부 익힐 순 없다 하더라도 북해빙궁주만은 익히게 하도록 하는 방향으로. 그래서 나는 그 옥환을 지니고 북해빙궁을 도망쳐 나왔다… 동녀들을 희생시킬 수도 없었거니와 아버지에 대한 살기가 맞닥뜨린 결과겠지."

　아무리 살기를 품어도 아버지는 아버지였다. 천륜(天倫)을 어겨 죽일 수도 없었고 그렇다고 계속 북해빙궁에 머무르자니 견딜 수 없을 것 같았다.

　"그때 북해빙궁을 빠져나올 때 수호수였던 륜 역시 나와 함께했지. 그 이후에는 북해빙궁의 천라지망(天羅地網)이 펼쳐지고 몇 년 여를 추적에 시달리다가 겨우 따돌리고 깊은 설산에 들어와 살았던 거란다."

　빙설(氷雪)로 휩싸인 빙궁을 빠져나오긴 했으되 나고 자란 곳이 그리웠던 것도 설산에 들어온 이유일 것이다. 설산에 들어와 살게 된 지 어언 삼십 여 년이지만 그들은 아직 자신을 포기하지 않았던 모양이었다.

　"아까 내 아비를 제외한 두 노인은 북해빙궁의 장로들로… 모두 무공이 고강한 자란다. 혹시 네가 여기서 살아 나가게 된다 하더라도… 섣불리 원수를 갚겠다 나서지 마라. 원한은 더 큰 원한을 부르는 법이니……."

　심맥 전부를 이을 수는 없었으나 대략 중요한 혈도는 많이 이어졌다. 서화린의 이마로 검은 땀방울이 흘러내렸다. 이제 더 이상은 시간이 없었다.

　"…이제… 더 이상 버틸 힘이 없구나……."

　진기는 오래전에 소진되었고 몸은 제대로 가누지 못할 정도로 후들거렸다. 이제 되었다 싶어 아쳰의 등에 대고 있던 손을 떼자 서화린의 몸은 기우뚱거리며 옆으로 쓰러졌다.

"…스… 브……."

부정확한 발음으로 아쳰이 서화린에게로 팔을 뻗었다. 비록 손가락은 움직이지 않을지언정 팔을 뻗을 순 있었다. 눈가로 짙은 적색의 눈물이 흘러내렸다.

"…움직이지 말거라… 나는 괜찮… 다……."

서화린의 귀와 눈에서 검은 핏방울이 흘러내렸다. 독단의 부작용이 이제야 비로소 나타나고 있는 것이었다.

아쳰의 눈가로 눈물이 맺혔다. 사부가 힘겹게 말할 때마다 입가에 스르륵 피어나는 하얀 입김이 처연했다.

"이제야… 나의 누이와… 마주할 수 있겠구나……."

그 말을 마지막으로 사부의 입가에서 더 이상 하얀 입김이 피어오르지 않았다… 눈은 뜨고 있었으되 멍하니 풀려 먼 곳을 바라보는 그 모습은 이미 숨을 거두었음을 말해 주고 있었다. 아쳰은… 말조차 제대로 할 수 없는 입가로 괴성을 발했다.

"우우우우우……!!"

눈물이 걷잡을 수 없이 흘러내렸다. 슬픔은 곧 세 노인과 북해빙궁에 대한 원망과 증오로 바뀌어갔다.

'사부는 원한을 갚지 말라 하셨지만… 전 갚겠습니다. 사부를 이리 만들고 저를 이리 만든 저들을 용서치 않을 것입니다.'

선하게만 보였던 아쳰의 눈동자가 깊게 가라앉았다. 그리고 그 눈은 증오로 달아올라 차갑게만 보였다. 그것은 아쳰의 인생에 있어서 큰 계기를 마련하는 것이었다. 그가 앞으로 벌일 일들에 대한 것들 역시……

아췐은 천천히 눈을 떴다. 얼마나 시간이 흐른 것일까… 주변은 온통 고요하기만 했다. 그리고 아췐은 무의식적으로 몸을 일으키려 했다. 하나, 뻐근하게 다가오는 고통이 자신의 몸이 지금 정상이 아님을 알려주었다.

팔은 움직일 수 있으되, 손가락은 까닥할 수조차 없는 몸이 원망스러웠다. 그리고 그들이 증오스러웠다.

시간이 얼마가 흘렀는지는 모르나 배에서는 꼬르륵 소리가 울렸다. 머리가 멍한 것을 보아도 상당한 시간을 기절해 있었던 듯싶다.

'우선은… 먹어야 산다……!!'

지금 몸으로 동굴 입구를 뚫기란 계란으로 바위 치는 격이나 다름없었다. 우선은 몸을 추스르고 세부적인 심맥들을 전부 이어야만 했다. 세 노인들이 안까지 들어와 난장판을 쳐놓았는지 정갈하게 정리되었던 물건들이 동굴 바닥에 어지러이 널려 있었다.

걸을 수조차 없는 몸으로 동굴 바닥에 무릎과 팔꿈치를 갈아가면서 아췐은 기었다. 먹을 것을 찾기 위해서라도 기어야만 했다.

'…아뿔싸…….!'

아췐은 아무리 둘러봐도 식량이 눈에 띄지 않자 그제야 깨달았다. 식량이 떨어졌기 때문에 자신이 하산해서 식량을 구해오고 있던 도중이란 것을. 그리고 난리통에 구해왔던 식량을 잃어버렸다는 것 역시…….

조금이라도 먹을 만한 것을 찾아보려 애썼지만 찾을 수 없었다. 있는 것이라고는 동굴 안쪽 깊숙이 있는 자그마한 샘 안의 물이 전부였다. 기력은 점점 쇠진해 오고 멀리서 흐르는 물소리를 듣자 목에 타는 듯한 갈증이 일었다.

물이라도 마실 요량으로 아췐은 있는 힘을 다해 기었다. 가뜩이나 상한 몸으로 며칠 동안 기절해 있었던 탓에 기어가는 것조차 힘이 들었다.

'아니된다… 이대로 복수조차 하지 못하고 죽을 순 없다.'

아직도 욱신거리는 통증은 복수를 일깨우고 있었다. 눈을 감으면 세 노인의 조롱 섞인 웃음과 사부의 고통에 일그러진 얼굴이 떠올랐다.

분노로 온몸이 부들부들 떨려왔다. 자신에게 한 짓은 용서할 수 있을지 몰라도 사부를 죽게 만든 것은 용서할 수 없었다. 유일한 가족이었고 스승이었고 은인이었던 사람… 평생 갚아도 이 은혜는 갚을 수 없다고 생각했던 사람을 그들은 죽였다. 륜마저도 잃게 했다.

자신은 살아남아야 했다. 반드시 살아남아서 그들에게 복수해야만 했다. 그렇지 않으면 이 피끓는 원한을 잊을 길이 없었다.

'사부님… 사부님의 유지를 받들지 못하는 저를 용서하십시오.'

평소라면 얼마 안 되었을 동굴이 기다시피해서 움직이는 그에게는 너무도 넓고 거칠게만 느껴졌다. 배와 무릎, 그리고 팔꿈치가 쓰라려 왔다.

겨우 샘가에 도착해 얼굴을 처박고 물을 들이켰다. 살얼음이 얼어 있는 찬물은 혼미해지던 정신을 다시 붙들어놓도록 도움을 주었다.

지친 몸을 겨우 움직여 엎드린 자세에서 누운 자세로 위치를 바꾸었다. 울퉁불퉁한 동굴의 천장이 한눈에 들어왔다.

'이대로는… 죽고 만다.'

인간이 물만 먹고서, 그것도 자신과 같은 몸을 하고 며칠이나 버틸 수 있을 것 같던가… 더군다나 설산에서 말이다. 상황은 절망적이었다. 이런 몸을 해서는 사부의 시체를 제대로 염이나 할 수 있을지도 의문스러웠다.

무려 오 일이란 시간이 흘러갔다. 시간은 계속 흐르지만 아췐은 먹을 수 있는 것이 아무것도 없었다. 샘의 물만으로 버티는 것도 점점 한계에 다다르고 정신은 혼미해져 왔다.

"춥다……."

동굴의 기온은 급격히 쌀쌀해지고 있었다. 날짜는 정확히 알 수 없었지만 이제 곧 설산의 짧은 하절이 지나가고 추절(秋節)이 올 터였다. 그렇게 되면… 자신이 이곳에서 살아 나갈 가망성은 점점 더 희박해진다. 어떻게든 추절이 오기 전에 기력을 회복해야만 했다.

'…사부님… 이제 곧 사부님의 뒤를 따를지도 모르겠습니다…….'

울퉁불퉁하게 느껴지던 동굴의 바닥이 익숙해져 버린 지도 오래였다. 어차피 이대로는 자신이 살아날 가망성도 없었다. 이럴 바엔 차라리 사부 시신 옆에서 최후를 맞이하겠다고 마음먹은 아췐은 있는 힘을 다해 사부의 시신이 있는 곳으로 기었다.

추운 날씨 탓인지 파리한 안색을 한 사부의 시신은 조금도 변함이 없었다. 사부의 죽음이 아직도 실감나지 않았다. 금방이라도 눈을 뜨고 자신을 향해 희미한 미소를 지어줄 것만 같았다.

'사부…….'

사부를 마주 대하고 보니 다시금 원한과 분노가 꾸역꾸역 치밀어 올랐다. 사부의 차갑게 굳어버린 손을 부여잡고 아췐은 피눈물을 흘려냈다.

'이곳에서 반드시 살아 나가야 하는데… 이젠 더 이상 버틸 힘이 없습니다, 사부님…….'

그때, 아췐의 머리 속으로 망측하기 이를 데 없는 생각이 스치고 지나갔다. 아췐 역시도 이런 생각을 하게 된 자신에게 놀라 입술을 깨물었다. 말이나 되는가, 사부의 시신에 손을 대겠다니 말이다. 하나, 생각은 걷잡을 수 없었고 마음속 한구석에서는 어쩌면… 이란 한 가닥 기대가 피어올랐다.

'아니된다. 할 수 없다… 어찌 사부님의 시신에 손을 댄단 말인가.'

하나… 자신이 살아남으려면 이 방법밖에는 없었다. 어떻게든 다시 심맥을 잇고 이곳에서 나가야 했다.

'사부님… 죄송합니다. 저는 지금 죄를 지으려 하고 있습니다… 이 죄는 저승에서라도 갚을 것입니다.'

아쳰은 약 한 시진 여를 사부의 손을 잡고 고민에 고민을 거듭했다. 하지만 아무리 생각해 보아도 내려진 결론은 하나였다.

더 이상 지체할 수 없기에 아쳰은 마음을 독하게 먹었다. 하나, 막상 사부의 손등을 자신의 입에 물었을 때는 구토가 치밀어 올랐다. 먹은 게 없으니 뱉어낼 것 역시 없겠지만 누런 위액이 역류해 목구멍이 타는 듯이 쓰렸다.

"…크윽……."

겨우 낸 신음 소리는 말라 비틀어져 자신의 목소리 같지 않았다.

'아쳰아… 해야 한다. 반드시 여기서 살아 나가야 한다……!'

약해지려는 자신을 겨우 다잡고 아쳰은 다시 한 번 떨리는 손으로 사부의 손을 쥐었다. 입에다가는 겨우 가져다 댔으되, 차마 깨물 수 없었다. 생생히 느껴지는 차갑고 물컹한 피부 감촉에 온몸 가득 소름이 돋았다.

아쳰은 눈을 질끈 감고 살 속으로 자신의 이를 박아 넣었다. 그 순간, 눈에서는 눈물이 터져 나와 얼굴을 적셔갔다.

북풍한설(北風寒雪)이 휘몰아치는 얼음의 바다였다. 끝없이 펼쳐진 바다와 살을 에듯 불어오는 차가운 해풍(海風)은 북해(北海)의 땅에서 나고 자란 자가 아니라면 버티기 어려운 추위, 그런 혹한(酷寒) 속에서도 은삼 하나만을 걸친 채, 북해를 내려다보고 있는 사내가 하나 있었다. 등 뒤에 매어진 화려한 장검이 인상적이었다.

나이는 이제 사십이 조금 넘었을까. 왼쪽 얼굴에는 긴 흉터를 지니고 있었다. 무표정한 얼굴에는 그 어떤 감정조차 읽을 수 없었다. 그러던 차에 사내의 입이 열렸다.

"…삼십 여 년이란 세월이 흘러갔습니다, 사부님."

그의 주변에는 휘몰아치는 매서운 바람 외에는 말을 들을 그 어떤 존재도 눈에 띄지 않건만, 사내는 독백을 계속해 나갔다.

"겨우 북해에 다다랐습니다. 조그만 더 나아가면… 그들이 있습니다."

그들이라는 대목에서 사내의 눈에 살기가 흘렀다.

"사부님은 끝까지 저에게 많은 것을 남겨주고 가셨습니다."

사내는 팔을 들었다. 오른손에 채워진 푸르스름한 옥환이 칼바람 속에서도 아름다운 빛을 발했다.

"지금 제 힘이라면 이것을 능히 깨부술 수 있지만 그리하지 않겠습니다. 그들의 면전에 던져 놓고 이것을 차지하기 위해 우왕좌왕하는 모습을 통쾌히 지켜볼 것입니다."

사내는 아련히 옛 생각이 떠오르는지 순간 눈매 사이로 물이 피어났다. 복수라는 두 글자를 머리 속에 박아놓고 살기 위해서, 무공을 익히기 위해서 절치부심(切齒腐心)했던 지난 세월과 사부와 지냈던 짧은 세월이 주마등처럼 스쳐 지나갔다.

"사부님의 시신에 손을 댔던 저에게 이런 대은(大恩)을 내려주셨습니다… 이것은 필시 저들에게 복수하라는 사부님의 유지로 알고 받들겠습니다."

자신의 사부는 죽기 전 신체의 잠재력을 극대화시키는 독단을 먹었다. 그리고 살아남기 위해서 오랜 세월 동안 그 시체를 조금씩 뜯어 먹고 자란 그에게는 놀라운 변화가 생겨났다. 한꺼번에 신체의 잠재력을 일깨우면 독이 될지 모르나 조금씩 내성을 키우며 신체의 잠재력을 일깨운 그에게는 오히려 득이 되었던 것이다. 그렇기에 어떤 영약이 없이도 사십 세의 나이에 사 갑자라는 놀라운 성취를 이룰 수 있었다.

잠재력은 지금도 조금씩 그 모습을 드러내고 있었다. 아직 끝난 게 아닌 모양이었다. 아직도 잠자고 있는 능력들을 전부 일깨울 수 있다면 어찌 될지 자신 역시도 장담할 수 없었다. 그저 지하의 사부가 자신에게 내려준 은혜라 여길 뿐이었다.

사내의 몸이 흐릿해지더니 완전히 사라져 버렸다. 한마디 말과 함께.

"…북해빙궁은 아수라지옥으로 화할 것이다."

"오늘 궁주님의 탄신연회가 벌어진다지?"

"암암, 오늘은 우리들에게도 떨어질 콩고물이 있을 게야."

보초를 서던 수문장들이 자기네들끼리 잡담을 일삼고 있었다. 사실 말이 수문장이지 북해빙궁을 찾는 외부인이 거의 없다시피 하기에 형식적인 요소가 다분했다. 하루에 몇 차례 드나드는 외궁(外宮)의 인물들을 통과시키는 일을 제외한다면 그들의 일은 없는 것이나 다름없었기에 이렇게 삼삼오오 모여 앉아 잡담을 하는 것이 유일한 낙이었다.

"…잘됐군. 궁주의 탄신연회라……."

수문장 둘은 아득하게 들려오는 정체 불명의 음성에 민감하게 반응했다. 어디서 들려오는지는 알 수 없었지만 자신들의 말을 들을 정도로 가까이 있는 것만은 틀림이 없었다.

"누구냐?!"

"어서 모습을 드러내라!"

챙! 챙! 칼을 뽑아 드는 소리가 울리자 멀리 있던 수문장들까지 달려왔다. 그런 수문장들 앞으로 홀연히 모습을 드러내는 사내가 있었다. 은삼에 화려한 장검을 걸친 중년인으로 지극히 냉엄(冷嚴)한 얼굴을 한…….

"…누, 누구냐?!"

그의 기도에 눌린 듯 말을 더듬었다. 사내는 조용히 웃으며 한마디 내뱉었다.

"가서 전해라. 나 서화린이 궁주의 탄신을 축하해 주려 친히 납셨다고 말이다."

"이런 무례한 놈을 보았나! 지금껏 한 번도 볼 수 없었던 얼굴임이 분명하거늘! 어디서 감히 서화 일족을 사칭한단 말이냐?!"

수문장들 중 하나가 검을 휘둘러 왔다. 사내는 코웃음을 쳤고 스르륵— 하는 소리가 울렸다.

"크아아악!!"

검을 휘둘렀던 수문장의 어깨에서 피분수가 솟구치고 어깨에 달려 있어야 할 팔 하나가 차가운 지면 위를 나뒹굴었다. 뜨거운 피를 콸콸 솟아내며 검을 쥔 채 꿈틀꿈틀거리는 팔의 모습은 수문장 모두를 몸서리치게 하기에 충분한 광경이었다.

'…쾌, 쾌검이다……'

검을 뽑는 소리만을 들었지 검이 휘둘러지는 모습조차 보지 못했건만, 그런데도 팔이 잘려 나갈 정도면 대단한 고수임에 틀림없었다. 수문장들은 겁에 질려 고통으로 몸부림치는 동료를 내버려 두고 일제히 달아나기 시작했다.

"그럼 그렇지… 네놈들에게는 동료를 보살피는 한 가닥 의리조차 찾아볼 수 없구나."

사내의 손끝에서 흰 빛이 날았다. 그리고 그 빛은 도망치던 수문장들에게로 쏘아져 나가 정확히 그 목을 꿰뚫었다.

"커어어어……"

목을 관통당한 자들이 비명을 지르며 쓰러져 갔다. 사내는 아직 목을 관통당하지 않고 도망치는 자들을 향해 다시 한 번 손끝에서 지공을 날렸다.

"기분이 어떠냐……?"

목을 관통 당한 자리에서 붉은 핏물이 꾸역꾸역 흘러내렸다. 제대로 비명조차 지르지 못하고 마치 물 밖으로 끌려 나온 물고기마냥 입만을 뻐끔뻐끔거렸다.

"북해빙궁의 무공중 하나인 빙결지(氷結指)건만… 저런, 마음에 들지 않는 게로구나?"

사내는 지면을 내려다보며 다시 한 번 손가락을 튕겼다. 이내 이마에 새로운 구멍이 뚫리고 피분수를 뿜어내며 그들은 절명(絶命)했다. 피와 더불어 허연 뇌수가 뭉클뭉클 솟아올랐다. 시체를 처음 보는 자들이라면 토악질을 해댈 광경임에도 사내는 한 치의 흐트러짐조차 없었다.

머리가 뚫려 숨을 거둔 자들을 내려다보던 자세 그대로 손을 뒤로 뻗어 지공을 날렸다.

"감히 어딜……!"

아까 팔이 잘렸던 자가 왼손으로 뒤에서 베어 들어오려다 이번에는 관자놀이에 지공을 맞고 천천히 몸을 지면 위로 눕혔다.

"…이제부터 시작이다."

사내의 말대로 살육은 이제부터 시작이었다. 수문장들이 당했던 지공이 북해빙궁의 무공이었던 것처럼 그가 빙궁의 사람들에게 쓰는 무공은 전부 북해빙궁의 독문절가나 다를 바 없는 것들이었다. 그리고 사내는 천천히 내궁으로 진입해 들어갔다.

"네놈, 거기서 멈추어라! 네놈이 지금까지는 마음대로 날뛸 수 있었을지 모르나 이제는 북해빙궁의 고수들이 포진해 있는 내궁이니라."

제법 위엄있는 목소리로 훈계를 내린 것은 뜻밖에도 이제 갓 스무 살이나 넘겼을까 싶은 여인이었다. 얇은 나삼 하나만을 걸친 차림새로 싸늘한 표정은 제법 귀 티가 났다. 하급의 무사들과는 조금 다른 분위기를 풍긴달까.

"네년은 누구 간데 나의 앞길을 막는 것이냐?"

"나는 서화 일족의 서화경(瑞花鏡)이니라. 듣자 하니 네놈이 서화린이란 가문의 수치 중의 수치를 사칭하고 다닌다던데……."

"큭큭큭… 수치……? 지금 수치라 하였느냐?"

사내는 조소를 머금었다. 서화경은 자신도 모르게 압도되는 분위기에 입술을 깨물었다. 북해빙궁의 무공을 쓰고 게다가 가문의 더러운 배반자인 서화린의 이름을 쓰고 있었다. 분명 서화린은 자신의 큰 조부의 아들로 이미 몇십 년 전에 더러운 배반자로 낙인찍혀 숙청(肅淸)당하지 않았던가. 과연 저 사내와 서화린이란 작자 사이에 어떤 연결 고리가 있는 것인지 알아내야 했다.

"그렇다! 그자는 가문의 수……."

서화경은 말을 채 잇지 못하고 무릎을 바닥으로 떨구었다. 그녀의 복부에는 사내의 장검이 꽂혀 있었다. 사내는 자신의 검을 빼며 히죽 웃었다.

"감히 나의 사부를 욕보이는 자는 절대 살려두지 않는다."

고통이 엄습해 왔지만 고통보다도 사내의 무공이 더 놀라웠다. 하지만 자존심으로 똘똘 뭉친 그녀는 욕설을 뱉어냈다.

"…크윽… 악적……."

서화경은 복부를 붙들고 일어나 지혈을 하는 혈도를 짚었다. 순간 기습을 당하기는 했으나 이대로 무너진다면 서화 일족의 이름이 아까운 일이었다.

"네놈이 그래봤자 우리 북해빙궁은……."

서화경이 자신의 검을 휘둘러 보지만 상처 탓에 움직임이 둔했다.

"주둥이만 살았군."

사내의 손이 아무렇지도 않게 서화경의 목을 붙잡아냈다. 그리고 순식간에 혈도를 짚은 뒤, 바닥으로 내동댕이쳤다.

"다시 한 번 지껄여 보거라. 다시 한 번 내 사부를 욕해보란 말이다!!"

살기, 지독한 살기… 이런 살기는 일찍이 장로들에게서도 느껴본 바 없었다. 찾아드는 외부인이 없다시피 한 이곳에서 삶과 죽음을 오가는 치열한 싸움이 아닌 형식상의 비무만을 되풀이해 온 그녀가 사선(死線)을 넘나들며 강호를 주유해 온 사내의 살기를 받아낼 리 만무했다.

"크큭……."

사내의 발이 서화경의 머리를 짓눌렀다. 지면에 머리가 갈아지는 충격에 서화경이 비명을 내지르든 말든 사내는 여유만만했다.

"치명상은 아니니 운이 좋으면 살아날 수도 있겠지."

서화경은 나름대로 고수의 반열에 들었으나 이자에게 검 한 번 써보지도 못하고 이런 꼴이 된 것이 수치스러웠다. 그리고… 압도적인 무공의 차이에 치가 떨려왔다.

"하나… 북해빙궁의 모든 자들은 개미새끼 한 마리 남기지 않고 전부 씨를 말릴 것이다."

서화경의 등 뒤로 사내의 장검이 꽂혔다. 관통당한 것이 아니었기에 아마도 그녀는 천천히 고통에 몸부림치며 죽어갈 것이다. 폐부(肺腑)를 찔렀으니 제대로 숨 쉬지 못한다는 고통 역시 뒤따를 터였다.

"사부님을 욕보인 자를 쉽게 죽일 듯싶었느냐?"

사내는 서화경을 내버려 두고 앞으로 계속해서 나아갔다. 그의 가공할 무위에 제대로 겨뤄볼 틈도 없이 도륙당했다. 사내의 손속은 잔인하기 그지없어 어린아이마저도 남김없이 생명을 거두어들였다.

그리고 마침내는 내궁 깊숙한 장로전에까지 당도했다. 오늘 오후 무렵에나 폐관 수련을 마치고 나오도록 되어 있는 북해빙궁궁주를 치기 전에 장로들의 씨를 말리기로 작정했던 것이다.

"약해 빠진 것들… 내 삼 초를 받아내는 자들이 없구나."

사내는 비웃음을 띠며 장로전으로 천천히 걸어 들어갔다.

"…호랑이 굴로 스스로 걸어 들어왔구나."

넓은 장내에는 다섯 명의 장로가 모여 있었다. 사내가 올 것을 미리 짐작이라도 했었던지 침통하기 이를 데 없는 표정들이었다.

"약해 빠진 것들, 장로들이라고 기대를 걸었건만 별반 다르지 않구나."

"갈! 닥쳐라!"

"이 육시랄 놈을 보았나!! 감히 예가 어디라고 숨어들어 이런 학살을 벌이는 것이냐!?"

"전부 합공해서 덤벼도 당해내질 못할 늙은 것들이 말만 많군."

"뭐, 뭣이 어째?!"

자신의 앞에 모여든 다섯 명의 장로들을 도발하는 한편, 죽어도 잊을 수 없는 세 노인의 얼굴을 찾았으나 보이지 않았다.

"네놈이 듣자 하니 서화린이란 놈을 사칭하고 다닌다지?"

"그렇다면……?"

사내는 천천히 오른쪽 소매를 걷어 올려 팔목에 채워져 있던 옥환을 스리슬쩍 드러냈다. 장로들은 그 옥환을 알아보았는지 이내 눈가에 탐욕의 빛이 어렸다.

"저… 저것은……!!"

장로들이 옥환을 지닌 사내를 차마 공격하지 못하고 안절부절하고 있을 무렵, 세 노인이 장내로 모습을 드러냈다.

"태상장로들께선 어디 있다가 이제야 오시는 게요!"

장로들 역시 자신들 다섯이 모두 합공을 해도 사내를 당해내기 어렵다는 것을 잘 알고 있었다. 더군다나 저 옥환에 실린 무공을 익혔다면 더더욱 그러할 것이다. 그러니 태상장로들을 반가워할 수밖에 없었다.

　"이제야 만났군……."

　사내는 입구 쪽으로 천천히 고개를 돌리며 고소를 머금었다. 흰 백발의 노인과 깡마른 노인과 난쟁이 노인… 꿈에서조차 그 얼굴을 잊어본 적이 없었다. 삼십 년 만에 다시 만난 그들은 그때와 별반 다를 것이 없는 얼굴들이었다.

　"난동을 피운다는 놈이 네놈이렷다……?!"

　두 노인의 표정은 격앙되어 있었으나 흰 백발의 노인은 침착했다. 오히려 냉철한 눈으로 사내를 분석하고 있었다.

　'…낯이 익군. 분명 본 적이 없는데… 낯이 익다니…….'

　사내는 팔목을 들어 세웠다. 소맷자락이 천천히 아래로 내려가고 그 팔목에 끼워진 옥환이 완전하게 그 모습을 드러내었다.

　"이 옥환을 알아보겠소……?"

　"저, 저것은……!!"

　"틀림없는… 음령태옥환(陰靈泰玉環)……!!"

　두 노인은 경악성과 함께 기쁨의 빛을 감추지 못했지만 백발의 노인만큼은 달랐다. 온몸을 부르르르 격동시키며 사내를 불신의 빛으로 노려보았다.

　'서… 설마…….'

　"이 옥환을 알아본다면 내가 그 삼십여 년 전의 소년이란 것도 알아보시겠구려."

　"…닥쳐라!! 삼십 년 전이라니! 그때의 그 소년이 어찌 살아 있을 수 있단 말이냐! 내 이 손으로 친히 심맥을 가닥가닥 끊어놓았거늘……!!"

큰 소리로 부정의 말을 내뱉은 것은 백발의 노인이었다. 하나, 백발노인의 가슴속에서는 이미 그 사실을 인정하고 있었다. 눈앞의 사내가 삼십 년 전 그 소년이라는 것을. 역시 삼십 년 전에 느꼈던 한줄기 불안함이 괜한 것이 아니었음을… 뼈저리게 느꼈다. 그 불안함이 이렇게 큰 화가 되어 찾아올 줄은 꿈에도 상상치 못했으니.

"그래… 나는 심맥이 가닥가닥 끊긴 채 동굴에 갇혔었지……."

사내의 머리 속으로 그 당시의 기억이 다시 한 번 생생하게 떠올랐다. 하루에도 몇 번이나 구토를 참아내며 사부의 시신을 마치 악귀처럼 뜯어먹었다. 그리고 사부가 샘 깊은 바닥 밑에 숨겨놓았던 옥환과 사부가 창안한 무공이 담긴 양피지 조각 역시 발견할 수 있었다.

"하나, 이리 다시 살아 나왔지 않느냐. 네놈들에게는 매우 고맙게 생각하고 있느니라."

사내는 천천히 등 뒤에 매달린 장검을 꺼내 들었다. 장검에는 잠시 전 묻은 서화경의 피가 추운 날씨 탓에 얼어붙어 있었다.

"삼십 년 전의 원한을 이제야 갚게 되었구나."

사내의 입가로 미소가 피어났다. 삼십여 년 만에 처음으로 웃어보는 환희의 웃음이었다.

*   *   *

'…제기랄……!'

기억하고 싶지 않던 기억들을 꿈꾼 모양이다. 등은 식은땀으로 흥건히 젖어들어 있었다. 요 몇 년간은 뜸하다 했더니 오늘에 와서야 이 악몽을 다시 꾸게 될 줄은 몰랐다. 어린 시절의 기억에서부터 복수를 하던 그때와 강호를 정처없이 주유하던 때의 기억…….

아까 푼돈을 얹어주고 올라탄 수레는 아직도 덜컹거리며 굴러가고 있었다.

'…그래도 사부를 꿈속에서나마 보게 되어서 기분은 좋소.'

사부의 시체를 뜯어 먹었던 그때부터 불과 몇십 년 전까지 언제나 지옥의 악귀 같은 모습으로 나타나 자신을 원망하던 사부였건만 오늘은 무슨 바람이 불었는지 온전한 모습으로 나타났다. 그게 내심 반가웠으며 오랫동안 묵혀놓았던 연민을 불러일으켰다.

"일어나 보슈. 다 왔수."

이윽고 굴러가던 수레바퀴가 탁 멈추더니 촌부는 이내 수레에서 쌓아둔 짚을 땅으로 내리기 시작했다.

"여기가 어디오?"

그다지 익숙한 곳은 아니었다. 질문을 했지만 촌부는 자기 할 일이 바쁜 건지 못 들은 건지 답을 하지 않았다.

"어쨌거나 고마웠습니다."

그는 쓴웃음을 지으며 품에서 은자를 하나 꺼내 수레 위에 올려놓고 천천히 다리를 움직였다.

"으아함!"

오랫동안 수레 위에서 몸을 굽히고 잠이 든 탓일까, 뼈마디에서 우두둑 하며 나는 소리가 유난히도 컸다. 특별히 목적지도 없고 할 일도 없던지라 먼 허공을 바라보며 앞으로의 행로에 대해서 진지하게 생각해 보고 있던 참에 사람들의 웅성거림이 이는 쪽으로 자신도 모르게 행보를 옮겼다.

"저건?"

특이한 일녀일수였다. 이전의 큰 깨달음이 없었다면 미처 알아보지 못했겠지만……

"뭐, 그것도 나름대로 재미있겠지."

무엇을 떠올린 것인지 마치 개구쟁이를 떠올리게 하는 미소를 입가에 듬뿍 머금었다.

『3권으로 이어집니다』